KB020121

로크미디어가
유혹하는
재미있는 세상

ROK
MEDIA
로크미디어

南宮魔帝 남궁마제

남궁마제 16

2023년 2월 9일 초판 1쇄 인쇄
2023년 2월 14일 초판 1쇄 발행

지은이 문운도
발행인 강준규

기획 이기헌 왕소현 박경무 강민구 조익현
책임편집 백승미
마케팅지원 이원선

발행처 (주)로크미디어
출판등록 2003년 3월 24일
주소 서울시 마포구 마포대로 45 일진빌딩 6층
Tel (02)3273-5135 Fax (02)3273-5134
홈페이지 rokmedia.com E-mail rokmedia@empas.com

ⓒ 문운도, 2021

값 9,000원

ISBN 979-11-354-8066-9 (16권)
ISBN 979-11-354-7200-8 04810 (세트)

차례

다이길 진進 바뀔 화譁 : 비틀린 운명　　　　　　　7

놀랄 진瞋 불 화火 : 넘어지는 순간　　　　　　　85

벼락 진震 태울 화火 : 재로 쌓아 올린 성　　　　　173

나아갈 진進 다스릴 화話 : 제국의 분노　　　　　235

보배 진珍 꽃 화花 : 용루가 떨어지는 날　　　　　311

이길 진進 바뀔 화譯 : 비틀린 운명

주인 없는 진국.

진국 영토인 교주를 비롯한 서남부 지역은 오랫동안 중원으로부터 야만의 땅으로 취급당했다.

한 제국에 편입된 지 얼마 되지 않는 땅이기도 하지만, 높은 산맥과 울창한 산림에 가려 자주 왕래가 없었던 탓도 있었다.

무엇보다 교주 일대는 중원의 지배 민족인 한족보다 이민족들이 더 많이 살고 있는 땅이었다.

이 일대의 지배 민족은 장족부터 야오족, 마로족, 모남족이었다.

그중 야오족과 마로족, 모남족의 경우에는 종교와 문화,

심지어 언어까지도 중원의 것과 달랐다.

언어가 통하지 않으니 교류는 더더욱 없었다.

하여 스스로를 중원인이라 부르는 한족은 이 땅에 대해 지형지물뿐 아니라 살고 있는 사람들에 대해서도 아는 것이 없었다. 아는 것이 없으니 편견만 가지고 그들을 멸시했고, 무지로부터 공포를 키운 것이다.

한족들의 사정이 그러하니, 이 지역 소수민족들 또한 한족과 중원에 대한 감정이 좋지 않았다.

교주 일대의 소수민족들은 한족들은 물론 한족 조정도 신뢰하지 않았고, 나라가 흔들리면 먼저 배신하거나 등을 돌리는 일도 왕왕 있었다.

통제할 수 없다는 것.

한 제국 조정에서 이 땅을 정복하는 데에 크게 기대가 없는 이유였다.

한 제국 조정에서는 북위군을 비롯한 영동군과 남해군이 그저 신 제국군의 주의만 끌고 있어 주길 바랐고, 북위대장군 원수경의 생각도 조정과 별반 다르지 않았다.

어렵게 정복을 한다 해도 지배할 수 없는 땅을 얻기 위해 병사들을 희생시키고 싶지 않았던 것이다.

그러나 무림인들의 합류로 위장군 원수경의 생각이 조금 달라졌다.

북위군 진영.

지휘부의 막사에 위장군과 부장, 비장들 그리고 진화와 남궁진휘를 비롯한 무단주들이 한데 모였다.

위장군이 제국과 무림의 협력이라는 위명 아래 휘하 장수들을 모두 불러 모으기는 했지만, 부장 이선명부터 비장들 모두 그리 반기는 표정들은 아니었다.

장수들의 표정이 그러니 무단주들의 얼굴도 좋을 리 없다.

결국 남궁진휘의 말에 귀를 기울이고 있는 사람은 진화와 위장군 원수경뿐이었다.

"뱀 사냥은 자고 있는 뱀을 잡느냐, 도망치는 뱀을 잡느냐에 따라 다릅니다. 자고 있는 뱀의 경우에는 대장 땅꾼이 뱀굴을 찾으면 나머지 땅꾼들이 그 주변을 에워싸 도망치는 것을 막으면 됩니다. 반면 도망치는 뱀을 잡을 때는 땅꾼들이 먼저 뱀이 굴로 돌아가도록 몰아넣어야 합니다."

"흠, 거기서 뱀 사냥은 무림인들이 하는 것일 테고, 우리 군이 뱀을 몰아야 한다는 건가?"

"군에서 박죽산 일대를 남기고 장호군과 육림군, 영봉군만 차지해 주시면 됩니다."

"흐음."

간단하다는 듯 말하는 남궁진휘의 모습에 위장군이 깊게 한숨을 쉬었다.

그러자 부장 이선명이 남궁진휘를 향해 노골적으로 비웃음을 지었다.

"흥, 공자님께서 군에 대해 잘 몰라서 하신 말씀 같습니다. 말씀하신 세 곳은 교주에서도 강맹하기로 이름난 곳들입니다. 저희도 황자님의 일을 돕고 싶습니다만, 그 세 곳을 정복하는 건 하루아침에 될 일이 아닙니다."

부장은 남궁진휘의 말을 철없는 귀공자의 탁상공론 취급하며 마지막엔 노골적으로 한숨까지 쉬어 보였다.

부장 이선명은 처음부터 무림 세력이 군 지휘부까지 들어온 것이 영 마음에 들지 않았다.

물론 그중에서도 특히 싫은 것은, 노골적으로 이황자를 등에 업고 저를 내려다보는 저, 저.

"저런, 군은 참…… 쉬운 일을 무식하고 어렵게 하는 경향이 있더군요."

남궁진휘였다.

남궁진휘가 애매한 미소와 함께 부장 이선명을 안타까운 눈빛으로 보았다.

일부러 열 받으라고 지은 표정과 눈빛이 분명했다.

"지금 말 다 했소?"

"아니오. 다 못 했소. 대장군님, 일전에 제가 군략이 아니라 지략이 필요하다 말씀드린 적이 있지요?"

"……."

자신의 부장이 눈이 찢어져라 남궁진휘를 노려보는 상황에서 위장군은 차마 답을 할 수 없었다.

대신 질문을 던졌다.

"무림의 지략이라…… 정사연합 부군사께서는 우리 군에 대해서도 따로 마련한 책략이 있는가?"

위장군의 물음에 부장 이선명은 물론 비장들이 눈을 부릅뜨고 남궁진휘를 보았다.

살벌한 장수들의 눈빛을 마주하며 남궁진휘가 태연하게 말했다.

"군은 상황 파악을 잘 못 하더군요."

"이……!"

남궁진휘의 말에 비장들이 들썩거렸다.

"교주는 중원과 많이 다른 곳입니다. 단지 다른 거라면 괜찮지만, 이 지역이 한 제국에 적대적인 것은 '다르다'는 표현만으로는 부족하죠."

남궁진휘는 눈 하나 깜짝하지 않고 말을 이었다.

분위기는 점점 더 아슬아슬해졌다.

―부족한 건 저놈의 눈치 같은데?

―싸움은 무조건 선빵인데. 기회 봐서 내가 먼저 칠까?

―……선빵은 안 된다.

-젠장. 그럼 선빵 기다렸다가 바로 반격하는 걸로.

적호단주와 흑살대주, 심지어 이번에는 청룡단주마저 고개를 끄덕일 정도로 분위기가 좋지 않았다.

"의사소통이 안 되는 것도 문제인데, 애정을 표하는 법, 슬픔을 표하는 법, 존경과 경의를 표하는 법 등 감정을 공감하는 법마저 다르니. 그동안 군과 조정 관리들은 다른 민족을 이해하기보다 강압적으로 통제하기 바빴죠. 그 때문에 교주의 소수민족들은 한족에게 적대적인 감정을 가지고 교류를 끊은 곳도 많습니다. 그게 근본적으로 이곳과 전쟁을 벌여 승리한다고 해도 통제가 어려운 이유입니다."

결국은 중원인들의 배타적이고 오만한 태도가 문제라는 뜻이었다.

남궁진휘의 뼈를 찌르는 분석에 부장 이선명은 물론 다른 비장들의 표정이 노골적으로 비틀렸다.

"그래서 뭐야? 이제라도 저놈들에게 알랑방귀라도 뀌자 이겁니까?"

"소통이니 감정이니, 언제부터 전쟁터에서 그런 걸 따졌답니까? 서로 죽고 죽이는 게 전쟁이오! 뭐 알지도 못하면서!"

"장군, 언제까지 저 개소리를 들어 주실 참입니까?"

비장들이 버럭버럭 소리를 지르며 들고 일어섰다.

-개소리라는군.

-선빵이지?

－가자.

적호단주와 흑살대주, 청룡단주가 서로 눈을 마주쳤다.

그들도 막 탁자를 치며 들고 일어설 참이었다.

"뭐야? 개소라니 무슨 말을…… 쉐엑?"

제일 먼저 항의를 하려던 적호단주는 말을 끝마치기도 전에 끼어든 불길한 소리에 고개를 돌렸다.

파－팟!

뭔가가 터지는 소리.

부장의 바로 옆에 앉은 비장의 뒤로, 한겨울 북풍과 함박눈에도 끄떡없던 두꺼운 가죽이 단번에 터져 나갔다.

"헉!"

남궁진휘에게 개소리니 어쩌니 했던 비장이었다.

"대장군 안전에서 몹시 무례하군."

진화가 비장을 향해 말했다.

진화는 '대장군'이라 말했지만 이 자리의 누구도 그렇게 듣지 않았다.

서늘하게 가라앉은 눈이 비장들을 압박했다.

"소, 송구하옵니다, 황자 저하! 아, 아니, 장군님."

얼굴에 구멍이 뚫릴 뻔했던 비장이 벌렁거리는 심장 소리를 들으며 진화와 위장군에게 고개를 숙였다.

'뭐였지?'

'눈으로 좇지도 못했어!'

'황자님 무공이 어, 엄청났다고 듣긴 했지만 정말로……!'

불과 얼마 전 진화와 일행의 영웅담이 군 진영을 휩쓸었었다.

그것을 직접 보았거나 그 이야기를 들었던 비장들은 진화와 눈이 마주칠까 고개를 숙이기 바빴다.

그런 진화에게 흐뭇한 시선을 보내던 남궁진휘가 미소를 지은 채 부장과 비장들을 보았다.

"말의 맥락을 잘 읽지 못하시는군요. 하긴 상황 파악도 못하는데 맥락 파악이라고 잘할까."

"이……!"

남궁진휘의 비꼼에 부장과 비장들이 이를 갈며 그를 노려보았다.

하지만 이번에는 남궁진휘가 그들이 반발할 틈도 주지 않고 말을 이었다.

"알지도 못하는 것! ……을 다짜고짜 부수고 깨야 하니 정복이 어려운 것입니다. 그들의 언어와 습성, 문화를 알지 못하니 지배가 어려운 것이고요."

"그렇게 말하는 걸 보면, 자네에겐 그 정복과 지배를 쉽게 할 방법이 있다는 겐가?"

위장군이 무표정한 얼굴로 물었다.

남궁진휘가 그의 부장과 비장들을 놀리는 것을 보았으니, 위장군의 표정도 그리 좋지 못했다.

위장군의 눈빛이 살벌할 정도로 남궁진휘를 압박했다.

위장군이 나서자 부장과 비장들이 조용했다.

그러자 남궁진휘가 이렇게 되길 기다렸다는 듯 나섰다.

"중원에서 불교와 도교, 유교가 성행하듯 이 지역은 정령을 숭배합니다. 장호군과 육림군, 영봉군 일대를 지배하는 야오족과 마로족, 모남족은 대표적으로 뇌신(雷神)을 섬기지요. 마침 우리에겐 산을 무너뜨리는 뇌신이 있고요."

"뇌신이 있다고?"

"설마?"

"……저요?"

남궁진휘의 짙은 미소와 함께 위장군을 비롯한 장수들, 무단주들의 시선이 한곳으로 모였다.

그들 모두 성문을 부수고 산을 무너뜨리는 뇌신을 알고 있었다.

진화도 그들의 시선에 자신에게 모인 이유를 모르지 않았다.

"중원과는 교역을 안 해도 식량을 자급자족할 수는 없습니다. 그들끼리 식량을 교역하는 교역로를 모조리 막아 버릴 겁니다. 씻고 마시는 물길도 잘라 버리고, 살기를 뿌려 근처 짐승들도 얼씬하지 못하게 해야 합니다."

먹고 마시는 것부터 쥐어짜겠다는 소리였다.

"그리고 그 위로 천둥 번개를 떨어뜨려 보지요. 천벌이라 생각하지 않겠습니까? 살려면 하얀 깃발을 걸어야 할 겁니다. 문화는 달라도 그런 것 정도는 알 테니까요. 후후후후."

먹지도 마시지도 못하는 사람들 위로 천벌을 떨어뜨리겠다니.

위장군과 장수들은 물론 무단주들까지, 모두 잔뜩 질린 눈으로 남궁진휘를 보았다.

오직 진화만이 남궁진휘를 위해 각오를 다졌다.

파파파파파팟--!

"우아아아악-!"

부실한 목책과 망루 위로 벼락이 떨어졌다.

높은 목책이 뚫리자마자 이번에는 나하연과 남궁진혜, 적호단주와 흑살대주, 그리고 강무련이 나섰다.

하나같이 터질 듯한 근육을 자랑하는 이들이라, 무엇을 할지는 대충 예상이 갔다.

그들은 도끼나 장검 끝에 굵고 긴 밧줄을 달고 나머지 목책이 있는 곳으로 던졌다.

휘이이이이익--!

푹! 푹! 푹! 푹! 푹!

정확하게 목책에 도끼와 장검을 박은 이들의 모습에 장수들이 놀란 눈을 떴다.

하지만 진짜 놀랄 일은 그때부터였다.

"당겨-!"

"크아아아아---!"

"사람을 뭘로 보고!"

"이런 건 소나 말을 시키란 말이야!"

"빌어먹을 남궁진휘---!"

각각 악을 쓴 나하연과 남궁진혜, 적호단주와 흑살대주, 그리고 강무련이 본격적으로 힘을 쓰기 시작했다.

끼이이이이---!

그들이 줄을 잡아당기자, 목책이 서서히 기울기 시작했다.

심지어 그들은 입으로는 남궁진휘를 욕하면서 눈으로는 서로를 견제하며 제일 먼저 목책을 넘어뜨리려고 애썼다.

'잘 보이고 만다!'

나하연이 남궁진혜의 눈치를 살피고.

'우리 진화는 안 돼! 단주보다 먼저 넘어뜨릴 거다!'

남궁진혜가 나하연과 적호단주를 보았다.

'질 수 없지!'

적호단주는 남궁진혜와 흑살대주를, 흑살대주는 적호단주와 강무련을, 강무련은 흑살대주를 곁눈질했다.

그들이 서 있는 순서에도 남궁진휘의 치밀한 계산이 있었던 것이다.

뻐어어어어억———!

깊게 박힌 말뚝이 뽑혀 나오거나 목책이 부러졌다.

그 안에서 부실한 창과 활, 농기구를 들고 기다리던 야오족은 목책 앞에 줄지어 선 일천 명의 군을 보고 경악을 금치 못했다.

그때.

번————쩍.

푸른 빛의 번개가 야오족 동산 부락 족장의 집 위로 떨어졌다.

콰———앙!

나무로 지어진 제법 단단한 집이 단숨에 장작더미로 변했다.

"……사, 살려 주십시오!"

"항복하겠습니다!"

무기를 버리고 바닥에 절을 하는 야오족을 보며, 하루 종일 그저 서 있기만 했던 일천 명의 병사들과 그들을 이끈 비장은 할 말을 잃고 말았다.

야오족 동산 마을을 넘자.

이번에는 남궁진휘가 청수검 무현과 병사들을 동원했다.

"거기군."

"허어, 무량수불. 천존이시여, 산신이시여, 절 용서하십시오."

"어허, 무현, 뭐 하나?"

"하네, 해!"

"어라? 자네 내게 성질낸 것인가?"

"아닐 것이네!"

청수검 무현이 검을 내려놓으며 목소리를 높였다.

아무리 도사라지만 설마 무당제일검을 데려와 수맥을 찾으라 할 줄도 몰랐지만, 그 수맥을 끊어 놓으라니. 자연에 순화되어 순응하는 삶을 살아야 하는 도사에겐 정말 가혹하고 양심 없는 주문이었다.

하지만 남궁진휘는 청수검 무현의 죄책감에는 아랑곳하지 않고 그가 가리킨 곳마다 병사들로 하여금 돌을 쌓게 했다.

얼마 뒤, 산 아래 물이 마르고 동산마을의 우물마저 사용할 수 없게 된 다른 야오족들이 항복을 전해 왔다.

육림군에 들어서자 일은 더 쉬웠다.

"으하하하하! 형제여—!"

적호단을 도우면서 육림군에 군림할 수 있게 된 맹족이 문을 활짝 열고 그들을 맞았기 때문이다.

육림군의 호족들은 성안에서 농성에 들어갔지만, 사방이 여섯 숲으로 둘러싸인 육림군에서 호족들이 식량도 없이 얼마나 버틸지는 장담할 수 없었다.

게다가.

파파파파파파팟————!

콰————광!

진화는 어디를 가든 누구나 볼 수 있게 거대한 뇌전부터 뿌렸다.

'뇌왕도 해 봤는데, 뇌신이 대수더냐! 형님을 위해서!'

진화는 남궁진휘의 전략을 관철시키기 위해 백 번이고 천 번이고 뇌전을 떨어뜨릴 수 있었다.

현경의 고수가 전력을 다해 내리치는 일격에 성문이라고 남아날까.

단숨에 성문을 부수는 벼락에 성문 안에 있던 소수민족 출신들이 무기를 놓고 도망치기 바빴다.

"뇌, 뇌신이다! 뇌신이 노하셨다!"

생각 없이 외친 말이 성 전체에 번지고, 뇌신을 믿는 호족들 또한 백기를 걸고 진화 앞에 무릎을 꿇었다.

"……."

위장군과 그 휘하 장수들은 할 말을 잃고 호족들을 보았다.

번—쩍.

콰과—광! 쾅!

"뇌신이시다!"

파파파파파팟———!

번—뜩.

"으악!"

"처, 천벌이다!"

진화의 명성은 교주 일대를 퍼져 나갔고.

남궁진휘의 여론 조작과 교주의 최대교역지라 할 수 있는 육림의 길목을 끊은 맹족의 활약 덕에, 나중에는 '의리 없이 황제를 배신한 호족들을 벌하기 위해 뇌신이 강림했다!'는 소문까지 더해졌다.

종국에는 굶주림과 목마름, 천벌이 두려운 나머지, 스스로 찾아와 투항하는 이들이 있을 정도였다.

"투항하겠습니다!"

"뇌신이시어, 자비를 베푸소서!"

"……."

변변한 전투 한번 없이 장호군에 이어 육림군까지, 교주의 사분지 일을 얻은 위장군과 장수들은 이제 입을 꾹 다문 채 진화와 남궁진휘의 뒤를 따랐다.

"황자님께서…… 아니…… 제 영봉군만 남았던가?"

위장군은 하려던 말도 멈추고 얼떨떨한 표정을 감추지 못했다.

그런 위장군을 보며 남궁진휘도 그저 웃고 말았다.

"하하하하, 이건 제 예상 밖이긴 한데…… 우리 진화가 늘 예상을 뛰어넘는 아이이긴 하지요. 뭐, 어쨌든 잘된 일이지 않습니까? 하하하하!"

남궁진휘의 시선 끝에는 진화가 호족들에게 오체투지를 받고는 어쩔 줄 모르고 있었다.

 "그나저나…… 일의 진행이 빠르긴 하네요. 신 제국이 잘 따라와 줘야 하는데."

 "……신 제국이?"

 "후후후후."

 위장군은 뭔가 넘겨듣지 못할 말을 들은 기분이었지만, '후후후' 웃고 있는 남궁진휘에게 자세히 묻고 싶진 않았다.

 "쳐라! 오늘 내로 성문을 열어야 한다!"

 붉은 수술이 달린 부채가 앞을 향하자, 그것을 보고 있던 장수가 크게 소리를 질렀다.

 "충차를 내라! 돌진한다!"

 "대고를 울려라!"

 장수들의 재촉 속에서 신 제국 병사들이 끊임없이 운제를 놓고 성벽을 올랐고, 다른 병사들은 방패를 들고 끝도 없이 돌진했다.

 방패수들이 성문 앞에서 충차를 미는 군사들을 에워쌌다.

 퍽퍽퍽퍽.

 방패 위로 끊임없이 화살 비가 쏟아졌다.

"크아아악!"

너덜너덜해진 방해를 뚫고 화살받이가 된 병사들이 쓰러지고, 다른 병사들이 그 자리를 대신했다.

그사이 충차를 미는 건장한 병사들이 성문을 때렸다.

쿵! 쿵! 쿵!

"때려라! 더! 더!"

건장한 사내 서넛을 묶은 것보다 거대한 통나무에 철심까지 달아 놓은 충차는 그것을 밀어 움직이는 것조차 힘들었다.

하지만 병사들은 장수의 재촉과 채찍질 속에 그것을 힘껏 밀어 성문으로 돌진해서 부딪히고, 물러나서 또 부딪히고를 반복했다.

"크아아아악———!"

가슴과 팔의 껍질이 벗겨지며 피투성이가 되고서야 드디어 충차가 성문을 꿰뚫었다.

"성문이 뚫렸다―!"

누군가가 소리를 지르고.

그것을 보고 있던 장수가 다시 부채를 들고 가마에 앉은 중년인을 보았다.

붉은 수술이 달린 부채가 하늘을 찔렀다.

그러자 기다렸다는 듯 그들의 뒤에서 검은 무복을 입고 검을 든 이들이 앞으로 달려 나갔다.

병사들과는 비교할 수 없을 정도로 빠르게 경공술을 펼친

이들은, 순식간에 방패를 들고 운제를 타고 오르는 동시에 틈이 벌어진 성문 안으로 뛰어들었다.

쉐에에엑–!

챙! 챙!

"으아아악!"

"크악!"

귀천성 무인들이 공간을 만들자, 그곳으로 더 많은 이들이 뛰어들었다.

"쏴, 쏴라! 창을 던져라!"

성문 안에 남아 있던 장수 중 하나가 명을 내리자, 물러서던 이들이 남은 화살과 창을 던졌다.

휙휙휙휙–!

성문을 활짝 열고 있는 귀천성 무인들을 향해 수십 개의 창이 날아들었다.

그때, 활짝 열린 성문 사이로 붉은 기운이 날아들었다.

쉐에에에에엑–!

챙! 챙! 쿵.

붉은 기운은 귀천성 무인들을 향해 날아가던 창 수십 개의 머리를 단숨에 잘라 냈다.

그리고 붉은 권기를 쏘아 보낸 수신방주 신귀 장배경이 성에 남아 있던 장수를 보며 비릿하게 웃어 보였다.

"눈에 보이는 놈들은 모두 죽여라. 쥐새끼 하나 살려 두지 마라!"

"충!"

명을 내린 수신방주는 자신이 왜 신귀라 불리는지, 눈 깜짝할 사이에 상대 장수 앞에 나타나며 증명해 보였다.

쉐에에엑!

"크헉!"

수신방주의 손에 맺힌 붉은색 수기가 검보다 날카롭게 장수의 목을 베어 버렸다.

툭. 툭.

사방으로 피를 뿌리며 몸을 잃은 머리가 눈도 감지 못한 채 땅에 떨어졌다.

마치 오늘 이 성안 모든 사람들의 운명 같았다.

성이 함락되고, 폐허가 된 성안으로 천천히 신 제국 파별 대장군 조유찬이 걸어 들어왔다.

파별대장군은 검은 무복을 입은 사내와 부채를 든 중년인을 극진히 모시고 있었다.

"이곳 외산성이 효현의 앞에 있는 마지막 성이라고 했던가요?"

"그렇습니다, 선생."

파별대장군은 부채를 든 중년인, 송마문주 일유신에게 '선생'이라 부르며 존대했다.

"송마문주."

"예, 검마제 님."

파별대장군에게 꼿꼿하던 송마문주가 검마제에게는 허리까지 숙이며 부름에 답했다.

파별대장군 또한 그것을 당연하게 받아들였다.

귀천성이 신 제국의 집어삼킨 후 그들 사이에 위계질서가 완전히 확립된 듯했다.

"한 제국 또한 가까인 온 것으로 아는데, 우리가 그보다 늦겠는가?"

"한 제국이 곧 영봉군을 함락시킬 듯합니다. 그보다 늦지 않도록 내일 밤 효현을 공략하도록 하겠습니다."

"그러면 혼현마제가 그곳에 고립되는 것인가?"

"절벽을 뛰어내려 강에 빠지지 않는 이상은 그럴 것입니다. 혹시 몰라 수신방주가 배를 띄워 절벽 아래를 감시 중이라 합니다."

"그렇습니다. 그 산에서 도망치려면 효현과 영봉 쪽으로 산을 내려오거나 절벽을 뛰어내리는 세 가지 방법밖에 없습니다. 남궁세가의 청해상단 또한 주강 하류로 배를 몰고 왔다고 합니다."

"그래."

검마제가 짧게 고개를 끄덕였다.

송마문과 수신방의 협력이 제법 만족스러웠다.

"혼현마제가 중원을 빠져나가서도 안 되지만, 놈이 그 몸에 적응하기 전에 찾아서 죽여야 한다. 정사 연합 놈들은 신경 쓰지 말고 혼현마제에 집중해라."

"예!"

"물론입니다."

검마제의 명에 송마문주과 수신방주가 동시에 고개를 숙였다. 숙인 고개 아래로 두 사람이 눈빛을 마주쳤다.

검마제가 오늘 묵을 숙소로 들어가고, 그를 배웅한 송마문주와 수신방주가 약속이나 한 듯 함께 자리를 옮겼다.

"한 제국이 우리와 같은 움직임을 보일 줄 몰랐군. 마치 둘이 짠 듯이 시기도 딱 맞췄어."

수신방주가 송마문주에게 슬쩍 눈길을 주며 말했다.

송마문주가 진짜 정사연합과 내통을 했을 거라곤 전혀 생각하지 않았지만, 그저 습관처럼 그를 자극하고 떠본 것이다.

하지만 송마문주의 반응이 평소와 달랐다.

평소라면 헛소리 말라며 코웃음을 쳤을 송마문주가 자못 심각한 표정을 했기 때문이다.

"한 제국에 나와 같은 생각을 한 놈이 있다는 거지. 심지어 나보다 빨리."

"……!"

송마문주의 말에 수신방주가 눈을 크게 떴다.

송마문주가 그런 수신방주를 돌아보며 진지하게 말했다.

"나는 혼현마제를 뛰어넘을 자신이 있었네. 수십 년, 어쩌면 백 년을 훌쩍 넘기는 동안 그자의 방식은 많은 부문에서 정형화되었고 많은 공통점과 약점을 보였으니까."

"나 또한 그렇게 생각하네. 운명에 따라 자리를 채운 마제들이 아니라 실력으로 역천제 님을 보필한다면, 그 옆에는 검마제 님 다음으로 자네와 내가 있을 거라고."

심각한 송마문주의 모습에 수신방주 또한 이번만큼은 진지하게 답했다.

오래도록 경쟁하면서 서로를 지켜보았으니, 그만큼 서로의 능력에 대해서만큼은 인정하고 있었다.

수신방주는 송마문주가 바짝 긴장한 모습이 익숙하지 않았다.

"한 제국군 진영에 정사연합 군사부의 남궁진휘가 와 있네."

"설마…… 자네와 같은 책략을 떠올린 자가 남궁진휘라고 생각하는 건가?"

"생각하는 것이 아니라 놈이라 확신하네. 이제 고작 약관을 넘긴 애송이가 나와 같은 생각을 한 거야."

"……."

이제 약관을 넘긴 자가 수십 년 동안 혼현마제를 이기기 위해 몰두한 송마문주와 같은 반열에 있다라…… 수신방주는 송마문주가 남궁진휘를 경계하는 이유를 비소로 이해했다.

"위험한 놈일세. 더 크도록 두고 본다면 필시 우리의 앞을 막겠지. 창천화룡 남궁진화는 검마제 님의 손에 맡기고, 자네는 남궁진휘를 맡게."

"자네가 그럴 정도인가?"

"그놈이 보인다면 지체 없이 죽이게."

송마문주의 단호한 대답에 수신방주도 진지하게 고개를 끄덕였다.

쉐에에에엑———!

번———쩍!

"으아아아아악!"

영봉성에 걸린 깃발 위로 번개가 떨어지면서, 영봉성이 한 제국군의 손에 떨어졌다.

남아 있던 병사들이 눈앞에서 내리치는 벼락에 전의를 상실한 것이다.

"와아아아아———!"

이제는 이 광경도 익숙한 듯 장수들과 병사들이 환호성을 지르며 승리를 즐겼다.

다만 부장의 손에 이끌리듯 영봉성에 입성하는 위장군의 얼굴은 완전히 즐겁지만은 않았다.

'이래도 되나?'

장호군, 육림군에 이어 영봉군까지.

더 남쪽의 지역이야 육림군과 거래가 끊기면서, 곧 북위군 사마 원자기가 이끄는 남해군에 함락되는 건 시간문제일 것이다.

이렇게 되면 거의 진국의 삼분지 일을 얻는 것이었다.

신 제국이 차지한 곳과 진짜 야만의 땅으로 남은 곳을 제외하면 쓸 만한 땅은 전부 얻은 셈이었다.

'이러다가 장안보다 먼저 교주를 평정하겠군.'

위장군이 곤란한 것이 바로 그 부문이었다.

농담처럼 진화의 뇌신 효과가 너무 기대 이상이라는 이야기를 나누긴 했지만, 진짜 이게 문제가 될 줄이야.

지금 영봉성에 입성하고 있으면서도 실감이 나지 않았다.

'조정에 보고를…… 뭐라고 올려야 하지?'

얼마나 많은 승리를 하든, 조정의 녹을 먹는 신료의 고민이 이어졌다.

한 제국군이 해야 할 일은 모두 끝이 났으니, 이제는 무림의 차례였다.

"이제 뱀 잡을 땅꾼들이 나설 차례인가?"

적호단주가 몸이 근질근질하다는 듯 투기를 드러냈다.

청룡단주와 흑살대주의 얼굴도 별반 다를 바가 없었다.

그런 무단주들을 보며 남궁진휘가 조금 난감한 표정을 지었다.

"이거 어쩌죠? 조금 기다리셔야 할 듯한데."

"뭐?"

"왜?"

"무슨 문제가 있나?"

말투는 달랐지만, 즉각적인 반응은 세 단주가 별반 다르지 않았다.

그나마 제 숙부가 조금 더 나은 사람이라 생각했던 남궁진 휘는 청룡단주를 보며 작게 한숨을 쉬었다.

"예상보다 너무 빨리 도착했습니다."

"혹시 제가 실수를 한 것입니까?"

무단주들의 모임에 진화가 빠질 수 없었으니.

남궁진휘의 말을 들은 진화가 걱정스러운 듯 물었다.

그러자 남궁진휘의 고개가 생각해 볼 것도 없다는 듯 풍차 처럼 돌아갔다.

"아니아니아니! 당연히 아니지. 우리 진화 덕에 우리 모두 가 전열을 정비하고 휴식을 취할 시간을 얻었다는 말이란다."

남궁진휘의 말에 진화가 다행이라는 듯 고개를 끄덕였다.

그런 남궁진휘를 보는 세 무단주들의 눈빛이, 방금 남궁진휘가 무단주들을 보던 그것과 별반 다르지 않았다.

"이제 슬슬 저쪽에서도 뱀이 어디에 숨었는지 알았을 겁니다."

남궁진휘가 아무렇지 않은 듯 화제를 돌렸다.

그런데 그게 통했다.

남궁진휘의 말에 적호단주와 청룡단주, 흑살대주는 물론 진화도 눈을 크게 떴다.

"뱀이 어디 숨었는지 아십니까?"

"뭐야? 혼현마제 놈이 숨은 곳을 알아? 그런데 왜 이렇게 돌아온 거지?"

"어디 있는지 알면 왜 이러고 있는 거요? 잔말 말고 바로 갑시다!"

진화의 말과 적호단주, 흑살대주의 말이 동시에 쏟아졌다.

남궁진휘는 당연하게도 진화만을 보았다.

"혼현마제가 숨을 곳을 찾는 건 간단했단다. 사람들의 생각보다 훨씬 더, 독부의 사랑이 지독하게 남았거든."

남궁진휘가 씁쓸한 눈으로 고개를 돌렸다.

그의 시선이 닿은 곳에는 검게 변한 요석산과 누렇게 죽은 숲이 이어진 산맥이 있었다.

"네가 언덕을 날려 버린 것 외에도, 독마제가 이전에 썼던 독과 마지막에 날린 독성이 모두 박죽산에서 팔봉산으로 향하는 길만은 피했더구나. 네가 언덕을 날려 버리지 않았어도 독성이 그곳으로는 가지 않았을 거란 말이다."

"……."

남궁진휘의 말에 모두가 침묵을 지켰다.

적이지만 말을 아낄 수밖에 없었다.

지독한 사랑.

그 말이 딱 맞았다.

그에 남궁진휘가 다시 한번 씁쓸하게 웃었다.

"지독한 사랑이 진짜 독이 된 경우지."

"그럼 지금까지 팔봉산 주변을 에워싸면서 신 제국을 기다린 것인가? 왜?"

"신 제국 영토까지 함락시키려면 시간이 걸리지 않습니까. 일단은 공동의 목표가 있으니, 슬쩍 우리가 쓸 전략을 보이면서 따라오게 한 거죠. 게다가……."

잠시 뜸을 들이며, 남궁진휘가 모두를 향해 씨-익 웃어 보였다.

어쩐지 그 웃음이 천수현인과 제갈가주를 닮았다는 생각을 떠올렸을 찰나.

"뱀을 불러내려면 먹음직스러운 먹이가 있어야지요. 검마제와 귀천성이라면, 미끼로 쓰기에 딱 좋지 않습니까? 후후후후후."

"형님…… 제갈에서 나쁜 것을 배우신 듯합니다."

"진화야!"

남궁진휘가 심한 욕이라도 들은 듯 몹시 서운한 목소리로 진화를 불렀다.

하지만 이번만큼은 진화의 표정이 매우 단호했다.

"귀천성 놈들이 모레쯤이면 성급하게 움직일 겁니다. 우리는 귀천성이 흘린 피를 쫓을 겁니다."

"준비하고 있지."

남궁진휘의 말에 적호단주와 청룡단주, 흑살대주가 단숨에 고개를 끄덕였다.

천수현인 제갈길현과 비슷한 표정만큼이나, 남궁진휘의 책략에도 천수현인의 그것만큼의 신뢰가 쌓인 터였다.

유난히 안개가 짙은 밤.

휘이이이익――!

휘익! 휘―익!

바람 소리가 매섭게 지나가자, 검은 무복을 입은 귀천성 소속 무인이 고개를 돌렸다.

그와 동시에, 그의 목에 가느다란 붉은 선이 생겼다.

"킥!"

"무슨 소리…… 윽!"

휘―익! 휘익!

"헉!"

신음에 돌아본 다른 두 명의 무인들도 얼굴의 한가운데와 가슴이 미끄러지듯 갈라져 바닥에 떨어졌다.

스으으윽…….

귀천성 무인들의 조각난 시체를 중심으로 금세 흥건하게 피 웅덩이가 생겼다.

그 위로 은빛 실선이 달빛을 받아 반짝였다.

은빛 실선에는 산수유 열매처럼 붉은 피가 방울방울 맺혀 있었다.

스스스스슷……!

바닥에 고인 피가 은빛 실선을 타고 오르고, 땅은 금방 검게 메말랐다.

은빛 실선을 타고 오른 피는 뭔가가 끌어당긴 듯 나무 사이로 흘러 사라졌다.

그리고 잠시 뒤.

나무 사이에서 누군가 모습을 드러냈다.

창백한 얼굴.

하지만 짙은 눈썹과 곧은 콧날이 눈에 띄는 단정한 인상, 소년과 청년 사이의 어린 사내였다.

"준비 없이 실행한 역천대법이라 혈정이 모자라는군. 아니, 그런 것치고는 회복이 빠른 건가? 확실히…… 젊고 건강한 몸이 좋구나. 후후후.”

나무 사이, 달빛 아래에서 수오가 야릇한 웃음을 보였다.

죽은 귀천성 무인들을 보는 수오의 눈이 피보다 붉게 빛났다.

팔봉산.

박죽산 대봉을 내려와 여덟 개의 봉우리로 이어진 산으로, 특이하게 일곱 개의 작은 봉우리가 가장 큰 봉우리를 감싼 형국이라 그 군락을 모아 팔봉산(八峰山)이라 불렀다.

혼현마제와 일당이 숨은 곳이었다.

네 개의 봉우리는 검마제와 귀천성, 신 제국군이 둘러싸고 있었고, 세 개의 봉우리는 정사연합과 한 제국군이 에워쌌다.

양측은 서로를 견제하는 동시에 협력 아닌 협력을 하고 있었다.

모두 혼현마제를 죽이기 위해서였다.

“찾았습니다!”

피가 흘러나왔다.

혼현마제가 설치해 둔 진법이 기의 흐름을 바꾸고 적의 심신은 가둘 수 있었지만, 물리적으로 흘러나오는 피까지 막을 순 없었다.

그것을 송마문 학사들이 발견한 것이다.

"포분하라!"

파─앗! 팟! 팟! 팟!

뿌연 가루가 곳곳에 흩어졌다.

송마문주의 명과 함께 학사들이 혼현마제의 옥혼진을 깨기 시작했다.

"수기, 파기!"

펑! 펑! 펑!

학사들의 손에 맺힌 수인이 쏘아져 나가 가루들을 깨뜨리자 진법 속에 숨어 있던 현홍사가 모습을 드러냈다.

기다리고 있던 수신방 무사들이 익숙한 듯 현홍사를 잘라 냈다.

이번 임무에서 부쩍 가까워진 두 문주의 관계만큼이나 두 문파의 협력 작업도 속도를 더해 갔다.

채───앵!

마지막 현홍사까지 잘려 나가고, 옥혼진에 갇혀 있던 안쪽 상황이 드러났다.

"흡!"

"크흣!"

"저, 저기!"

시체가 썩으면서 만들어진 지독한 냄새가 코를 찌르는 동시에, 조각조각 흩어진 신체의 일부들, 그 안에서 줄줄이 늘어진 내장과 형태를 알 수 없는 장기들 그리고 반쯤 잘린 머리에서 흐른 허연 뇌가 그대로 눈에 들어왔다.

짐승처럼 해쳐진 시체들.

너무할 정도로 잔인한 광경 앞에, 죽음과 시체가 익숙한 귀천성 무인들마저 할 말을 잃었다.

"혼현마제가 할 법한 짓이군."

"바닥을 보시게."

"바닥?"

다른 무사들처럼 혼현마제의 흔적 앞에 인상을 찌푸리던 수신방주가 홀로 심각한 송마문주의 말에 의아한 표정을 지었다.

그러자 송마문주가 바닥을 가리켰다.

모두가 지독한 냄새와 잔인한 광경에 주의를 빼앗긴 동안, 송마문주는 목적을 잊지 않고 있었다.

"바닥이 젖은 것은 피 때문이지. 그런데 흙 속에 스며 들어간 것을 감안하더라도 피의 흔적이 모자라네."

"피가 모자라다? 그렇다면!"

수신방주의 눈이 커졌다.

그도 송마문주가 말하고자 하는 것을 알아차린 것이다.

"혼현마제가 힘을 회복하고 있네."

"젠장! 벌써……!"

송마문주가 고개를 끄덕이며 하는 말에 수신방주가 낭패한 기색을 숨기지 않았다.

"혼현마제가 여기에 숨었다는 것을 알아냈으니, 일단 돌아가지."

"그러다가 혼현마제가 도망친다면?"

"여덟 봉우리 전체에 진법을 설치할 수는 없네. 그리고 놈은…… 혈정을 흡수하고 있지."

"당분간 혼현마제가 이곳에서 우릴 사냥할 거라고 생각하는 건가?"

"사방이 포위당해서 온전치 않은 몸으로는 뚫어 내지 못할 테고. 혼현마제도 그걸 알고 있으니, 이대로 무모하게 도망치는 것보단 하루라도 빨리 몸을 회복하는 쪽을 택할 것이네."

송마문주의 판단을 들은 수신방주도 고개를 끄덕이며 동의했다.

"검마제 님께 보고하고 놈이 완전히 힘을 찾기 전에 움직이지."

수신방주와 송마문주가 마음처럼 급하게 걸음을 옮겼다.

송마문주와 수신방주가 검마제에게 상황을 보고했다.

하지만 그들의 다급함과 달리 검마제는 자리에 앉아 움직이지 않았다.

검마제는 뭔가 걸리는 것이 있는 듯했다.

"검마제 님……?"

송마문주와 수신방주가 의아한 듯 검마제를 불렀다.

애초에 혼현마제가 새로운 몸에 적응을 마치고 힘을 모두 되찾기 전에 죽여야 한다고 했던 사람이 검마제였지 않은가.

그때, 조용하던 검마제가 송마문주를 꿰뚫을 듯한 눈빛으로 보았다.

"우리 쪽에 가깝다곤 하지만 우리가 산을 점령한 것도 아니고. 정사연합 놈들이 우리보다 최소 이틀은 먼저 도착했는데, 옥혼진이 있다는 걸 몰랐을까?"

"……!"

검마제의 날카로운 질문에 송마문주의 눈이 찢어질 듯 커졌다.

"일전에도 정사연합 놈들이 나와 독마제의 뒤를 노리고 있었다. 이번에도 또 그럴 가능성은?"

"……송구합니다."

송마문주가 대답 대신 고개를 숙여 사과했다.

이번에도 정사연합이 뒤를 칠 가능성이 높다는 의미인 동시에 미처 그것에 대해 주의를 기울이지 못한 자신에 대한 반성이었다.

'검마제 님이 아니었다면 놈의 미끼로 쓰일 뻔했군.'

송마문주가 티 나지 않게 어금니를 꽉 깨물었다.

솔직하게 잘못을 인정하는 송마문주를 보며, 검마제가 방금 전과 달리 덤덤한 목소리로 그를 불렀다.

"마학선생."

"예, 검마제 님."

"혼현마제를 잡고 정사연합을 상대할 계책을 말하라."

송마문주를 재촉하는 명인 동시에 여전히 송마문주를 신뢰한다는 말이다.

그에 송마문주가 더 깊게 고개를 숙였다.

그리고 순식간에 정사연합이 그들의 뒤를 노릴 경우를 대비하여 답했다.

"놈들의 계책을 역이용하여, 이번에는 우리가 놈들을 미끼로 쓸 것입니다."

송마문주가 고개 숙인 아래로 살기를 흘리며 말했다.

한편.

송마문주가 정사연합을 미끼로 쓰기 위해 뭔가 애를 쓰기도 전에 진화와 남궁진휘 일행과 적호단, 청룡단, 흑살대가 빠르게 산을 오르고 있었다.

정사연합의 움직임은 귀천성 무인들이 산에서 잠시 물러나기도 전에 결정된 것이었다.

적호단주가 급하게 귀천성 무인들의 소식을 알려 왔을 때였다.

"귀천성 놈들이 옥혼진을 깨뜨렸다! 팔봉 중에 세 번째 봉이다."

"좋습니다! 지금 바로 가죠!"

남궁진휘가 반색하며 벌떡 일어섰다.

적극적인 남궁진휘의 모습에 되레 당황한 건 적호단주를 비롯한 무단주들이었다.

"음? 바로? ……이번에도 귀천성과 검마제를 이용하지 않고?"

떨떠름한 적호단주의 물음에 남궁진휘의 눈매가 대번에 가늘게 변했다.

"도대체 절 어떻게 보신 겁니까?"

"……."

'음흉한 놈.'

'제갈 같은 놈.'

'적이라면 뼈도 발라 먹을 놈?'

모두 머릿속에 떠오르는 말이 한가득 있는 얼굴들이었지만 누구 하나 선뜻 답하지 못했다.

남궁진휘 때문이 아니라 그 옆에서 말똥말똥한 눈으로 무단주들을 보고 있는 남궁진화 때문이었다.

'저놈이 저런 눈깔로 귀천성 놈들을 도륙 냈지.'

흑살대주가 슬쩍 진화의 눈을 피했다.

남궁진휘가 무단주들의 모습을 보며 씨—익 웃어 보였다.

"복수는 우리 손으로 직접 해야지요."

"……!"

전혀 예상하지 못했던 답인 듯 무단주들의 눈이 커졌다.

"예상되는 희생이 너무 크거나 승리를 장담할 수 없다면 어쩔 수 없지만, 해야 할 싸움을 피할 정도는 아닙니다. 혼현마제의 손에 직간접적으로 죽은 이들이 지난 전쟁부터 헤아리면 수를 셀 수 없을 정도입니다. 처음부터 혼현마제의 목만큼은 다른 놈들의 손에 맡길 생각이 없었습니다. 이길 수 있다는 확신도 섰고요."

남궁진휘의 시선이 진화를 향했다.

이길 수 있다는 확신이 어디에서 나왔는지 알 수 있는 모습이었다.

그리고 그 확신은 무단주들 역시 동의하는 바였다.

깊이를 알 수 없는 무저갱처럼 깊고 검은 눈이 여느 때와 다름없이 무해한 척 자신들을 보고 있었다.

그 눈을 마주하며 청룡단주와 흑살대주가 흐뭇하게 고개를 끄덕였다.

하지만 그들 중에서도 적호단주의 감회가 남달랐다.

'많이 달라졌군.'

다른 사람들은 모르겠지만, 적호단주는 알 수 있었다.

저 무해한 척하는 검은 눈이 이제야 '남궁이 아닌' 것들에도 시선을 돌리고 있다는 것이 어떤 의미인지, 얼마나 큰 변화인지.

처음 저를 보았을 때에 무슨 신기한 물건을 보는 듯 무정했던 시선을 떠올리며 적호단주가 입꼬리를 말아 올렸다.

"귀천성 놈들이 겁을 먹고 쫄았습니다. 당분간 뒤로 물러서 있을 테니, 서두르시지요."

"좋아!"

"가─자!"

남궁진휘의 말에 적호단주와 흑살대주가 우렁찬 목소리로 기합을 넣으며 자리에서 일어서고, 청룡단주 역시 검을 챙겨 일어섰다.

무단주들이 씩씩하게 막사를 나가고 그 뒤를 따라 나가며, 남궁진휘가 진화를 돌아보았다.

그리고 당연한 듯 자신을 따르는 진화의 어깨에 손을 올렸다.

"진화야, 뱀 사냥의 대미는 대장 땅군이 단숨에 뱀 머리를 누르는 것이란다."

"맡겨 주십시오."

남궁진휘의 따뜻한 시선을 마주하며 진화가 다부지게 고개를 끄덕였다.

그러자 남궁진휘가 진화의 어깨에 올린 손에 힘을 주었다.

"그런데 진화야, 혹여 네가 다칠 것 같거든 놈을 그냥 놓아주렴."

이게 진짜 남궁진휘가 하고 싶은 말이었다.

그의 계산은 틀림이 없을 것이나, 세상에 있을지도 모를 만의 하나의 일이 걱정되는 건 어쩔 수 없었다.

"그럴 일 없을 겁니다."

"혹여나 말이다. 네가……."

남궁진휘의 말에 채 끝나기도 전에, 진화가 제 어깨에 있는 남궁진휘의 손 위에 손을 포갰다.

"형님, 저를 믿고 기다려 주시면 됩니다. 남궁을 해쳤던 건 그게 무엇이든 세상에서 치워 버릴 것입니다."

"……그래."

평소와 달리 단호한 진화의 말에 남궁진휘가 어쩔 수 없이 고개를 끄덕였다.

혼현마제를 잡을 대장 땅꾼.

정사연합 무인들의 희생을 최소화하면서 승리를 굳히기 위해선 진화만 한 적임자가 없었다.

남궁진휘조차 그렇게 판단하고 진화에게 맡긴 일이니, 이제는 정말로 진화를 믿고 물러서야 했다.

'그런데 왜, 남궁을 '해쳤던'이라고 한 거지?'

남궁진휘가 막사를 나가는 진화의 뒷모습을 향해 고개를 갸웃거렸다.

그렇게 정사연합 무인들이 빠르게 팔봉산 세 번째 봉우리를 에워싸고 올라가기 시작했다.

산맥이 한 번 매듭지어진 듯.

팔봉산은 일곱 개 봉우리가 대봉을 가운데 두고 빙 둘러진 곳이었다.

그중 세 번째 봉우리는 귀천성의 영역과 조금 더 가까운 동시에 꼭대기에 오를 수 있는 길이 한쪽밖에 없었다. 뒤쪽으로는 주강이 흐르는 절벽이었기 때문이다.

"역시 방해가 없군."

"뒤통수를 두 번이나 맞을까 봐 겁을 먹은 게 맞는 모양이야."

"앞에서 길이 갈라진다. 일행을 나누지."

적호단주와 흑살대주, 청룡단주가 고개를 끄덕였다.

그에 진화 일행과 남궁진휘 일행이 곧장 산꼭대기로 향하고, 적호단과 흑살대, 청룡단은 산 중턱에서 흩어지면 산을 포위해서 올라가기로 했다.

"가자."

남궁진휘의 말과 함께 진화를 비롯한 일행이 그의 뒤를 따랐다.

그렇게 반다경 정도 경공을 펼치며 산을 올랐을까.

"잠깐."

심상치 않은 기운의 흐름에 진화가 일행을 멈춰 세웠다.

"왜 그러느냐?"

"앞에…… 기운의 흐름이 이상합니다."

진화가 무학사나 진법술사는 아니었지만, 현경에 이르고 난 뒤로는 기운의 흐름을 볼 수 있었다.

시각적으로 확인을 한다기보다 기감이 눈으로 보듯 생생해지는 것이었다.

진화의 감각에는 일행이 앞으로 지금까지 보았던 어떤 성벽보다 크고 단단한 성벽이 서 있었다.

"혼현마제가 앞에 뭔가 한 것이 확실합니다."

"그래?"

진화의 말에 남궁진휘의 눈빛이 심각해졌다.

덩달아 일행도 긴장감을 높이며 주변을 경계했다.

"뭔가 느낌이 쎄-해. 예전에 옥혼진인가 뭔가 그거에 당했을 때랑 비슷한데, 그게 동굴이 아니라 그 전의 것 같단 말이지."

남궁진혜의 말에 남궁진휘와 진화가 귀를 기울였다.

기감에 관한 거라면 본능적이라고 해도 좋을 정도로 예민한 남궁진혜였으니 그녀의 말을 허투루 흘릴 수 없었다.

"동굴이 아니라 그 전이라면, 네가 옥혼진에 갇혔던 때를 말하는 거냐?"

"느낌이 그래. 들어가지 않는 게 좋겠어."

남궁진혜의 말에 남궁진휘가 생각이 많은 얼굴로 주변을 돌아보았다.

그때.

쉐에에에엑-! 휙! 휙! 휙!

어떤 낌새도 없이 갑자기, 일행의 앞쪽에서 매서운 검기와 단검이 날아들었다.

파지지지지직--!

놀란 일행 앞으로 푸른 번개로 된 막이 나타나면서 검기와 단검 들을 모두 막아 냈다.

"진화야!"

"앞에."

남궁진혜가 진화를 돌아보는데, 진화는 날카로운 시선으로 정면에서 눈을 떼지 않았다.

휘휘휘휘휘휙---!

앞에서 또다시 단검과 표창이 쏟아졌다.

챙! 챙챙-!

이번에는 단단히 대비하고 있던 일행이 날아드는 공격을 쳐 냈다.

"젠장, 오라버니, 이제 어쩔 거야?"

남궁진혜가 남궁진휘에게 물었다.

하지만 남궁진휘도 선뜻 결정하지 못했다.

이대로 이곳에 있다간 계속 보이지 않는 적을 상대해야 하고, 안으로 들어가자니 앞에 뭐가 있을지도 모르는 상태에서 혼현마제의 옥혼진 속에 들어가는 형국이니.

남궁진휘의 고심이 깊어질 즈음, 일행의 뒤쪽에서 거대한 번개가 쏘아졌다.

파파파파파파팟———!

눈앞에서 눈부시도록 푸른 불꽃이 쉴 새 없이 튀었다.

"진화아?"

"진법을 푸는 방법은 모르겠지만, 그냥 부수는 거라면…….'

파파파파파팟——!

퍼————엉!

진화의 말이 끝나기도 전에 일행의 정면에서 거대한 폭발음과 함께 기운의 여파가 퍼졌다.

"읏!"

강력한 기운의 여파에 몇몇 이들이 단단히 몸을 버티면서도 신음을 흘렸다.

하지만 기운의 여파가 일행을 치고 사라진 후.

"뭐, 뭐야?"

황당한 일행은 그들보다 더 당황한 얼굴을 한 수십 명의 적과 마주할 수 있었다.

"형님, 저는 안으로 가 봐야겠습니다."

"뭐?"

"저 안에 혼현마제가 있는 것 같거든요. 뱀의 머리부터 눌러야지요. 이곳은 맡기겠습니다."

남궁진휘를 향해 한번 씨익 웃은 진화가 발을 박차고 나갔다.

그리고 순식간에 수십 명의 적을 뛰어넘어 앞으로 사라졌다.

"진화야!"

이전이라면 상상도 하지 못했던 일이었다.

남궁진휘나 진혜에게 적을 맡기고 자리를 옮기는 일 따위.

하지만 지금의 진화는 기꺼이 그들에게 뒤를 맡기고 앞으로 나갈 수 있었다.

뒤에서 당황한 남궁진휘의 목소리가 들렸으나 진화는 돌아보지 않았다.

아니, 돌아보지 못했다.

진화의 눈앞에 보일 듯 생생하게, 옥혼진이라는 거대한 굴속에 숨은 혼현마제가 느껴졌기 때문이다.

"여기 숨었군."

진화가 단숨에 혼현마제의 앞에 섰다.

그때까지도 커다란 바위에 느긋하게 앉아 있던 혼현마제

가 고개를 들어 진화를 보았다.

"그렇군. 역시 네놈이었어. 네놈이 광마제 구휜의 운명을 이었구나!"

수오의 모습을 한 혼현마제가 붉게 물든 눈으로 진화를 노려보았다.

모든 것엔 방식(方式)이라는 것이 있다.

초목이든, 짐승이든, 사람이든 일정 방법이나 형식대로 살아간다는 뜻이다.

혼현마제를 비롯한 몇몇 이들은 그러한 방식을 알아내는 데에 특출났다.

그들은 사람의 기본적인 생활방식에 개개인의 환경, 신념, 태도, 언행을 더해 중요한 개개인의 방식을 어렵지 않게 알아내고, 또 개개인의 그것들을 연결하여 그 단체나 사회가 나아갈 방식을 유추한다.

혼현마제가 지난 전쟁에서 정사 무림을 정신없이 몰아칠 수 있었던 이유였다.

그들의 방식을 읽음으로써 그들보다 한발 앞서 나갔던 것이다.

하지만 이번 전쟁에서 혼현마제는 계속해서 패배했다.

그리고 궁지에 몰렸다.

'모든 것이 계산에서 벗어났기 때문이지. 제갈길현이나 제갈가주의 방식은 내 예상과 다르지 않았다. 정의맹 놈들이 움직이는 방식도, 육 대 무단주들의 움직임도…… 단 하나, 내 계산을 벗어난 단 하나의 변수가 모든 것을 틀었다.'

남궁진화.

광마제의 최종 제물로, 제왕검의 손에 구해졌고 언젠가는 광마제의 손에 죽을 존재, 단지 그뿐이라 생각했는데…….

모든 마제들의 죽음에 남궁진화가 있었다.

결정적으로 그의 존재가 남궁세가를 변화시켰고, 제국을 변화시켰다.

'남궁진휘가 군사부에 들어감으로써 정사연합 군사부의 방식이 달라졌다. 적통 황자를 찾음으로써 한 제국 황제의 태도가 달라졌고.'

간과해서는 안 될 변화(變化)였다.

이전의 모든 방식이 달라지고, 혼현마제의 예상은 더 이상 맞지 않았다.

그럼에도 혼현마제는 희생을 감수하며 꾸역꾸역 계획을 이어 왔다.

계획대로 마제들을 죽였고, 역천마제를 배신하고 진국을 세우는 데까지 성공했다.

분명 모든 계획이 완성되는 지점이었는데…….

지금에 와서 진국이 실패하고 자신이 절체절명의 위기에 몰린 이유는, 결국 자신이 간과한 변화 때문이었다.

약해진 역천마제를 노릴 줄 알았던 정사연합은 잠잠했고, 무엇보다 한 제국이 진국을 인정하지 않았다.

"모두 네놈 때문이지. 여전히 후계가 혼란한 상황이었다면, 황제는 마음에 들지 않아도 내 손을 잡았을 것이다. 그러나 적통 황자의 등장으로 모든 것이 달라졌더군. 황제가 후계를 걱정하여 몸을 사릴 필요가 없으니. 한 제국은 신 제국을 상대하는 데 진국을 이용할 필요도, 복잡하게 돌아가는 방법을 선택할 이유도 없어졌다. 그게 내가 실패한 이유였다."

수오의 모습을 한 혼현마제가 진화를 노려보았다.

붉은 안광이 마치 불길을 품고 있는 듯했다.

하지만 그런 모습조차 진화를 두렵게 만들진 못했다.

"죽을 때가 되니 생각이 많아졌나 보군."

진화가 덤덤하게 혼현마제의 분노를 받아 냈다.

아니, 덤덤하게 혼현마제의 분노를 마주했다.

"네놈이 대업을 망친 것이다!"

혼현마제가 분노와 원망을 담아 소리치자.

"네놈들은 더 많은 것을 망쳤지."

진화도 지지 않고 그의 분노를 비웃었다.

분노로 말하자면 진화의 속에 가득 찬 그것만 할까.

서늘하게 혼현마제를 내려다보는 검은 눈에는 수도 없이 번개가 내리치고 있었다.

"네 무공을 믿고 안심하고 있는 것이라면 착각이다. 역천마제의 손에서도 벗어났던 나다. 네놈이야말로 내 함정 속으로 걸어 들어온 것이니!"

혼현마제의 온몸에서 기사가 피어올랐다.

아지랑이처럼 하늘하늘 솟아오르던 그것은 이내 붉은 뱀처럼 꿈틀거리기 시작하고, 그 뱀들이 하나같이 가느다란 현홍사를 물고 사방으로 뻗쳤다.

"네놈이야말로 살아 나갈 수 있다고 생각한다면 착각이다. 역천마제가 아니라 그 할아비라도 귀천성의 꼬리를 달고 있는 놈들은 모조리 죽여 버릴 테니까!"

진화의 온몸에서도 푸른 기운이 뿜어져 나왔다.

진화의 살기에 반응한 그것은 혼현마제에게 이를 드러내듯 뇌전을 번뜩였다.

그 모습을 보며 혼현마제가 웃음을 터뜨렸다.

"하하하하! 이제야 겨우 네놈을 파악할 수 있었구나. 네놈은 널 죽이는 것보다 저 밖에 있는 남궁세가 놈들을 다치게 하는 것이 더 고통스러울 테지? 환상 속에서 끊임없이 놈들의 살점을 도려내고 사지를 끊어 낼 것이다. 어디 한번 남궁세가 놈들의 비명을 견뎌 보거라! 하하하하!"

혼현마제가 먹이를 앞에 둔 뱀처럼 번들거리는 눈빛으로 진화를 보며 광소를 터뜨렸다.

차라리 광마제라 해도 좋을 정도로 광기가 느껴지는 모습이었다.

하지만 진화는 그의 모습을 있는 그대로 믿지 않았다.

오히려 저 눈빛, 언행 모두 진화를 동요시키기 위해 계산된 모습일 것이라 확신했다.

숨 쉬는 것 하나까지 뇌의 결정에 따를 인간, 그게 바로 혼현마제라는 자였기 때문이다.

이전의 진화였다면 혼현마제의 생각대로 동요했을지도 몰랐다.

하지만 혼현마제는 이번에도 또, 사람의 성장과 변화를 간과했다.

"네놈을 일찍 죽여야 할 이유가 하나 더 늘어났을 뿐이구나."

파지지지지직――!

진화의 손에 들린 의천검이 뇌전으로 번뜩였다.

우우우웅――!

일반 무사들조차 느낄 정도로 강력한 기운의 여파가 산 전체에 퍼졌다.

"이, 이게 무슨……!"

세 번째 봉우리에 진입하려던 송마문 학사들이 발을 들여놓다 말고 물러섰다.

"문주님!"

당황한 학사들이 송마문주를 찾았다.

이미 송마문주는 물론이고 검마제와 수신방주 또한 온 산에 퍼진 심상치 않은 기운을 보고 있었다.

"혼현마제의 기운이로군."

"이⋯⋯."

송마문주가 말을 삼켰다.

놀라고 감탄하는 건 지금 그가 해야 할 일이 아니었다.

"옥혼진이, 숨겨져 있던 옥혼진이 더 있었던 듯합니다! 일전에 없앤 것보다 더 치밀하고 강력한 것이⋯⋯ 송구합니다. 혼현마제가 준비한 함정인 듯합니다."

"그래. 혼협답군."

당황한 기색이 역력한 송마문주와 달리 검마제는 마치 이렇게 되길 예상이라도 한 듯 태연한 얼굴이었다.

실제로 검마제는 혼현마제가 이대로 사냥당하듯 당하지만은 않으리라 생각하긴 했다.

"그자는 뱀이다. 똬리를 틀고 웅크린 채 언제든 상대의 목을 물어뜯을 기회를 보지. 안에 있는 정사연합 놈들이 곤욕을 치르겠군."

"그, 그렇습니다. 좀 더 상황을 살피고 움직이기로 한 것이 전화위복이 된 것 같습니다. 안에서 혼현마제와 정사연합 놈들이 서로를 할퀴는 사이 그 뒤를 노리려는 우리의 계획은 더 완벽해졌으니 말입니다."

검마제의 말에 수신방주가 기다렸다는 듯 나섰다.

그 또한 옥혼진을 보고 당황하긴 했지만, 지금 상황을 보자면 나쁠 것이 없었다.

어쨌든 그들은 혼현마제의 옥혼진 밖에 있었으니 말이다.

"마학선생, 혼현마제가 죽고 난 이후에는 늦다. 최대한 빨리 안으로 들어갈 방법을 찾아라."

"명을 받듭니다!"

아무리 검마제라도 혼현마제가 작정하고 만든 옥혼진 속으로 아무 대비도 없이 들어갈 순 없었다.

안에는 그들의 적들이 하나도 아니고 둘이나 있은 상황이었으니 말이다.

검마제가 명을 내리고 돌아서자, 송마문주와 수신방주가 고개 숙여 답했다.

검마제가 돌아가고.

송마문주의 입에서 먼저 한숨이 나왔다.

"후우……."

어쨌거나 한 발만 먼저 산에 들어섰어도 옥혼진 속에 갇힐 뻔했으니.

옥혼진을 모두 거두었다고 장담한 이가 송마문주였다.

이런 상황을 전혀 예상하지 못한 송마문주는 혹여 검마제의 질책이 떨어질까 봐 마음을 졸였었다.

다행히 검마제가 이렇다 할 질책 없이 넘어갔지만, 어쨌든 이번에도 그가 실수를 할 뻔한 것이었다.

"정사연합 놈들은 안에 있겠지? 대체 안에서 어떤 술수를 부렸을까?"

수신방주가 옥혼진이 있는 안쪽을 보며 눈을 빛내며 묻자, 송마문주가 힘없이 고개를 저었다.

"글쎄. 밖에서는 알 수가 없으니. 그보다 산 전체에 옥혼진이라니, 혼현마제의 진법과 환술이 내 생각보다 훨씬 대단하군."

송마문주는 산 전체에서 느껴지는 거대한 기운의 흐름에 솔직하게 감탄했다.

산 전체에 진을 설치할 수는 없다고 장담한 것이 엊그제였는데, 눈앞의 옥혼진은 그의 생각을 완전히 넘어서는 수준이었다.

"수하들을 적잖이 잡아먹었으니까. 어쩌면 벌써 힘을 다 찾은 건지도 모르지."

수신방주가 죽은 수하들의 수를 생각하며 혀를 찼다.

하지만 송마문주의 생각은 달랐다.

"다시 말하지만, 정사연합 놈들을 먼저 움직이게 한 것이 천만다행이군. 그런 혼현마제마저도 놈들이 상대할 테니까. 어느 쪽이 살아남든 피해가 상당할 거다."

잔인한 결론이지만 실제 그러했다.

혼현마제가 강하면 강할수록 정사연합의 피해가 커질 것이고, 정사연합의 저항이 거세면 거셀수록 혼현마제 역시 무사할 리 없으니.

둘의 싸움이 더 커진다면 귀천성 입장에선 나쁠 것이 없었다.

수신방주도 그것을 알기에 순순히 고개를 끄덕였다.

다만.

"검마제께서는 정사연합이 이길 거라 생각하신 건가? 그런데 왜 혼현마제가 죽고 난 후에는 늦다고 하신 거지?"

"……."

검마제의 말이 수신방주와 송마문주의 머릿속을 어지럽게 했다.

옥혼진 속에 갇힌 정사연합 무인들은 사방에서 공격을 당하고 있었다.

"크아아아아—!"

"사, 살려 줘! 살려 줘!"

그들이 죽인 사람들과 그들이 그리워하는 사람들이 모두 정사연합 무인들을 향해 달려들었다.

환영임을 알면서도 당황스러운 순간이었다.

특히 죽은 동료들이 자신들을 부르는 목소리가 너무 생생하자, 정사연합 무인들의 얼굴이 경악으로 물들었다.

"아아아악――!"

"나야-! 나라고――!"

퍼―억!

"뭐 해? 환영이고 뭐고 전부 죽여!"

적호단주의 단호한 목소리와 함께 적호단이 움직였다.

잔인한 환영이었다.

그들의 악몽 속에 있던 인물들을 그대로 보여 주는 환영은.

게다가 이렇게 혼란스러운 중에 누구 하나 환영에 깊게 물드는 순간, 그땐 아군을 향해 검을 휘두르는 이들이 나타날지도 몰랐다.

이전 전쟁에서도 혼현마제의 환영은 그렇게 힘을 발휘했었다.

"네놈들에게 검을 휘두르는 놈들은 전부 적이다! 안 되면 나를 봐라! 나는 절대 다치지도 죽지도 않을 테니까, 이상하다 싶으면 다 나한테 보내라고!"

"예, 단주!"

적호단주의 단호하고 믿음직스러운 외침에, 적호단원들이 금세 혼란한 상황에서 벗어났다.

몇몇 경험 많은 조장들은 농담을 주고받으며 단원들의 긴장을 달랬다.

"단주가 제일 위험해요!"

"쓰불! 남궁진혜 새끼가 없는 게 다행이라고 하진 못할망정!"

"하하하! 그건 그러네!"

적호단이 온전한 모습을 찾아 환영과 싸우기 시작했다.

언제 끝날지 모르지만, 악몽과 싸우는 그들의 모습이 위험해 보이진 않았다.

흑살대주는 적호단주보다 더 단호하게 대처했다.

"뒤로 물러나! 조장 새끼들만 도끼 들고 나선다! 헷갈리게 하지 말고 나머지는 찌그러져 있어!"

흑살대주는 몇몇 경험 많고 정신력이 강한 인물들만 환영과 마주 서게 했다.

하지만 환영은 이미 만들어진 실체가 아니라 환술에 당한 사람의 머릿속이 만들어 내는 것이라, 곧 물러선 무사들 사이에서 비명과 고함이 터졌다.

"으아아아악-!"

"여기! 여기 왔다고요!"

퍼----억!

흑살대주가 환영에 빠지다 못해 이성을 잃은 대원의 머리를 도끼의 자루로 때렸다.

"그냥 기절해 있어. 또 누구! 못 버티겠다 싶은 놈은 말해라!"

흑살대주가 벌겋게 달아오른 눈으로 사방을 노려보자, 흑살대원들이 이를 악물고 비명을 참았다.

흑살대에 비하면 경험이 많은 청룡단은 여유가 있는 편이었다.

"안에 도련님들과 아가씨가 위험하지 않을까요?"

"옥혼진은 결국 혼현마제가 기운을 거두거나, 혼현마제를 죽여야 끝나는 거다. 우리가 할 수 있는 일은 숙청단주와 일행이 혼현마제를 죽일 때까지 버티는 것이다."

"그래도 일단 위로 올라가서 상황을 확인해 볼 만한 놈이 없는지 봐야겠습니다. 아무리 청룡단 일이라지만, 우리 남궁세가 직계들이 다 위에 있습니다. 안되면 저라도 다녀와야죠."

"음. 그러면……."

청룡단 조장 중 하나인 남궁보의 설득에 청룡단주 남궁현도 고민에 빠졌다.

그런데 그때.

우우우웅----!

"어?"

"음?"

끊임없이 달려들어 그들을 괴롭히던 환영이 흔들린 것이다.

콰광———! 쾅! 쾅!

이제까지 옥혼진에 막혀 듣지 못하던 굉음도 들려왔다.

세 번째 봉우리, 꼭대기가 있는 쪽이었다.

"……잘 싸우고 계시는 듯하군. 우리는 이곳에서 임무에
집중한다."

"충."

먼지구름이 피어오르는 꼭대기 쪽을 보며, 청룡단주가 단
호하게 결정을 내렸다.

흔들리는 옥혼진의 모습에 안심한 것인지 남궁보도 순순
히 명을 받들었다.

한편.

"크아아아악!"

"사, 살려 주세요! 살려 줘요, 부단주!"

쉐에에엑——!

푹! 푹!

달려들던 환영들의 목이 사정없이 부서져 나갔다.

간절한 표정이나 생김이 마치 진짜처럼 생생했지만, 그들
의 목을 날리는 무지막지한 손길에는 망설임이라곤 없었다.

"퉤엣! 새끼가 어디서 어리광이야? 징그럽게."

"……무량수불."

남궁진혜가 바닥에 침을 뱉으며 살벌한 눈으로 환영들을

노려보았다.

일행 모두가 할 말을 잃은 상태에서 나지막하게 도호를 외는 무현의 목소리만 울렸다.

그 모습을 지켜보고 있던 남궁진휘가 깊게 한숨을 쉬었다.

"옥혼진이라…… 독하네."

환영들이 잔인한 모습 그대로 쉴 새 없이 달려들었지만, 남궁진혜를 비롯한 일행은 흔들리지 않고 그것들을 상대했다.

그 와중에 남궁구가 천풍검법 하해광풍으로 환영들 속에 섞인 진짜 적들을 향해 몰아쳤다.

쉐에에에엑――! 쉬익! 쉭!

날카로운 예기가 환영 속에 숨은 적들을 귀신같이 골라 베어 나갔다.

아직 어린 후배라고만 생각했는데.

호현기는 거침없는 남궁구의 움직임을 보며 감탄을 금치 못했다.

어떤 비결이라도 있는지 궁금할 정도였지만, 지금은 그걸 물을 시간이 없었다.

그 순간, 남궁구의 뒤를 노리고 잿빛 기운이 날아들었다.

호현기의 두 눈이 커지는 것과 동시에.

카――앙!

"댁은 이쪽이야."

남궁교명이 남궁구의 뒤를 노리고 날아온 채찍을 잘라 버렸다.

'재수 없는 도련님이…… 많이 달라졌군.'

남궁세가의 장로와 무단주의 아들들도 어릴 적 나름대로 교류가 있었던 터라, 호현기는 남궁교명의 어린 시절을 기억하고 있었다.

그 사이에 많은 일이 있었고 집안이 몰락할 뻔도 했다지만, 남궁교명은 호현기의 기억보다 훨씬 번듯하게 자라 있었다.

파팟–!

창궁대연검법 파해일몰!

파파파파파파팟–! 퍼—엉!

푸른 파도가 몰아치듯 땅을 헤집고, 환영과 적을 한 번에 삼키며 나아간 기운이 수성보주 절편 금오진을 노렸다.

퍼—엉.

땅이 터져 나가는 동시에 금오진이 날아오르자, 그의 뒤를 이제는 남궁구가 노렸다.

쉐에에엑–!

카–앙! 쿵!

"크흭!"

수성보주 금오진이 놀라는 동시에 남궁구의 검을 막다가 바닥으로 떨어졌다.

그 틈을 남궁교명이 달려들었다.

남궁구와 남궁교명이 귀천성 한 문파의 수장을 상대하는 모습을 보며, 호현기는 고개를 절레절레 저었다.

"여유 있게 지켜볼 처지가 아니었군."

퍼————억!

호현기의 검이 남궁진휘를 노리던 화공문주 공무권 권열휘의 주먹을 막았다.

"이쪽은 안 돼, 아저씨!"

"쓰불! 감히 누굴 건드리는 거야!"

남궁진혜가 눈에 불꽃을 튀며 공무권 권열휘를 향해 푸르고 거대한 기둥을 휘둘렀다.

"쟨 안 돼! 우리 대신 평생 죽도록 일해야 하는 놈이라고!"

동기가 몹시 불손해 보였지만, 어쨌든 분노한 남궁진혜는 공무권 권열휘를 순식간에 밀어붙였다.

쉐에에에에엑———!

권열휘의 뒤에는 무당제일검, 청수검 무현의 태극검이 날아들었다.

"이, 이⋯⋯!"

"도망칠 곳은 없소."

청수검 무현의 말처럼, 옥혼진은 혼현마제가 만든 함정이었으나 그들 모두의 감옥이 되었다.

그동안 고심하던 남궁진휘가 검을 들었다.

온몸의 기운을 모으는 듯 넘실거리는 짙푸른 기운이 남궁
진휘의 검에 모여들었다.

쉐에에에에에엑———!

제왕무적검법 일휘천낙!

거대한 파도가 사방을 쓸어버리듯 쏘아져 나가고.

콰광———! 쾅! 쾅!

전혀 예상치 못했던 굉음과 함께 지축이 흔들렸다.

"……."

뿌연 연기가 솟아오르고 실제로 일행이 선 바닥에는 일자
로 큰 균열이 가 있었다.

단, 일행을 향해 쏟아지던 환영은 이미 사라지고 없었다.

"우리 진화의 말이 맞더라고. 진법을 풀 수 없으면 부숴
버리라지."

"……구, 군사……."

"내가 힘이 없진 않으니까."

남궁진휘가 그를 향해 경악을 금치 못하는 화공문주와 수
성보주 그리고 일행을 보며 태연하게 웃어 보였다.

직책상 정사연합 부군사가 맞았지만, 한때는 정파 무림 최
고의 신룡이라 불리던 남궁진휘였다.

무당제일검 무현도, 남궁 최고의 무재라는 남궁진혜도 누

구도 아닌, 후기지수 최강의 자리는 언제나 남궁진휘의 것이 었다.

"귀천성 놈들이 오기 전에 상황을 정리하라."

"추――웅!"

남궁진휘의 명에 일행이 힘차게 답했다.

화공문주와 수성보주가 아직 건재했지만, 무현과 남궁진혜가 그들을 향해 날아들었다.

그때.

쾌광―――쾅! 쾌광―――!

또다시 지축이 흔들리며 굉음이 울렸다.

남궁진휘보다 더 먼 곳에서, 더 크게.

일행이 저도 모르게 꼭대기로 고개를 돌렸다.

마침 세 번째 봉우리에 거대한 벼락이 두어 번 더 내리치고, 세 번째 봉우리였던 그것이 쪼개지고 있었다.

"어? 저게…… 떨어지는데?"

누군가 멍한 얼굴로 말했다.

"튀어―――!"

멀리서 익숙한 고함도 들렸다.

파파파파팟―――!

푸른 뇌전이 사방으로 번뜩이며 거미줄처럼 사방을 감싸고 있던 현홍사를 부쉈다.

눈부신 은빛 비가 사방에서 쏟아졌다.

"숨는다고 소용없다."

진화의 눈이, 시야를 가리는 빛 속에 숨은 혼현마제를 정확하게 찾았다.

"고작 현홍사를 부순 것으로 의기양양할 것 없다!"

혼현마제는 곧바로 두 팔을 움직여 은빛 비처럼 떨어지던 현홍사를 거둬들였다.

"소용없다고 말을 했는데……."

진화가 덤덤하게 그 모습을 지켜보았다.

이전 생에 진화의 수련은 체질을 이겨 내는 데에 있었다.

온몸에서 부딪히는 기운의 혼돈을 이겨 내고 어떻게 하면 내공을 순행할 수 있을까.

혼돈에서 발생된 뇌전을 어떻게 하면 잠재울 수 있을까.

역천지체의 뒤바뀐 몸을 어떻게 하면 무공의 움직임에 거슬리지 않도록 적응시킬 수 있을까.

결과적으로 말하자면 진화는 성공했다.

무림인들의 기준으로 진화는 갓 마흔을 넘길 즈음 절대고수의 기준이라 할 수 있는 경지를 밟았으니 말이다.

진화는 천뢰제왕검법의 격한 움직임을 견딜 수 있도록 근육을 단련했고, 다행히 혼돈지체는 찢어지고 다친 신체를 회복하는 것이 빨랐다.

철저하게 몸 안의 뇌기와 기운의 혼돈을 무시하고 단련한 내공은 깨달음을 통해 중단전을 여는 것으로 하단전의 부족함을 메꾸었다.

싸우는 내내 전투로 인한 부상보다 무공을 펼치다 다치는 일이 많았고 고통도 컸지만, 당시의 진화는 그 고통을 마땅한 벌이라 생각했다.

저로 인해 죽어 가는 남궁세가 무인들에 대한 천벌.

'지독한 열등감과 스스로 세운 마음의 벽에 갇혀 아무것도 모르는 바보천치였지! 진짜 남궁세가가 망가져 가는 것조차 모르고 마지막엔 소중한 가족마저 지키지 못한 바보천치!'

진화가 자조적으로 웃었다.

노력이 부족하진 않았지만 바보 같은 방향이었음을 이제는 알았다.

지금의 진화는 현경을 밟았다.

이전 생에선 꿈도 꿔 보지 못한 경지였다.

이전 생에도 화경을 밟았지만, 오히려 자신의 한계만 확실하게 깨달았으니까.

그런 현경을 고작 스스로를 받아들이는 것으로 올라섰다.

세상의 순리에서 벗어난 존재라 생각했던 자신을 인정하는 것만으로 진화의 세계가 달라진 것이다.

진화는 이전과 같은 세상을 보면서도 훨씬 거대하고 많은 것을 느낄 수 있었다.

결론적으로 진화가 '고작'이라고 표현했던 것이 결코 '고작'이 아니었다.

바람은 구름을 따라 불지만, 기운의 흐름은 그것과 달랐다.

불고 있는 바람 안에도 음과 양의 기운이 존재하고 그들 나름대로 순환하고 있었다.

진화가 보는 것은 세상의 모든 기운이었다.

쉐에에에에엑————!

카—앙!

휘이이이이익———!

진화는 자신을 향해 매섭게 달려드는 붉은 현홍사의 회오리를 보며 검을 휘둘렀다.

이전의 진화가 혼현마제의 손안에서 회오리치는 현홍사밖에 보지 못했다면, 지금의 진화는 현홍사의 회오리 속에서 음과 양으로 흐르는 혼현마제의 기운을 보았다.

샤아아아아아————!

진화의 검에 맞아 튕겨 나간 현홍사가 다시 혼현마제의 손안에서 뭉쳤다.

붉은 혼현마제의 기운이 현홍사를 뭉치고 회전시키며 다시 더 거대한 회오리를 만들었다.

그것은 곧 모든 것을 찢어발길 듯 강력하게 진화를 향해 날아들었다.

진화의 눈에 푸른 번개가 번뜩였다.

그와 동시에.

천뢰제왕검법 낙엽-!

화살처럼 쏘아진 푸른 뇌전이 붉은 회오리를 과녁처럼 명중시켰다.

파지지지직---!

먼저 음과 양의 고리가 부서지고.

펑! 펑! 펑!

그다음은 뇌전에 담긴 음과 양의 기운이 흩어진 혼현마제의 기운들과 부딪혔다.

그리고 마지막엔.

파파파파파팟---!

진화의 뇌전이 모든 것을 태워 버렸다.

"이놈-!"

혼현마제의 손에서 다시 현홍사가 쏟아졌다.

빛보다 빠르고 바람이 지나갈 틈조차 없을 정도로 촘촘했지만, 진화에겐 그것들의 움직임이 눈으로 보이는 듯 훤히 느껴졌다.

"발버둥 치기도 전에 죽여 주마!"

파파파파팟—!

진화가 섬전십삼검뢰 붕격우산의 연속기를 펼치며 춤을 추는 듯 검을 휘두르기 시작했다.

의천검을 휘두를 때마다 푸르고, 붉고, 환한 색색의 번개가 사방으로 뻗어 나갔다.

"저, 저……!"

혼현마제가 당황한 듯 진화를 보았다.

'단신으로 광마제를 죽였다고 했던가! 광마제가 방심한 순간 당했다고 생각했거늘……!'

변명이었다.

천하를 무력만으로 몰아붙이던 세 명의 마제 중 하나였다.

요행이든, 방심이든, 그 무엇이든, 단신으로 광마제를 죽였다면 그것만으로 인정했어야 했다.

저 약관도 되지 못한 애송이가 천하에서 세 손가락 안에 드는 고수가 되었다고!

혼현마제는 그 변화를 인정하지 못해서 진화의 활약을 깎아내렸지만, 결국 이렇게 눈앞에 보이는 사실 앞에서는 인정하지 않을 수 없었다.

"내가 소용없다 하지 않았더냐."

진화의 눈이 환술 속에 숨은 혼현마제를 찾았다.

어느 순간 혼현마제는 현홍사를 움직여 제 모습을 가렸지만 진화에게는 처음부터 소용없는 일이었다.

"눈을 현혹하는 화려하기만 한 공격도, 기운의 흐름을 흐려서 그 속에 숨는 얄팍한 수작도, 네 어떤 것도 소용없다."

진화의 눈에 푸른 섬광이 스치고, 동시에 의천검이 한쪽 풀숲을 일자로 갈랐다.

쉐에에엑———!

파스스스슷! 쿠—웅!

풀숲이 스러지고 커다란 나무가 쓰러졌다.

그 위에서 혼현마제가 뛰어내리며 진화를 향해 현홍사를 쏘았다.

"이대로 당하지 않는다!"

파팟—!

은빛 실선을 따라 내려오던 현홍사가 조각조각 떨어져 나가며 사방으로 흩어졌다.

가느다란 거울처럼 빛을 반짝이며 시야를 어지럽힌 현홍사 덕에 진화의 눈동자엔 혼현마제와 방금의 공격이 비치지 않았다.

하지만.

채—앵! 챙! 챙!

투두두두둑. 투두둑.

단지 눈에 보이지 않는 것은 소용없다 하지 않았던가.

진화의 검이 보이지 않는 현홍사를 베어 떨어뜨리고 사라진 혼현마제의 기운을 흐트러뜨렸다.

"이런!"

혼현마제가 다급하게 진화의 검기를 피했다.

'망할! 망할! 망할 자식들!'

참 억울하고 원망스러운 순간이었다.

혼현마제의 환술은 상대의 악몽을 파고들며 전장을 혼란스럽게 하거나, 흔들리는 정신을 파고들어 조종하는 등 전쟁에서 큰 힘을 발휘했다.

하지만 그럼에도 불구하고 혼현마제에 대한 평가가 역천마제, 광마제, 검마제에 비해 모자란 것은, 현경을 넘어 본질을 보기 시작한 이들에게 혼현마제의 환술은 그저 빛나는 현홍사로 벌이는 손장난에 불과했기 때문이다.

"자, 잠깐!"

혼현마제가 다급하게 몸을 날리며 진화에게 말을 걸었다.

저를 위해 스스로 독이 되어 죽은 독마제에 비하면 비굴하기 그지없는 모습이었다.

물론 진화는 혼현마제의 말을 들어 줄 생각이 전혀 없었다.

"죽어라!"

저 알량한 눈속임이 남궁세가를 무너뜨렸다.

제왕검과 남궁가주를 쓰러뜨린 해독제가 없던 독은 독마제의 것이었고, 그들을 중독시킨 남궁세가 내부의 첩자나 반란을 일으킨 남궁도를 도운 것은 혼현마제였다.

남궁세가와 잠삼현을 지옥으로 만든 건 광마제였지만, 그 모든 사달은 혼현마제로부터 시작되었던 것이다.

'어떤 기회도 주지 않겠다! 죽을 때까지 베어 주마!'

쉐에에에엑———!

제왕무적검법 백악회토(百惡灰討)—!

쉑! 챙! 쉑! 쉑! 챙! 쉑!

"커헉! 컥!"

백 번이 넘는 검이 혼현마제를 베었다.

어떤 것은 막았고 어떤 것은 막지 못했지만, 막지 못한 하나하나가 모두 치명적이었다.

"헉. 헉. 헉. 허허……."

숨을 몰아쉬던 혼현마제가 허탈한 듯 웃었다.

온몸이 피투성이가 되었다.

미리 현홍사로 된 보호의를 입고 있던 덕에 당장 죽을 정도는 아니었지만, 곧 과다 출혈로 쓰러질 듯 보였다.

"내가, 이러려고…… 허허! 그냥, 평화롭게 살아갈 내 땅,

나만의……."

빛이 사라져 가는 눈이 허망하게 피투성이가 된 제 몸을 향했다.

혼현마제는 비참한 제 모습을 둘러보며 한탄을 뱉어 냈다.

하지만 그조차도 끝까지 하지 못했다.

쉐에에에엑———!

채—앵!

혼현마제는 제 앞으로 날아드는 검기를 마지막 현홍사를 끌어모아 막았다.

고개를 들자 어느새 진화가 제 앞에 다가와 서슬 퍼런 눈빛으로 노려보고 있었다.

"닥쳐. 어떤 말도 남기지 말고 죽어라."

서늘한 말과 함께 진화가 의천검으로 뇌전을 번뜩이고 있었다.

그런 진화를 보며 혼현마제의 눈빛도 차갑게 식어 갔다.

툭.

"……."

진화에게 밀려난 혼현마제는 제 발끝 뒤에 아무것도 남아 있지 않다는 걸 깨달았다.

쏴아아아아———!

발아래, 절벽처럼 가파른 산꼭대기의 아래는 세찬 물소리가 들리는 검은 강이었다.

혼현마제가 검은 강과 진화의 검은 눈을 번갈아 보았다.

그리고 어떤 결심을 굳힌 듯 눈빛이 결연해졌다.

"소용없는 짓이다."

진화의 말과 동시에 혼현마제의 눈이 커졌다.

의천검이 바닥에 꽂혀 있었다.

혼현마제의 표정이 다급해졌다.

그리고 그가 발의 방향을 강으로 바꾸는 순간, 땅 밑에서 번개가 솟아올랐다.

천뢰제왕검법 무수전뢰-!

콰과광---콰─광!

"크아아아아아아----!"

땅 밑에서 솟아오른 뇌전이 혼현마제를 통과하며, 혼현마제의 입에서 고통스러운 비명이 터져 나왔다.

하지만 그것으로 끝이 아니었다.

콰광! 쾅! 쾅! 쾅!

번---뜩!

무수전뢰가 통과한 혼현마제가 채 쓰러지기도 전에, 천뢰제왕검법 천뢰우전이 연달아 떨어졌다.

하나둘도 아닌 수십 개의 벼락이 떨어지자, 혼현마제의 살이 타고 뼈가 드러나고 결국에는 형체만 남은 검은 재가 바닥에 쓰러졌다.

콰과광-----콰앙!

쓰러진 혼현마제의 위로 마지막 천뢰우전이 떨어졌다.

혼현마제의 시체가 형체도 없이 흩어졌다.

동시에.

콰드드득, 쿠—웅!

혼현마제가 있던 꼭대기의 바위 바닥이 그대로 쪼개져 나갔다.

풍-----덩!

펑! 펑!

검은 강물로 커다란 바위들이 떨어지고, 밑에 있는지도 몰랐던 배들이 불을 밝히고 물러서기 바빴다.

그리고 혼현마제가 누웠었던 가장 큰 바윗덩어리는…….

앞으로 굴러가기 시작했다.

콰광-! 쾅! 쾅!

혼현마제가 마지막으로 있었던 바위마저 굉음을 내며 산을 굴러떨어지자, 진화가 조금 후련한 얼굴로 그 광경을 내려다보았다.

"씨발, 뭐야!"

"……!"

익숙한 적호단주의 고함에, 진화는 모르는 척 남궁진휘와 일행이 있는 곳으로 몸을 돌렸다.

그 순간, 산 아래에서 느껴지는 거대한 기운의 존재가 진화의 발길을 붙잡았다.

"뛰----어!"

옥혼진이 사라지자마자 순식간에 바윗덩어리가 굴러떨어졌다.

그것에 놀란 적호단주가 고함을 지르고, 적호단원들이 양쪽으로 다급하게 몸을 날렸다.

"남궁진화 이 새끼, 혼현마제 잡으라고 보냈더니 산을 잡은 거야, 뭐야!"

적호단주가 놀란 가슴을 진정시키고 쪼개진 산꼭대기를 보았다.

다른 적호단원들도 심장을 붙잡고 숨을 몰아쉬었다.

산전수전 다 겪어 내고 환영과 싸우면서 살아남았는데, 적호단원들은 설마 산사태에 쓸려 죽을 뻔할 줄은 생각도 못한 얼굴들이었다.

그런 중에 일 조 조장 서장원이 조용히 적호단주를 불렀다.

"단주님, 저기……."

"왜? 뭐! 또 다른 거 굴러와?"

"예, 불청객들이 굴러들어 올 것 같은데요."

"뭐?"

서장원의 말에 신경질적으로 고개를 돌린 적호단주가 대번에 얼굴을 굳혔다.

"저 새끼들은……!"

적호단주가 귀천성 무인들을 보다가 검마제를 발견하고 뒤로 물러섰다.

적호단원들이 잔뜩 경계 태세를 굳히고 적호단주의 곁으로 모였다.

"……아쉽게 되었군."

검마제가 적호단주 쪽을 보며 말했다.

정확하게 그의 시선이 향한 곳은 적호단주와 적호단이 있는 곳보다 더 뒤쪽, 무서운 기세로 내려오고 있는 진화였다.

"어쨌든 서로 목적한 바는 달성한 것 같으니, 이곳에서 멈추도록 하지."

다른 사람들과 달리, 검마제는 옥혼진이 흐려지는 순간 꼭대기에서 일어난 일을 보았다.

혼현마제의 죽음을 지켜보았고 그의 존재감도 완전히 사라진 지금, 이대로 남궁진화와 검을 맞대는 것은 그에게 이롭지 못했다.

"물러난다."

"존명."

검마제의 명에 송마문주와 수신방주가 곧바로 고개를 숙였다.

검마제의 뒤를 따라 귀천성 무인들이 썰물처럼 빠져나가고.

"진화야!"

"단주!"

진화가 적호단주의 곁에 선 뒤로, 남궁진휘와 일행이 도착했다.

"너 이 새끼, 꼭대기에서 바위, 네가 밀었냐?"

"왜 우리 진화한테 그래요!"

긴장감이 맴돌던 곳에는 어느새 유쾌한 소란이 자리했다.

산을 내려오며.

검마제의 명에 순순히 물러나긴 했지만 송마문주는 지금 기회가 조금 아까웠다.

"왜 물러나신 겁니까? 이 기회에 정사연합의 신진고수들을 죽일 수 있다면 좋았을 텐데요."

송마문주의 물음에 검마제가 슬쩍 그를 보았다.

그리고 아무렇지 않은 표정으로 시선을 돌리며 말했다.

"흑살대와 청룡단이 우리의 뒤로 움직였다."

"……!"

"남궁진휘, 남궁세가의 애송이가 제법이더구나."

"……."

검마제의 말에 송마문주가 고개를 숙여 표정을 감추며 입술을 질끈 물었다.

"혼현마제는 남궁진화에게 어떤 타격도 입히지 못했을 것이다. 환술 따위 현경의 고수 앞에선 그저 허상에 불과할 뿐이니, 결국 그렇게 비참하게 죽임을 당한 것이겠지. 정말로…… 시대가 달라졌구나."

흥미롭다는 듯, 혹은 아쉽다는 듯.

나지막하게 들리는 검마제의 말이 길게 여운을 남겼다.

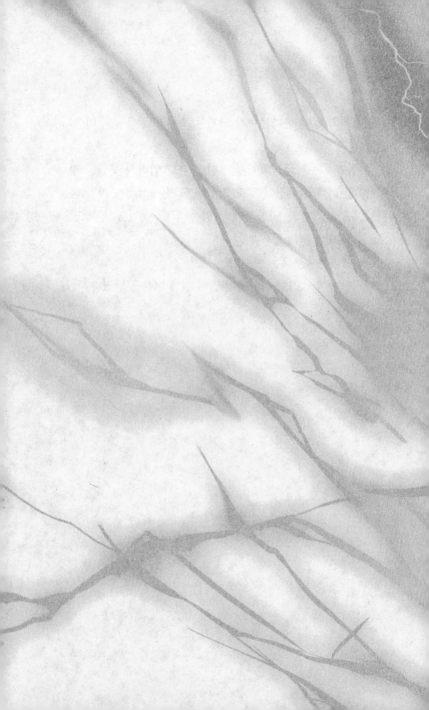

놀랄 진辰 불 화火 : 넘어지는 순간

팔봉산을 경계로 신 제국군과 한 제국군이 마주했다.

서로 경계를 확정하기 위해 군사들을 몰고 온 터라, 지휘부가 바로 코앞에서 마주 보았다.

"허어, 이거 참."

위장군 원수경이 기가 막힌 표정으로 신 제국군 진영을 보았다.

"팔봉산이라니……."

"저쪽도 움직일 기미가 없고, 국경은 이대로 확정될 듯합니다. 정말 다행이지 않습니까?"

부장 이선명이 잔뜩 들뜬 얼굴로 말했지만, 위장군은 지금의 이 사태를 어떻게 받아들여야 할지 아직 결정하지 못했다.

이대로 장안을 찾기도 전에 진국의 혼란이 정리되어 버렸으니, 조정에는 대체 무어라 해야 한단 말인가.

상황의 조기 종결로 신 제국군을 오래 붙잡고 있지 못하게 되었으니, 임무 실패로 죄를 청해야 할까.

아니면 예상을 뛰어넘은 활약으로 진국을 정복했으니, 조정에 공로에 대한 보고를 올리고 군에 대한 상과 치하를 요청해야 할까.

하지만 위장군의 복잡한 심경을 생각도 못 한 부장과 비장들은 기쁜 기색을 숨기지 않았다.

"이제 우리가 국경을 지키는 동안 남해군이 남은 영토를 정복하면, 그야말로 진국의 삼분지 이를 삼키는 것입니다! 하하하, 완전 대승 아닙니까?"

"그러니까요. 사실 진국도 따지고 보면 신 제국의 영토가 아니었습니까. 별다른 희생도 없이 신 제국의 영토를 빼앗은 것이나 마찬가지입니다!"

"모르긴 몰라도 지금 신 제국 놈들 꽤 배가 아플 것입니다. 하하하하!"

부장과 비장들이 기뻐하는 소리를 들으며 위장군은 한쪽으로 고개를 돌렸다.

그곳엔 지금과 같은 '사태'를 만든 장본인들이 돌아갈 준비를 하고 있었다.

위장군이 진화를 보자, 부장과 비장들도 자연스럽게 진화에게 눈을 돌렸다.

"와. 이황자님이 무림 고수라는 소문을 듣긴 했지만, 이렇게 대단한 고수일 줄은 몰랐습니다."

"들으셨습니까? 저 산봉우리도, 우리 황자님이 하신 거랍니다."

"천하대장군이셨던 황제 폐하를 쏙 닮으셨습니다. 역시 폐하의 적통 황자…… 흡!"

눈치 없는 어떤 비장의 입을 급하게 막으며, 부장과 비장들의 시선이 위장군에게 향했다. 얼음처럼 굳어서 위장군을 눈치를 살피느라 그들의 대화도 뚝 끊겼다.

위장군은 이제야 마음 편하게 진화와 무림인들이 짐을 꾸리는 것을 지켜볼 수 있었다.

'판단은 조정에 맡겨야지. 공과 과는 모두 조정에서 판단하시겠지.'

따지고 보면 모든 공도 진화의 덕이었지만 모든 과도 결국 진화 때문이었다.

위장군 원수경은 조정의 녹을 먹는 관리답게, 책임을 윗선에 떠넘기기로 했다.

"설마설마했는데……."

청룡단주가 눈앞의 광경을 믿을 수 없다는 듯 보았다.

"저 미친, 징글징글한 새끼들."

적호단주가 욕지거리를 뱉었다.

"……."

강무련과 흑살대, 청룡단과 적호단 그리고 한 제국군 군사들까지, 모두가 입을 다물지 못하고 눈앞에 있는 '마차'를 보았다.

"이야, 진짜 오랜만이네, 이 꽃마차도."

남궁구가 오랜만에 더 화려해져 나타난 꽃마차를 보며 감탄을 내뱉었다.

비싼 패각으로 전면에 금모란을 새긴 화려한 마차가 완성된 옻칠을 자랑하듯 햇빛을 받아 반짝였다.

마치 굴러다니는 패물함같이 화려하고 사치스럽기 그지없었다.

"이게 그 유명한 남궁세가의 금지옥엽 전용 마차입니까?"

당혜평이 꽃마차를 신기하다는 듯 구경했다.

"황실이 아니라 남궁진혜 부단주 거였나?"

"당혜군의 뒷조사를 하면서 알아낸 바로는 애당초 목적은 부단주를 가둬 두는 용도였던 듯합니다."

"가둬 둔다고?"

"뒷조사 당시 당혜군의 말에 따르면, 쪽팔려서 마차에서 내리지 못하게 할 목적이 분명하다고 했습니다."

"⋯⋯."

당혜평이 전하는 정보에 청수검 무현이 어떻게 반응해야 할지 마땅한 답을 찾지 못했다.

누이를 뒷조사하다니, 사천당가도 여러 사정이 많아 보였다.

"하하, 어쨌든 남궁세가가 하나밖에 없는 영애를 무척 아끼는군."

청수검 무현이 어떻게든 상황을 잘 모면하려 노력했다.

하지만.

"에이, 무현 도장도 참. 누가 봐도, 척 봐도, 저건 우리 도련님 전용이죠."

"남궁세가의 금지옥엽은 우리 공자님이십니다."

"⋯⋯."

남궁구와 남궁교명의 단호한 대답에 청수검 무현은 진짜로 할 말을 잃고 말았다.

무현은 더 이상 속세 세가들의 복잡한 사정에 관여하고 싶지 않아졌다.

위장군과 군부도 남궁세가가 보내온 꽃마차를 보고는 진화의 이동에서 손을 떼기로 했다.

그렇게 진화와 무림인들이 떠날 준비를 마쳤다.

비단으로 두껍게 깐 안락한 꽃마차에는 진화와 남궁진휘 외에는 누구도 타려 하지 않았다.

남궁진혜조차 답답하다는 이유로 마차에 타지 않았다.

"둘이 오붓하게 가겠구나."

"예, 형님."

흐뭇하게 웃으며 하는 말과 달리 남궁진휘의 손에는 금세 군사부에서 보내온 업무용 서류들이 들렸다.

그런 남궁진휘의 모습을 보며 진화야말로 흐뭇하게 웃어 보였다.

금세 업무에 집중하는 남궁진휘를 보던 진화가 슬쩍 창밖으로 고개를 돌렸다.

아까부터 계속 진화의 신경을 거스르며 남궁진휘를 관찰하던 시선이 있는 곳이었다.

'송마문주라고 했던가. 건방진 시선 치워.'

진화의 눈동자 속에서 푸른 번개가 번뜩였다.

진화가 송마문주에게 보낸 첫 번째 경고였다.

한 제국 진영의 바로 앞, 신 제국 진영.

송마문주는 내내 자신의 신경을 거스르던 남궁진휘를 지켜보고 있었다.

괴상한 마차에 남궁진화와 함께 오르는 것을 확인하는 것까지 괜찮았는데, 마차 안에 타고 있던 남궁진화에게서 매서운 살기를 받고 말았다.

"허! 사나운 사냥개가 지키고 있군."

송마문주가 웃으며 물러섰다.

정사연합 무림인들이 떠나는 것을 보니, 남은 한 제국군을 상대로 뭔가 일을 벌여 볼까 하는 웅심이 솟았다.

하지만 이젠 그들도 떠나야 할 시간이었다.

"문주님, 차비가 모두 끝났습니다."

"검마 님부터 뫼셔라."

"충."

송마문주는 다음을 기약하며 아쉬운 발걸음을 옮겼다.

한 제국, 황제의 집무실이 있는 장추궁.

장안과 진국을 비롯한 제국 전역에서 전쟁이 벌어지고 있는 터라, 조정을 여는 때가 아니더라도 황제의 집무실에 중신들의 자리가 마련되었다.

시시때때로 올라오는 장계와 보고가 그들에게 전해졌다.

"허어! 이게 정말이라고?"

황제가 기가 막힌 듯 보고를 들고 온 중서령 사마윤에게 내용을 확인했다.

하지만 중서령 사마윤도 기가 막히긴 마찬가지였다.

"그것이…… 진국이 곧 점령될 것이라는 의미인 듯한데……."

"허어, 허허허허."

영동군으로 내려갔던 위장군 원수경이 보낸 보고를 읽은 중서령 사마윤이 말끝을 흐리고, 대사농 정조인은 그저 웃음만 나오는 듯했다.

"진국을 모두 점령하는 데에 얼마나 걸릴 것 같은가?"

"저……."

황제의 물음에 중서령 사마윤이 곧바로 답하지 못했다.

그러자 대사마 원희가 덤덤하게 말했다.

"진국의 점령이 얼마나 걸릴지 계산하는 것보다 신 제국군이 장안으로 올라가는 데에 얼마나 걸릴지 물어보심이 옳을 듯합니다."

옳지 않은 소리는 목에 칼이 들어와도 하지 못한다는 대사마 원희가 중서령이 내놓지 못한 답을 내놓았다.

하지만 천장(天將)이라 불릴 정도로 유능한 장군이었던 황제가 앞으로 있을 전쟁 양상에 대해 정말 몰라서 묻는 것이 아니었으니.

"어차피 우리와 신 제국의 국경이 정리되어 버렸습니다. 뒤쪽에 남은 지역들이야 신 제국과 고립되어 그곳들을 점령하는 건 시간문제일 뿐입니다. 아마 신 제국도 그걸 알고 군을 장안으로 옮기고 있겠지요."

눈치도 없고, 거리낌도 없는 대사마 원희의 답에 황제가 그저 깊게 한숨을 쉬었다.

그에 한쪽에서 웃고 있던 승상 조위례가 나섰다.

"허허허허, 어찌하겠습니까, 기대보다 뛰어난 공로를 세운 군을 치하하지 않을 수도 없고."

"아니, 위장군은 다 알 만한 사람이 일을 이런 식으로……."

"폐하."

황제가 볼멘소리를 다 마치기도 전에 승상 조위례가 나지막이 그의 말을 잘랐다.

다른 누구도 아닌, 황제의 스승이자 장인이며 적통 황자의 외조부인 조위례이기에 가능한 일이었다.

"위장군도 그 지역 소수민족들이 이황자님을 뇌신으로 알고 섬길 줄 어떻게 알았겠습니까. 싸워서 점령한 곳보다 스스로 항복해 온 곳이 더 많다고 합니다. 하필 황자님의 무공이 뇌전과 관련된 것도 어찌 보면 운명이었던 게지요."

"후우, 황룡금패를 괜히 준 모양이오. 위장군이 군의 주도권을 내주자마자 이런 일을 벌인 것을 보면 말이오."

조위례가 위장군을 두둔하면서 하는 말에 황제도 한숨을 쉬며 수긍했다.

"황룡금패의 쓰임을 알려 주라 했는데……."

"허허허, 우리 생각이 틀렸던 게지요. 황자 저하께서 패의 쓰임을 잘 알고 계셨던 듯합니다. 군의 주도권을 거의…… 강탈하다시피 하신 것을 보면 말입니다. 과연 폐하의 아드님이십니다. 허허허허허!"

"끄응."

승상 조위례가 황제를 놀리는 듯 유쾌하게 웃었다.

하지만 아들이 공을 세웠고 그 모습이 아비를 닮았다는데 그걸 아니라고 하기도 뭣한 터라, 황제는 놀림을 당하는 걸 뻔히 알면서도 그저 앓는 소리만 내었다.

다른 신료들은 황제의 눈치를 보며 웃음을 참았다.

"어쨌든, 공을 세운 군에는 치하를 보내고 장안의 일은 조금 더 서둘러야겠소."

"공성 무기와 군량미를 좀 더 보내겠습니다."

"남부군의 경계 지역을 늘리고 호북 쪽 군대를 올려 지원군을 끌어모아 보겠습니다."

황제의 말이 떨어지기가 무섭게 제국의 중신들이 기다렸다는 듯 답을 내놓았다.

이 또한 신 제국 조정에서는 찾아볼 수 없는 모습이었다.

양청현.

전 정의맹, 현재는 정사연합 본부로 운영되는 곳으로 진화와 남궁진휘를 비롯한 무단주들이 들었다.

"독마제와 혼현마제의 시체는 확인하지 못했지만, 그들의 죽음은 확실합니다."

"독마제는 시신마저 독화하고, 혼현마제는…… 저놈이 시체도 없이 가루로 만들었다고? 흘흘흘흘, 그거 꼴좋다! 흘흘흘흘!"

"……."

남궁진휘의 보고는 형식적이었고, 이미 과정부터 결과까지 다 알고 있는 사실이었다.

천수현인 제갈길현은 혼현마제의 비참한 말로를 듣고 정말로 기쁜 듯 웃음을 참지 못했다.

"숙청단, 적호단, 청룡단, 흑살대 모두 수고했네. 며칠 휴식을 취하고 다음 임무에 나서야 할 것이네. 본인들 때문에 장안의 사정이 급해졌으니 싫다고는 안 하겠지?"

천수현인이 심술궂은 표정으로 진화와 무단주들과 눈을 마주쳤다.

그의 말처럼 누구 하나 싫다고 하는 사람은 없었다.

"아무렴요. 장안에 있는 새끼들한테 원수를 갚아 줄 날만 손꼽아 기다리고 있습니다."

흑살대주가 제일 먼저 답했다.

교역이 많고 사람들이 많은 장안에는 종남을 비롯한 정파 외에도 사파 세력 역시 함께 어우러진 곳이라, 이번이 아니라 이전 전쟁에서 가장 먼저 피해를 입은 이들이 장안 지역에 있던 사파 세력이었다.

그때 살아남은 사파 세력 대부분이 사패천에 합류했으니, 사패천 입장에서도 장안의 수복은 무척 고대하던 일이었다.

"장안과는 인연이 있죠."

"전쟁에서 물러나는 일은 없을 겁니다."

호전적이기로 유명한 적호단과 청룡단도 물러나 있을 생각은 없는 듯했다.

반면, 숙청단주인 진화는 그 옆에서 조용히 자리만 지키고 있었으니. 천수현인의 시선이 진화에게 향했다.

"자네는 할 말 없나?"

"……있으면 들어주십니까?"

"아니."

진화의 되물음에 천수현인이 단호하게 답했다.

"에잉! 그래도 젊은 놈들이 빨딱빨딱 패기가 있어야지. 재미없구먼. 이게 다 네놈 때문이지?"

"하하하하! 형전제전(兄傳弟傳)이라잖아요."

"하여튼, 지 할아비 닮아서 하나같이 재수라곤 없는 놈들! 쯧!"

천수현인 제갈길현이 남궁진휘에게 슬쩍 눈을 흘기자, 남궁진휘가 발뺌도 하지 않고 덥석 받았다.

천수현인의 괴팍한 말투에도 남궁진휘가 불편해하지 않고 웃어 보이니. 두 사람은 오랜만에 주고받는 농담이라 더 즐거운 듯 보였다.

천수현인의 괴팍한 말투와 경박한 태도에 얼어 있던 다른 무단주들도, 남궁진휘와 함께하는 그의 모습을 보며 조금은 편안해진 얼굴이었다.

"가 봐! 좀 쉬다가 전부 장안으로 날아가! 자네들 덕에 거기 가 있는 늙은이들이 고생하게 생겼으니."

천수현인의 축객령에 진화와 무단주들이 웃으며 집무실을 나왔다.

진화가 정의맹을 나오자마자 숙청단원들이 그를 기다리고 있었다.

"여어, 도련님."

"단주!"

진화와 함께 움직였던 남궁구, 남궁교명, 강무련, 나하연을 비롯해서 이번에 함께하지 못한 팽가 형제, 당혜군, 초서비, 군조, 황청산과 이천평도 함께 있었다.

"왜 이렇게 늦게 나와요?"

"무사히 돌아오셔서 다행입니다."

여느 때처럼 당혜군이 툴툴거리고 군조의 친절함에 남궁구가 학을 떼는 모습이 오랜만에 정겹게 느껴졌다.

하지만 그래서 더, 한 사람의 부재가 크게 느껴졌다.

"현오는 어디 갔나?"

"그래, 뚱뚱땡중이 아까부터 안 보이던데."

진화의 물음에 남궁구가 맞장구를 치며 현오를 찾는 듯 주변을 두리번거렸다.

"아……."

"왜 그러지? 혹시 시주단의 고기를 훔쳐 먹다가 징벌방에라도 갇힌 건가?"

대답을 망설이는 팽수의 모습에 남궁교명이 그가 생각하기에 일어났을 가능성이 가장 높은 예시를 들었다.

그런데 남궁교명의 말을 들은 팽수, 팽신의 얼굴이 그다지 밝지 못했다.

"더 나쁘다."

"징벌방 대신 징벌인에게 끌려갔달까."

"징벌인?"

더 궁금하다는 듯 진화와 일행의 눈이 커졌다.

그에 당혜군이 답답하다는 듯 소리쳤다.

"글쎄, 그 땡중이 시주단에서 만두를 훔쳐 먹다 걸려서, 성승에게 잡혀 끌려갔대요, 장안으로!"

"⋯⋯."

남궁교명은 설마 제 말이 맞았을 줄 몰라서, 다른 사람들은 너무도 현오다운 일이라서 잠시 할 말을 잃었다.

"뭐, 어차피 우리도 곧 장안으로 갈 거니까."

진화는 더 이상 현오의 일을 캐묻지 않았다.

장안.

왕조가 달라질 때마다 지명도 자주 바뀌었지만, 그 사실이 뜻하는 바는 항상 같았다.

황제의 도시.

왕조와 제국을 대표하는 도시이자 중원에서 가장 번성한 군사력과 기반 시설을 갖춘 도시로, 서역과 북방, 중원 천하를 연결하는 교역의 도시이자 문화의 도시였다.

결국 가장 부유하고 안전한 도시였다는 말이다.

광마제와 광룡귀면대의 침탈로 그 많던 인구가 죽거나 흩어지고 폐허나 다름없이 변했지만, 금세 다시 기력을 회복 중이었다.

광마제가 죽은 후에도 장안성은 여전히 귀천성 무인들의 손에 있었지만, 그들은 광마제와 달리 교역과 교류를 막지 않고 장안의 회복을 지켜보고 있었다. 아니, 귀천성 무인들이야말로 진심으로 장안의 회복을 바랐다.

황제의 도시라는 명성답게 따로 무언가를 하지 않아도 통행료나 교역료가 쏠쏠하게 들어오는 중이었기 때문이다.

전쟁만 아니었다면 이런저런 명목으로 많은 돈을 벌어들일 수 있었을 것이다.

"젠장. 여기에 우리 적세방의 주루가 들어오면 딱 좋을 텐데. 쩝."

적세방주 화강군 원길이 성안의 풍경을 보며 노골적으로 입맛을 다셨다.

그 모습을 보고 사천팔귀라 불리는 네 명의 사내들이 눈살을 찌푸렸다.

"저런 근본도 없는 장사치가……!"

"쉿."

사천팔귀 중 미상, 미승 형제 중 동생 미승이 불만을 터뜨리자 미상이 급하게 동생의 입을 막았다.

"근본 없는 장사치이긴 하지만 수완이 좋은 자지. 적세방의 성장세가 심상치 않으니 괜한 분란 만들지 마라."

미상이 목소리를 낮추고 경고했다.

하지만 그게 오히려 다른 사천팔귀 경후창의 심기를 건드렸다.

"적세방이고 뭐고, 지금 겁을 먹은 것이오? 아니, 우리 사천팔귀가 언제부터 저런 놈들 눈치를 봤다고!"

"스읍. 어디 큰형님한테 눈을 부라리느냐!"

"아니, 운필 형님……."

"어허!"

사천팔귀의 경후창이 버럭 하자 이번에는 운필이 그를 다그쳤다.

그들을 지켜보던 미상이 다른 세 명을 모았다.

"장안은 역천마제 님이 '반드시 막아 내라'고 하실 정도로 특별하게 생각하는 곳이다. 하후대장군과 옥허신검, 성승까지, 십이좌회에서 세 사람이 왔다. 정사연합 놈들에게도 이

곳이 특별하다는 것이다. 여기에서 우리 형제가 공을 세우고
나면…….”

꿀꺽.

“공, 공을 세우고 나면?”

“우리가 그토록 염원하던 귀천성 제일 세가! 그걸 황제의
도시에 만드는 것도 꿈은 아닐 것이다.”

“오오!”

미상의 말에 미승과 경후창, 운필이 눈을 반짝였다.

혈연이 연결되었든 아니든, 그들은 사천 뒷골목에서부터
서로에게 의지하며 지금까지 함께해 온 형제였다.

변변한 사부도 없이 타고난 무재와 협동심으로 귀천성 지
휘부 자리에 올랐으니, 이제 남은 것은 그들 스스로 일가를
이루는 것뿐이었다.

“이 전쟁에서 이기고 나면, 적세방 놈들이 주루를 세우든
말든 우리는 이곳에 세가를 세운다.”

“예, 형님!”

미상의 말에 세 동생들이 힘차게 대답했다.

한편.

적세방과 사천팔귀가 최근에 빈자리를 꿰차고 귀천성 지
휘부에 올랐다면, 폭수문주 백골수 곡해와 서장마군 서율경
은 이전 전쟁 때부터 역천마제의 휘하에서 활약해 온 고수들
이었다.

그들의 눈에 저마다 욕망을 불태우는 적세방주 원길과 사천팔귀의 모습은 걱정스럽거나 가소롭게 비쳤다.

"이런이런, 애송이들이 이제까지 잔챙이들만 상대하다 보니 십이좌회 고수들마저 우습게 보고 있군."

탈속한 노도인 같은 모습을 한 폭수문주가 적세방주 원길과 사천팔귀를 향해 고개를 저으며 말했다.

"어리석은 자들이다. 살아남지 못할 것이다."

서장마군은 보다 더 단호하고 냉정하게 그들의 미래를 단정했다.

하지만 그의 예언은 폭수문주도 동의하는 바였다.

오랜 경험에 비추어 상대의 실력을 제대로 읽지 못한 자들의 말로는 대개 비참한 죽음뿐이었다.

"그나저나 검마제 님과 송마문주, 수신방주가 오고 있다더군. 검마제 님과 함께 나서서 독마제와 혼현마제를 죽이는 데에 공을 세웠다지? 적어도 저놈들보다는 신중하고 시기를 볼 줄 알더군. 진짜 위험한 애송이들은 이쪽이지."

"송마문주 머리가 좋다. 하지만 괜찮다. 송마문주는 약하다. 학사들도 약하다. 위협이 아니다. 하지만 수신방주는……제법, 괜찮았다."

"허허허! 자네 입에서 그런 평가가 나오다니, 그자들이 인물은 인물인 모양이군."

무공에 있어서 평가가 냉혹한 서장마군의 인정에 폭수문

주가 의외라는 듯 보면서 웃음을 터뜨렸다.

하지만 이번에도 서장마군의 평가를 부정하진 않았다.

"검마제 님까지 오고 계시네. 이참에 우리야말로 남은 마제들의 자리에 올라야 하지 않겠나?"

"문제없다. 우리 자리다."

우리 자리.

폭수문주와 서장마군이 눈을 마주치고 고개를 끄덕였다.

혼현마제와 독마제, 진국의 상황이 예상보다 빨리 정리되자, 누구보다 당황스러운 건 장안 공략에 나선 이들이었다.

적호군을 이끄는 하후대장군과 정사연합을 이끄는 성승 각오, 옥허신검 청연이 허탈한 표정으로 탁자에 마주 앉았다.

"그 미친 개노무 새끼들. 꼬리에 불이 붙은 것도 아니고 뭔 일을 이렇게 번갯불에 콩 구워 먹듯이 해?"

"진짜 번개 쓰는 아해가 있잖아. 제왕검 손자 놈."

성승과 옥허신검이 답답한 마음에 그 원흉들을 탓했다.

"그놈은 손주 놈들이 하나같이 생지랄 같은 것들이더만. 그게 다 업보야, 업보!"

"그게 다 업보면, 또 시주 단지 털어먹은 네놈은 대체 무슨 업보를 쌓는 게냐?"

"아, 그 얘기가 왜 여기서 나와?"

"따지고 보면 이 생고생이 다 네놈 업보인가 했지."

"뭐야, 이놈아?"

마음이 맞은 지 한 합도 지나지 않아서 성승과 옥허신검이 투덕거리기 시작했다.

그 시끄러운 소리를 들으며 하후대장군이 기가 막힌 듯 헛웃음을 흘렸다.

"허어, 참. 등을 떠민다고 떠밀려서 공략에 나설 수도 없고…… 허어!"

첫날, 기세등등하게 장안 성문을 깨부수는 것까지는 좋았다. 하지만 당장이라도 성벽을 뛰어넘을 듯 굴던 것과 달리 적호군과 정사연합은 이렇다 할 성과는커녕 시도조차 망설이고 있었다.

"마음 같아서는 당장 우리끼리라도 넘어가 버리면 좋은데……."

"우리가 성을 뛰어넘어도 문제야. 성벽이 겹겹으로 된 구조라, 자칫하다간 그 안에 갇혀서 떼죽음을 당할 수도 있어."

"아서게. 아까운 젊은 놈들 명줄을 그렇게 허무하게 재촉하면 죽을 때 하늘은 어찌 보고 죽겠어."

"후우……."

누군지 모를 사람의 입에서 한숨이 터져 나왔다.

하후대장군과 성승, 옥허신검이 차일피일 장안성 공약을

미룬 이유였다.

장안성은 튼튼하다 못해 거대하고 위압적인 외벽을 넘어 안쪽으로도 이중, 삼중으로 벽이 둘러싸고 있었다.

그런데 외벽과 두 번째 벽이 다리처럼 연결되어 있어서, 외벽을 지나 두 번째 성벽을 통과하려면 마치 방에 갇힌 듯한 구조를 피할 길이 없었다.

애초부터 외세의 침략 시에 외벽을 통과한 적을 좁은 공간에 고립시키고 성벽 위에서 몰살시키기 위해 설계되었기 때문이다.

심지어 귀천성 무인들과 신 제국 병사들은 노골적으로 좁은 공간 바로 위에 있는 병력을 증가시키고 있었다.

"본부에서 지원을 보낸다고 했으니 그쪽을 믿어 봐야지."

"제왕검의 손자부터 적호단과 청룡단, 흑살대를 고스란히 보낼 것 같더군."

"놈들 쪽에서 지원군이 올라오고 있을 걸세. 그놈들보다 늦지 않았으면 좋겠는데……."

하후대장군이 걱정스럽다는 듯 장안성을 보았다.

신 제국과 귀천성 측에 지원이 도착했다.

하후대장군의 우려대로 검마제와 송마문, 수신방 무인들

이 먼저 도착한 것이다.

　대규모 군사 증원은 없었지만, 검마제 백천흠의 등장만으로도 귀천성 무인들의 기세가 달라졌다.

　장안성에 있던 귀천성 무인들이 검마제를 마중 나왔다.

　"검마제 님!"

　"어서 오십시오. 먼 길 수고 많으셨습니다."

　"계속 대치 중인 터라 변화는 없었습니다. 일단 안으로 드시지요."

　귀천성 무인들의 설명에 검마제가 짧게 고개를 끄덕이고 안으로 들어섰다.

　검마제의 뒤를 곧바로 적세방주 원길과 사천팔귀가 차지했다.

　함께 지원 온 송마문주와 수신방주는 아랑곳하지 않는, 오히려 노골적으로 경계하는 모습이었다.

　"허!"

　수신방주 장배경이 기가 찬 듯 헛웃음을 터뜨렸다.

　송마문주는 그 옆에서 씁쓸하게 웃고 있었다.

　그런 그들의 곁으로 느긋하게 물러서 있던 폭수문주 곡해가 다가왔다.

　"허허허, 혈기가 왕성한 자들이 아닌가."

　"오랜만에 뵙습니다, 폭수문주님. 격조하였습니다."

　송마문주와 수신방주가 폭수문주 곡해를 보고 정중하게

인사했다.

공손하지만 비굴하지 않은 태도에 폭수문주가 미소를 지으며 고개를 끄덕였다.

"허허, 다들 바쁜 처지가 아닌가. 그래, 진국에서는 제법 바빴다지? 정사연합의 애송이들은 상대할 만하던가?"

비꼬는 건지, 그저 묻는 것인지.

속을 알 수 없는 폭수문주의 얼굴을 살피며 송마문주가 선뜻 답을 하지 못했다.

그때, 함께 있던 서장마군이 끼어들었다.

"창천화룡이 광마제 님을 죽였다. 그의 무공은 어땠나?"

폭수문주와 달리 서장마군의 질문은 이해하기 쉽고 숨겨진 뜻이라는 것도 없이 단순했다.

그에 송마문주는 조금 더 편한 쪽을 상대하기로 했다.

"예. 마군 님이나 수신방주 정도의 고수가 아니라면 상대하기 어려운 자였습니다."

"……그렇군."

송마문주의 말에 서장마군이 조금 늦게 고개를 끄덕이고 물러섰다.

서장마군은 자신과 수신방주를 함께 거론한 것이 거슬린 듯했지만, 폭수문주는 몹시 흥미로운 눈빛으로 묘한 미소를 지었다.

"안으로 들지."

폭수문주가 웃으며 안으로 자리를 옮기길 권하고, 서장마군이 제일 먼저 고개를 끄덕이며 안으로 들어갔다.

폭수문주와 서장마군이 안으로 들어가는 것을 보며 송마문주와 수신방주가 눈을 마주치고 고개를 끄덕였다.

-텃세가 만만치 않겠군.

-상관없을 것이네. 다음 전투에서 패배하고 나면 기세가 누그러질 테니까.

송마문주의 답에 수신방주가 걱정스러운 눈빛으로 그를 보았다.

-정말, 패배해도 되는 건가?

-저자들이 전투를 패배해도, 우리는 전쟁에서 이길 것이네.

송마문주가 안으로 들어가는 사람들의 뒷모습을 보며 눈빛을 번뜩였다.

다행스럽게도.

검마제와 일행이 도착하고 얼마 지나지 않아 진화와 일행도 적호군 막사에 도착했다.

"적호군. 적호군이라…… 이름이 비슷하니까 막 친근감이 돋는군. 마음에 들어!"

남궁진혜가 기분 좋게 말하며 적호단을 이끌고 제일 먼저 안으로 들었다.

청룡단과 흑살대가 그 뒤를 따랐다.

북위군과 달리 이전 전쟁에서도 정사연합과 합동 임무를 펼쳐 본 적호군은 무림인들을 환대하며 어색함 없이 안내했다.

"여어-! 뚱뚱땡중!"

"땡중! 우리 안 보고 싶었어?"

"구! 교명!"

현오가 두툼한 팔을 흔들며 달려왔다.

남궁구와 남궁교명, 팽가 형제, 당혜군, 나하연에 사패천 출신 강무련, 초서비, 이천평, 황청산, 군조 그리고 외유 나가 있는 제갈상과 관서겸까지.

현오가 다가오자 진화를 비롯한 숙청단이 모두 한자리에 모였다.

"땡중, 너 몸은 괜찮아? 성승께 끌려왔다며?"

"또 시주 단지를 털다니. 대체 학습 능력이라곤 없는 거냐?"

"다친 곳은 없나?"

걱정과 구박이 섞인 질문이 현오에게 쏟아졌다.

현오는 내심 기분이 좋은 듯하면서도 당황스러운 모습이었다.

"아니, 그게…… 시주 단지의 만두는 내가 먹었는데, 다른 고기는 사백조님이 드신 거라고! 암."

현오는 억울한 듯 사실관계를 바로잡았지만, 그걸 들은 일행의 표정엔 황당함이 가득했다.

"……어떤 대답을 기대했던 건지."

"소림의 앞날이 깜깜하군."

남궁구와 남궁교명이 고개를 절레절레 저었다.

하지만 남궁교명의 말이 끝나기가 무섭게 일행의 눈앞에 뭔가가 번쩍거렸으니.

"저들이 소림의 금동백팔나한인가?"

"들었던 것보다 더 눈부시군."

금동나한들은 처음 보는 사패천 일행이 감탄하는 사이, 눈부신 소림의 미래들이 수련을 마치고 막사로 복귀했다.

"네놈들도 온 것이냐?"

"사부님!"

"각우 사부님을 뵙습니다!"

"진국에서 대단했다 들었다. 수고했다."

실로 오랜만에 보는 각우의 모습에 정의무학관 출신들의 얼굴에 화색이 돌았다.

각우는 여전했다.

여전히 반질반질하고 터질 듯한 근육을 유지하고 있었고, 칭찬도 엄한 얼굴로 덤덤하게 했다.

그리고 현오에게 눈을 부라리는 것도.

"현오, 네 이놈! 또 수련을 빠져!"

"아앗! 사, 사부! 아니, 나는 금동나한도 아니잖아요!"

"닥치거라! 감히 시주 단지를 훔쳐 먹는 썩은 정신머리를 고쳐 주마!"

"아아악! 왜 나한테만 그래요! 사백조님도 같이했잖아요!"

"어허-!"

"강약약강의 전형! 강자무죄, 약자유죄! 이건 핍박입니다-!"

"말이 많구나!"

각우가 현오의 뒷덜미를 잡고 데려갔다.

그 모습을 본 진화와 일행은 현오가 누구의 손에 끌려왔는지 이제야 진실을 확인한 느낌이었다.

"아 참, 네 녀석들도! 여기서 엉뚱한 짓 하면 전부 혼날 줄 알아! 진화 네놈은 또 전장에서 맹하게 있지 말고!"

현오를 가뿐하게 한 팔로 들고 가던 각우가 길을 가다 말고 뒤를 돌아보며 소리쳤다.

팔뚝을 보이며 협박을 하고, 진화를 향해 주의를 주는 것도 여전했다.

"아니, 우리가 아직도 관도생인 줄 아시나."

각우의 협박 아닌 협박에 남궁구가 툴툴대긴 했지만 실제로 기분이 나빠 보이는 사람은 아무도 없었다.

각우가 정의무학관 관도생들을 지키기 위해 목숨을 걸고 싸우다 제자들을 잃고 슬퍼하는 모습까지 지켜본 일행이다.

오랜만의 애정 어린 잔소리에 몇몇은 그리운 얼굴을 하고 있었다.

　진화 또한 현경에 오른 뒤에 듣는 잔소리가 익숙하진 않았지만 기분 좋은 미소를 짓고 있었다.

　지휘부 막사 안에는, 남궁진휘가 하후대장군과 성승, 옥허신검에게 인사를 올리고 있었다.

　"아무래도 군사가 필요하신 듯하여 총군사께서 보내셨습니다."

　"……그러니까, 제갈길현 놈이 우리 대가리가 나빠서 장안 공략을 못 했다고 지껄이더냐?"

　"하하하하하, 성승께선 같은 말을 재밌게 하시는군요."

　남궁진휘가 성승의 말을 부정하진 않았다.

　"……저 성을 넘을 방법은 있고?"

　반드시 있어야만 할 것 같은 눈빛이었다.

　"다행히 방법이 없진 않습니다."

　남궁진휘가 여유롭게 웃어 보였다.

　당초, 장안을 되찾기 위해 나선 정사연합 무림인들은 성승과 옥허신검을 필두로 현무단과 종남파를 비롯한 장안 출신의 무인들이었다.

하지만 살아남은 종남파 제자들은 물론 장안 무림이 목숨을 걸고 탈출시킨 장가, 면가, 종가, 견가의 후계들은 대부분 나이가 어린 제자들인지라, 그들은 이번 임무에 포함되지 않았다.

정사연합은 그들의 생활과 수련을 돕기 위해 그들에게 정의무학관 입관을 권유했고, 대부분의 장안 무림 후예들은 복수의 칼을 품고 정의무학관 입관을 받아들였다.

대신 이번에 장안을 수복하기 위해 소림의 금동백팔나한과 무당의 태극혜검대가 지원에 나섰다.

그리고 진국의 상황이 일찍 정리됨에 따라, 정사연합은 적호단, 청룡단, 흑살대의 추가 파견을 결정했다.

숙청단도 추가 파견단에 포함되었으나, 그들은 정식 무단이라기보다 진화를 비롯한 신진고수들로 이뤄진 임시 무단으로 여겨졌다.

그래서일까.

숙청단에 추가 인원들이 포함되었다.

"하하하하, 또 함께하게 되었구나."

남궁진휘와 당혜평, 호현기, 무현이 함께하게 된 것이다.

물론 무현의 경우에는 장안에 도착하는 대로 남궁진혜처럼 본래 자리인 태극혜검대로 돌아갈 예정이었다.

"허어, 숙청단이라니…… 무량수불."

청수검 무현은 하루라도 빨리 장안에 도착하길 바랄 뿐이었다.

그렇게 추가 파견단까지 무사히 장안에 도착하고.

무현은 장안에 발이 닿기 무섭게 태극혜검대에 합류했고,
나머지 숙청단원들은 적호군에서 마련한 막사로 이동했다.

"이황자 저하시라고?"

"……그렇습니다."

진화는 저를 아래위로 훑어보는 하후대장군을 보며 어떻
게 답해야 할지 잠시 고민했다.

제국의 일등공신이자 황제가 가장 신뢰하는 무신 그리고
제왕검의 오랜 친우.

여러모로 진화와 얽힌 인맥이 많았지만, 어째 진화를 보는
눈이 그다지 곱지 않았다.

굶주린 맹수처럼 번들거리는 눈빛이 곧 진화를 집어삼킬
것 같달까.

호기심? 경계심? 그게 아니면 적의인가?

진화가 하후대장군의 눈빛을 해석하기 위해 머리를 굴렸
다.

"이황자 저하로 대접해 드릴까, 무림인 나부랭이로 대접
해 드릴까?"

하후대장군이 입술을 실룩거리며 놀리는 듯 물었다.

이런 물음에 진화는 보통 '무림인' 쪽을 택했다.

하지만 어쩐지 지금은 그래서는 안 될 것 같은 느낌이 들었다.

"둘이 다릅니까?"

"허! 그럼 둘이 같다고?"

"저는 한 사람이니까요."

"흐음, 그래요? 뭐, 약한 주제에 황자랍시고 뻐기면 척추를 접어 버리려고 했는데 그 정도는 아닌 듯하고, 소문에는 제왕검 뺨을 칠 정도로 강하다고 하니까 무림인으로서도 대접을 받을 만하지."

언뜻 동 태감이 들었다면 기겁할 정도로 무례한 말이 스르륵 지나간 듯했지만, 하후대장군은 뭔가 납득한 얼굴로 고개를 끄덕였다.

"좋습니다! 얼굴은 보았으니 가서 쉬십시오."

"……."

진화가 눈을 깜박거렸다.

사람을 잡아먹을 듯 볼 때는 언제고 하후대장군 혼자 말하고 혼자 고개를 끄덕이더니, 어느새 진화는 부장의 안내를 따라 진화를 위해 마련된 막사로 가고 있었다. 그리고 자신의 막사에 도착한 진화는 할 말을 잃고 말았다.

"우아아아! 도련님, 무슨 막사가 이래?"

"꽃마차에 있는 비단 금침과 꼭 같은 것입니다. 만져지는 촉감에 결이 하나도 느껴지지 않는 것이, 양주의 오색고치에서 뽑은 비단으로 만든 게 확실합니다."

남궁구와 남궁교명의 감탄을 들으며 하후대장군의 부장이 흐뭇한 얼굴로 진화를 보았다.

"대장군께서 황자님을 위해 특별하게 주문한 것입니다! 편히 쉬십시오."

"……."

'그런 눈빛으로 봐 놓고, 비단 금침이라고?'

진화는 이제 정말로 헷갈리기 시작했다.

추가 파견된 인원이 짐을 정리하고 오랜만에 만난 동료들과 회포를 풀거나 상황에 적응할 동안, 군과 무림의 지휘부라 할 수 있는 하후대장군과 성승, 옥허신검은 남궁진휘와 만나고 있었다.

"그래. 우리 대가리가 나빠서 제갈길현 놈이 특별히 보냈다는 너는, 저 장안성을 공략할 방법이 있다는 거지?"

성승이 퉁퉁한 볼 살을 실룩거리며 다시 한번 물었다.

파르라니 깎은 민머리가 아니었다면 저자에서 보호비를 뜯는 왈패라고 해도 믿을 정도로 비비 꼬인 말투와 표정이었다.

하지만 천수현인 제갈길현과 제갈가주 사이에서 버티다 온 남궁진휘는 비꼼과 은근한 협박에 한해서는 내성이 극에 달했다.

"장안성을 공략하는 법은 간단합니다. 광마제와 광룡귀면대도 같은 방법으로 장안성을 넘었고요."

"그게 뭐지? 아, 제갈 놈들처럼 빙빙 돌리지 말고 시원하게 말해 봐!"

광마제와 광룡귀면대는 분명 장안성을 넘었다.

그때의 장안성과 지금의 장안성이 다르지 않으니, 그들의 방법이 지금도 통할 것이었다.

남궁진휘에게 확실히 방법이 있다는 생각이 든 옥허신검은 버럭 성질을 내며 남궁진휘를 재촉했다.

"아, 어서!"

옥허신검이 다급하게 재촉하자 그제야 뭔가 풀린 건지 남궁진휘가 씨익 웃어 보였다.

그리고 준비해 온 답을 말했다.

"압도적인 무력입니다."

"……뭐?"

남궁진휘의 답에 옥허신검이 황당한 듯 되물었다.

그러자 남궁진휘가 미리 준비해 둔 장안성의 지도를 꺼내 들었다.

"비슷비슷한 병사들로 저 성을 넘으려면 수천수만 명의 희생으로도 확신할 수 없을 겁니다. 애당초 누구도 뚫을 수 없도록 만들어진 성이니까요. 두 겹의 해자 구조입니다. 첫 번째 함정이라 할 수 있는 외성과 두 번째 벽 사이의 좁은 공간을 뚫고 들어가더라도, 두 번째 벽과 세 번째 벽 사이에 하나의 문을 두어 외길에 갇히는 두 번째 함정이 기다리고 있죠. 결국 두 개의 함정을 모두 넘어야 장안성 문을 활짝 열 수 있습니다."

"우리가 그걸 모르는 것 같나?"

하후대장군이 콧김을 뿜었다. 그에 남궁진휘가 하후대장군을 또렷하게 마주 보며 말했다.

"장군은 군사들의 뒤에 남고, 무림 고수는 무인들의 앞에 서서 싸우죠."

"……."

"당시 현장에 있었던 현무단의 보고에 따르면 광마제와 광룡귀면대는 전부 벽을 타고 넘어서 성벽 위에 있는 병사들을 죽였습니다. 굳이 문을 열지 않아도 상관없었죠. 하지만 지금은 그때보다 더 많은 병사들이 있습니다. 그때와 달리 성벽에 인원이 증원되기 전에 성문을 열어야 하는 이유입니다. 성승과 옥허신검만 있을 때는 불가능한 일이었죠."

"……지금은 가능하고?"

도발하듯 묻는 하후대장군의 물음에 남궁진휘가 자신만만하게 웃어 보였다.

"당장이라도 성벽 위에서 날리는 화살 따위는 무시하고 문을 열 수 있는 무인들이 제법 됩니다. 장안성을 열기에는 충분할 겁니다."

"그렇군!"

"흐음. ……그 아해들이 가능할까?"

"싸가지만큼 간덩이가 크다면 문제없지, 암."

"하긴. 무당 놈들만 해도 이번에 무현이 녀석이 왔다고 하니까."

남궁진휘의 답에 성승이 무릎을 탁 치고, 옥허신검이 긴가민가하면서도 고개를 끄덕였다.

"무림인들이 성문을 열면, 그 즉시 적호군이 밀고 들어와 신 제국군을 맡아 주셔야 합니다."

"흥, 그런 거라면 걱정할 것 없다."

"아! 방패도 좀 빌려주시고요."

"방패?"

"아무리 무림인이라도 맨몸으로 화살이 비처럼 쏟아지는 곳에 들어가라고 할 순 없지 않습니까."

"허어!"

당연한 듯 적호군의 군수품을 요구하는 남궁진휘의 뻔뻔한 태도에 하후대장군이 헛웃음 소리를 내면서도 결코 싫다고 거절하진 않았다.

남궁진휘의 말처럼 장안성 공략법이라는 건 실로 간단해서, 귀천성에서도 정사연합의 움직임을 쉽게 예상할 수 있었다.

애초에 광마제와 광룡귀면대가 써먹은 방법이었으니.

송마문주는 한 제국과 정사연합이 시간을 길게 지체하지 않을 거라 생각했다.

"성벽 위에 최대한 많은 군사들을 배치하면?"

"공간적인 한계가 있습니다. 수만 명이 모두 성벽 위에 있을 수는 없습니다."

"결국 성문이 열린다는 말인가."

송마문주의 설명에 폭수문주 곡해가 나지막하게 한숨을 쉬었다.

애초에 성문이 열리지 않도록 성문을 열러 '들어오는 이'들을 막으면 그만이었지만, 그 '들어오는 이'들이 성승이나 옥허신검, 창천화룡 남궁진화라면 이야기가 달라진다.

십이좌회 소속 고수에 광마제를 홀로 죽인 고수를 두고, 누구도 그들을 확실하게 막을 수 있다고 장담할 수 없었기 때문이다.

있다면 검마제뿐.

하지만 검마제는 한 사람뿐이었다.

"성벽 위라는 이점을 살리려면 궁수와 함께 적세방이 지키는 것이 좋겠지만……."

송마문주가 말끝을 흐리며 적세방주 원길을 보았다.

원길이 난처한 듯 고개를 저었다.

"어차피 열릴 성문인데, 시간 때우는 용으로 제자들을 희생시킬 순 없습니다. 애초에 성벽은 서한군의 담당이 아닙니까?"

적세방주가 서한대장군 신언호를 힐끗거리며 말했다.

제자들을 위하는 척 핑계를 대었지만, 제자들마저 제 재산으로 생각하는 적세방주의 속셈이야 뻔했다.

어차피 실패할 일에 손해 보지 않겠다는 뜻이었다.

적세방주 원길뿐 아니라 다른 문파 중에도 선뜻 돕겠다고 나서는 이들이 없었다.

애초에 질문을 한 송마문주마저도 자신의 세력에 대해선 말도 꺼내지 않았으니 말이다.

"흐음……."

서한대장군 신언호가 깊게 한숨을 쉬었다.

그도 귀천성 무인이라는 작자들의 이기적인 행태가 마음에 들지는 않았다.

성문을 열러 들어오는 것은 무림인들인데, 애꿎은 병사들만 죽임을 당하게 생겼으니 말이다. 하지만 송마문주의 말처럼 어차피 누구도 막을 수 없는 이들이라면, 아군 전력에 타격은 최소한으로 줄이는 것이 좋았다.

"성문을 열러 들어올 것이라 예상되는 고수들은 성승과 옥허신검, 남궁진화 그리고 적호단주와 청룡단주, 현무단주, 흑살대주 정도입니다. 좁은 공간이 모두 일곱이니, 우리의 예상과 크게 다르지 않을 겁니다."

송마문주의 말처럼 성문을 넘어올 고수는 뻔했다.

"좌측에서 두 번째, 세 번째 문이 제일 중요합니다. 안쪽 문과 가장 가까우니까요. 이곳에 성승이나 옥허신검이 올 듯한데, 그중 한 곳을 검마제 님께서 막아 주시고 남은 곳은……."

송마문주가 말끝을 흐리며 사람들을 둘러보았다.

그때, 폭수문주 곡해가 먼저 선수를 쳤다.

"다른 누구도 아니고 성승이나 옥허신검이라는데. 내게는 지난날 성승과 손 속을 나눠 본 경험이 있지. 내가 나서겠네."

지난 경험을 내세우는 폭수문주의 말에 누구도 토를 달거나 반대하지 않았다.

모두들 내심 성승이나 옥허신검만을 피하고자 하는 마음이 있었기 때문이다.

골치 아픈 상대를 폭수문주가 나서서 맡아 주니, 다들 기다렸다는 듯 동의했다.

"백골수 곡해 님이라면 성승에게도 밀리지 않을 것입니다!"

"아무렴. 폭수문주님이라면 걱정이 없지요."

적세방주 원길과 사천팔귀 중 미상이 나서 아부 섞인 말을 하며 폭수문주가 나서는 걸 확정 지었다.

"문이 열리면 한 제국군이 밀려들어 올 겁니다. 우리도 병사의 수는 밀리지 않을 것이나, 하후대장군만큼은……."

"내가 한다."

이번에는 서장마군 서율경이 나섰다.

그는 벌써부터 강렬한 눈빛으로 투기를 발산하고 있었다.

적세방주 원길과 사천팔귀 미상이 슬쩍 눈빛을 마주쳤다.

'웬일로 일이 쉬워졌군. 피하고 싶은 골칫덩어리들은 두 늙은이들이 가져갔으니. 남은 건 애송이들뿐이야!'

'약한 놈이라고 해도 우리는 네 명이니까. 모두 이기면 우리의 공이 제일 크다!'

계산을 마친 적세방주와 사철팔귀가 누가 먼저라고 할 것도 없이 손을 들었다.

"그 옆의 좌측 첫 번째 문은 제가 맡겠습니다. 얼른 놈들을 처리하고 검마제 님을 돕겠습니다."

"그렇다면 남은 곳은 우리 형제들이 맡겠습니다."

적세방주는 검마제와 가까운 곳을 택해 점수를 따는 것을 택했고, 사천팔귀는 그들의 숫자대로 남은 공을 욕심냈다.

그들을 보며 송마문주와 수신방주가 눈을 마주치며 미묘한 눈빛을 교환했다.

"본래 여러분의 임무였으니 송마문과 수신방은 뒤쪽 지원을 맡겠습니다."

마치 공로를 차지하려는 경쟁에서 밀린 것처럼 자연스럽게. 송마문주와 수신방주가 욕심을 접으며 아쉬운 듯 물러섰다.

"하후대장군과 성승, 옥허신검은 공통점이 있지요."

"공통점?"

"참을성이 없다는 겁니다. 아마도 공격은 이틀 안에 시작될 것입니다."

송마문주가 말한 세 사람을 머릿속에 떠올린 이들은, 송마문주의 확신에 고개를 끄덕였다.

그리고 이제까지 한마디도 없이 자리를 지키고 있던 검마제가 드디어 입을 뗐다.

"장안에 결집한 군의 수와 전력은 비등하다. 그러니 무림의 싸움이 중요하다. 이긴 자는 원하는 것을 얻는다. 단, 하후충과 성승, 옥허신검, 창천화룡, 이 네 사람 중 하나를 죽인 자는 장안을 가질 것이다!"

"⋯⋯!"

모두 할 말을 잃고 눈을 크게 떴다.

그들의 머릿속엔 장안, 황제의 도시의 주인이 되는 자신들의 모습이 떠올랐을 것이었다.

폭수문주와 서장마군의 눈에 아쉬운 기색이 흘러가고, 적세방주 원길과 사천팔귀의 눈엔 욕망이 번들거렸다.

하후대장군이나 성승, 옥허신검은 각각 주인이 정해졌다.

하지만 앞의 세 사람보다 훨씬 쉬우면서 주인이 정해지지 않은 사냥감이 아직 남아 있었으니.

'창천화룡 남궁진화!'

적세방주와 사천팔귀의 머릿속에 같은 이름이 떠올랐다.

"수단과 방법을 가리지 말고 이겨라."

"존명!"

검마제의 말에 고개를 숙인 이들의 눈에서 불꽃이 튀었다.

회의를 마치고 검마제가 처소로 돌아간 후.

원하는 것을 얻은 적세방주와 사천팔귀가 기분 좋게 회의장을 나가고 무슨 생각을 하는지 어려운 선택을 한 폭수문주와 서장마군도 자리를 떴다.

"설마 역천제 님께서 따로 전언을 남기셨을 줄이야. 하후대장군, 성승, 옥허신검 그리고 창천화룡 중 하나라……."

"어렵긴 하지만 이룬다면 장안을 얻는 거지. 황제의 도시를!"

송마문주는 저도 모르는 전언이 있었다는 것에 놀랐다.

전언도 전언이지만 역천마제가 십이좌회의 세 사람만큼 창천화룡 남궁진화를 높이 평가할 줄은 그도 예상치 못한 일이었다.

반면 수신방주는 피가 끓어오르는 얼굴이었다.

"아쉽지 않나? 황제의 도시인데!"

수신방주의 물음에 송마문주가 냉담한 얼굴로 그를 보았다.

무림인이 호승심을 느끼는 건 당연한 일이고, 심지어 그 대가가 어마어마하니 욕심을 내는 것도 당연했다.

하지만.

"싸움에서 이기면 장안이지만, 전쟁에서 이기면 천하를

가질 수 있네."

"그건 그렇지만……."

송마문주의 단호한 말에 수신방주는 아쉬운 듯 입맛을 다시면서도 그의 말에 동의했다.

"우리는 사태를 지켜보다가 움직일 것이네."

"준비하지."

송마문주와 수신방주도 바쁘게 자리를 옮겼다.

다음 날.

정사연합 수뇌부의 인내심은 송마문주의 생각보다 훨씬 적었던 모양이다.

퍼어어어엉———!

장안성 성문에 번개가 내리꽂혔다.

화창하게 맑은 날씨.

솔직히 말하자면 장안은 늘 날씨가 좋았다.

하늘은 파랗고 여름에도 그리 덥지 않고 겨울에도 춥지 않아, 농사를 짓는 백성들에게는 좋지 않았지만 상인과 유람가, 귀족과 황제에게는 살기 좋은 도시였다.

맑게 갠 시야에 장안성의 광경이 한눈에 들어오고, 겁먹은 군사들의 표정이 여실히 드러났다.

"좋아! 극락왕생시키기 딱 좋은 날이군."

"……저 연옥에 떨어질 것들을?"

"에이, 저 잔챙이 같은 중생들이 무슨 잘못이 있나. 다 위에서 시키는 대로 하는 거지."

"음, 자비롭군."

성승의 말에 옥허신검이 고개를 끄덕였다.

성승의 뒤에는 각우와 금동백팔나한 그리고 현오가 있었고, 옥허신검 청연의 뒤에는 청수검 무현과 태극혜검대 검수들이 서 있었다.

그들 모두 성승과 옥허신검의 대화를 못 들은 척했다.

"아해야, 떨리지 않느냐?"

성승의 물음이 진화를 향했다.

진화는 그런 성승을 향해 되물었다.

"떨리십니까?"

무저갱처럼 까맣고 깊은 눈동자.

성승의 눈엔 그 깊은 곳에 자리한 분노와 복수심이 보였다.

아득한 정도로 넓고 검은 우주에 검게 내리치는 번개라니.

성승은 세상의 끝이 바로 저곳에 있지 않을까 생각했다.

아름답고 또 위험한.

하지만 성승을 향한 진화의 눈동자엔 흔들림이 없었다.

곧게, 누구보다 곧게 성승을 마주 보았다.

그제서야 성승의 눈에도 분노와 복수심을 단단하게 붙잡고 있는 빛이 보였다.

신념, 심지…… 남궁을 향한 지극한 애정.

"나무아미타불 관세음보살."

성승은 다행이라는 말 대신 낮게 염불을 외었다.

그리고 진화를 보는 눈이 한결 다정해졌다.

"제왕검이 날로 삼기기에는 참 고운 아해로구나. 이왕 주워 온 거, 저것도 좀 예쁠 것이지. 에잉, 쯧!"

진화를 보던 성승의 눈이 현오에게 향했다.

아쉬운 듯 혀를 차긴 했지만, 나한들 사이에서 벙긋벙긋 웃고 있는 현오를 향한 눈에 애정이 가득했다.

그런 성승을 보며 진화의 입가가 조금 풀어졌다.

귀천성의 예상대로 일곱 개의 문 중 가장 중요한 이문과 삼문은 성승과 옥허신검이 맡았고, 그들과 가장 가까운 문에 진화가 있었다.

진화의 뒤에는 늘 그렇듯 남궁구와 남궁교명, 팽가 형제, 나하연, 당혜군이 있었고, 단단한 방패를 든 현무단이 있었다.

"창천화룡의 뇌전이 그렇게 대단하다지? 그럼 먼저 시작하지."

성승의 말에 진화가 고개를 끄덕였다.

그와 동시에 진화의 의천검이 성벽을 베었다.

천뢰제왕검법 현뢰일섬-!

퍼버벙! 펑! 펑! 펑! 퍼-엉!

장안성 일곱 개 외문에 벼락이 떨어지며 굉음과 함께 자욱한 먼지가 피어올랐다.

그것을 신호로 정사연합 무인들이 성문을 뚫고 성벽을 넘기 시작했다.

"가자-!"

바람이 일었다.

누군가 기운을 움직여 바닥의 흙먼지를 피워 올렸고, 성문들이 쪼개졌을 때부터 지금까지 병사들은 적들이 몰려오는 소리만 듣고 있었다.

평범한 군사들에게 눈으로 보지 못하고 소리로만 느껴지는 적들의 존재는 실로 공포스러웠다.

정사연합이 노린 것도 바로 이 공포였을 것이다.

"쏴라-! 쏴! 아끼지 말고 화살을 쏘라고!"

적세방주 원길이 병사들에게 소리쳤다.

그들을 지휘하는 비장은 따로 있었지만 적세방주 원길의 힘과 권위가 그것을 무시했다.

쉐에에엑--!

"크아아악!"

"윽!"

어디선가 날아든 나비 모양의 비편이 병사들의 목을 갈랐다.

채-앵!

적세방주 원길이 비편을 때려 반으로 갈라 버렸다.

"겁먹지 마라! 망설이지 마! 빌어먹을, 보인다고 맞히는 것도 아니잖아! 그냥 쏘라고!"

적세방주 원길이 주춤거리는 병사들을 재촉했다.

그는 어차피 다 죽어 버릴 소모품들이 죽기 전에 제 몫을 다하고 죽었으면 하는 바람이었다.

원길의 재촉에 병사들이 일제히 화살을 날렸다.

피-잉!

탓. 탓. 탓. 탓.

첫 화살이 날아가고, 수십 수백의 손이 시위를 놓았다.

"너희들은 뭐 해? 던져!"

적세방주가 수하들을 향해 소리쳤다.

수하들은 저마다 가지고 있던 주머니에서 검을 돌을 꺼낸 뒤, 불을 붙여 아래로 던졌다.

후두두두두두두-둑!

화살이 뭔가에 박혀 들고 불붙은 검은 돌이 그곳에 부딪혔다.

화살에 불이 붙고 검은 연기가 피어올랐다. 하지만 불은 순식간에 사라지고 검은 연기도 점차 옅어졌다.

적세방도들은 물론 정신없이 화살을 쏘아 보내던 병사들도 활을 멈추고 아래를 내려다보았다.

방패였다.

무림인들은 방패 속에 숨어 보이지 않았고, 병사들이 쏜 화살은 모조리 방패에 촘촘하게 박혀 있었다.

방패를 본 병사들의 표정이 어리둥절했다.

한 제국군의 방패와 달랐기 때문이다.

정확한 육각형에 검은색, 마치 거북의 등껍질과 같은, 정의맹 무단 중 유일하게 방패를 쓰는 현무단의 것이었다.

"현무단이 왜 여기 있지?"

적세방주가 눈을 크게 뜨며 얼굴을 찡그렸다.

의문은 품었지만, 생각을 마치기도 전에 거북이처럼 웅크리고 있던 방패가 열렸다.

그리고 새파란 번개가 사방으로 뻗어 나왔다.

파지지지지지직————!

"무, 뭐야!"

적세방주 원길이 놀라 소리쳤다.

사방에서 비명이 들렸다.

"크아아아악!"

"아아악!"

적세방주 원길과 병사들이 당황한 사이, 번개가 이번에는 두 번째 벽에 있던 문을 향했다.

파파파파팟———!

콰—광!

튼튼하라고 박아 둔 철심을 따라 뇌전이 번뜩이고 마침내 문을 이루고 있던 나무 조각이 사방으로 터져 나갔다.

적세방주 원길이 힘도 쓰지 못한 사이 첫 번째 문이 제일 먼저 열린 것이다.

"안 돼—!"

적세방주 원길이 부서진 문을 보며 소리쳤다.

그와 동시에 방패 속에서 누군가가 날아올랐다.

정확히는 누군가'들'이었다.

쉐에에에에엑————!

"우아아아악!"

벽을 타고 올라선 남궁구가 병사들 사이를 돌풍처럼 헤집었다.

천풍검법은 혼란한 상황 특히 사방이 적들일 경우에 가장 효과적인 검법이었다.

"막아라—!"

적세방주 원길이 수하들에게 명했다.

하지만 수하들은 불을 붙인 검은 돌을 던져 보기도 전에 손이 잘려 나갔다.

"어림없지."

남궁교명의 창궁대연검법은 거칠지만 빠르고 군더더기 없이 치명적이었다.

푸른 무복에 누가 보아도 남궁세가의 검을 펼치는 귀공자라, 적세방도들이 저도 모르게 주춤거렸다.

하지만 적세방도들이 뒤로 물러서기도 전에 돌이 부서지는 듯한 굉음이 울렸다.

퍼이억!

뻐어어어억-!

"세상에서 가장 아름다운 뇌화! 그분의 꽃잎 한 장이라도 상하는 날엔 용서하지 않겠다!"

"……이미 용서하지 않고 있지 않나?"

"팽신, 뒤!"

외성과 두 번째 벽을 잇는 다리 위.

남궁구와 남궁교명이 오른쪽, 나하연과 팽가 형제가 왼쪽에서 병사와 무인 들을 죽이거나 아래로 떨어뜨렸다.

그사이 현무단원들이 안전하게 성벽을 올랐다.

"감히……!"

몰아치는 공격에 정신이 없었던 적세방주는 이제야 돌아가는 사태를 파악했다.

그리고 양 주먹에 쥔 불같은 기운을 현무단원들이 오르는 사다리로 날리려 했을 땐, 이미 그의 앞에 새파란 뇌전이 번뜩이고 있었다.

"내 몫은 당신인가? 운이 좋지 않았군."

진화가 덤덤한 얼굴로 적세방주를 향해 검을 겨누었다.

"네놈은? 허어! 네놈이 그 창천화룡 남궁진화렷다!"

적세방주는 놀란 눈을 떴다가 진화를 알아보고 만면에 화색을 지었다.

"하하하! 아니, 나는 오늘 운이 좋구나! 어차피 성문은 포기한 거였어. 대신 내 앞에 이렇게 먹음직스러운 사냥감이 나타났지 않느냐!"

적세방주 원길이 진화를 향해 탐욕스러운 눈빛을 번들거렸다.

진화는 그런 원길을 보며 가차 없이 검을 휘둘렀다.

"날 말하는 거다, 내가 운이 없다고. 맛없는 사냥감이 걸렸으니까."

쉐에에에엑———!

뇌전이 불이 붙은 듯 붉은 기운을 두른 적세방주 화강군 원길을 두 팔을 지났다.

"끄아아아악!"

적세방주가 크게 비명을 질렀다.

현무단주와 현무단이 창천화룡 남궁진화와 있다니.

그것만큼은 송마문주의 예상을 벗어난 일이었다.

그는 당연히 현무단주가 일곱 문 중 하나를 맡을 줄 알았기 때문이다.

설마 십만의 대군을 이끄는 대장군이 직접 문을 부수러 올 줄은 아무도 예상하지 못했다.

본인 빼고는.

퍼———억! 퍽! 퍽!

퍼————엉!

대여섯 번의 주먹질로 외벽 문을 부순 하후대장군이 함정 속으로 들어가 당당하게 웃어 보였다.

"으하하하하! 난 평범한 장군이 아니지. 내 밑에 있는 놈들도 평범한 장수들이 아니고!"

황소만큼 큰 덩치에 범처럼 사나운 눈빛, 커다란 창을 들고 온몸으로 내뿜는 기세에 신 제국군 병사들이 저도 모르게 물러섰다

"쏴, 쏴라!"

비장의 말과 함께 병사들이 활을 쏘았다.

하지만 쏟아지는 화살은 하후대장군에게 닿기도 전에 종남파 무인들이 검으로 쳐 냈다.

캉! 캉! 캉!

제자들을 살리기 위해 비참하게 죽어 갔을 전 장문인과 현청대 동문들, 세가의 혈족들의 복수를 위해 종남파 무인들과

장안 무림 출신 무인들은 이를 악물었다.

장가, 종가, 면가, 견가를 제외한 다른 힘없는 세가들은 무인들을 보내지도 못했다.

그날 살아남은 이들이 없었기 때문이다.

"죽여—!"

검을 회전시키며 화살을 튕겨 내는 무인들의 모습에 당황한 신 제국 비장이 병사들을 닦달했다.

병사들은 몰려드는 공포를 견디며 화살을 쏘았다.

그때.

"컥!"

"응?"

"크어어어…… 컥. 컥!"

한 병사, 아니 둘, 아니 대여섯 명의 병사들이 입에 허연 거품을 뿜으며 쓰러졌다.

그들은 계속해서 허연 거품을 토하며 바닥을 뒹굴었고, 그 모습을 지켜본 다른 병사들이 술렁거렸다.

"왜, 왜?"

바로 옆 사람이 쓰러졌는데 영문을 알 수 없었던 이들의 얼굴에는 의문이 가득했다.

"톱비늘살무사의 독이지. 독사들 중에서도 출혈과 괴사 없이 깔끔하게 뒤처리를 할 수 있어서 좋아."

나긋나긋한 목소리가 들리고, 병사는 제 목을 붙잡은 채 다른 이들과 같은 모습으로 쓰러졌다.

"이, 이! 주, 죽어라-!"

병사들에게 명령을 내리던 비장이 검을 들고 당혜평을 향해 달려들었다.

하지만 그 전에 어디선가 날아든 매서운 칼날이 비장의 목을 갈랐다.

"시간 없으니 빨리 처리하지."

호현기가 느긋한 당혜평을 재촉하며 외성과 두 번째 벽을 연결한 다리 위의 병사들을 죽여 나갔다.

반대편 다리에서는.

휙휙휙휙휙---!

챙! 챙! 챙!

갑자기 날아든 무언가가 빠르게 회전하면서 병사들의 활을 갈랐다.

"우앗!"

"앗!"

활을 놓친 병사들이 당황한 사이 제갈상이 빠르게 그들의 급소를 베며 지나갔다.

"이놈들-!"

비장이 소리를 지르며 제갈상에게 달려들었다.

하지만 그가 검을 높이 치켜든 순간.

푸-욱!

회전하던 단창 두 개를 잡아 빠르게 연결한 관서겸이 비장의 가슴팍에 창을 꽂아 넣었다.

콰-앙! 콰앙! 콰-----앙!

병사들의 공격을 종남파를 비롯한 장안 무인들이 막는 사이, 하후대장군이 두 번째 벽에 있던 문을 부수었다.

해야 할 일을 마쳤으니 이제 좀 즐겨 볼 시간이었다.

"흐흐흐, 도망가려면 이미 늦었다!"

성문을 부순 하후대장군이 발을 한번 구르는 것으로 단숨에 성벽 위로 뛰어올랐다.

그리고 잔뜩 겁에 질린 채 숨을 죽이고 있던 사천팔귀의 넷째 미승을 발견했다.

"겁을 먹고 쥐새끼처럼 숨었구나!"

"이, 이!"

미승이 놀라 도망치려 했다.

사천팔귀의 명성이 아무리 귀천성을 울린들, 그건 다른 형제들과 함께했을 때의 일이었다.

미승 혼자 십이좌회 중 일인인 하후대장군을 상대할 순 없었다.

"비, 비켜! 비켜!"

미승이 혼란한 병사들을 밀치며 앞으로 나갔다.

하지만 이미 사냥감을 발견한 하후대장군이 그를 놓칠 리 없었으니.

"어딜 가느냐!"

퍼————엉!

"우아아악!"

하후대장군의 철혈장에 병사들이 나가떨어지고.

"젠장!"

미승이 쌍검을 휘둘러 제게 날아드는 병사들을 베어 버렸다.

미승의 행동으로 인해 겁을 먹은 병사들은 더 혼란스러워졌고, 그의 앞을 막아 줄 이는 아무도 없었다.

"이놈! 아군을 베다니 이 사람 같지 않은 놈!"

악귀처럼 사납게 얼굴을 구긴 하후대장군이 미승을 향해 날아들었다.

단지 한 번 발을 굴렀을 뿐인데 그 큰 덩치가 미승의 코앞에 있었다.

"으아아아악———! 죽어!"

미승이 이성을 잃고 검을 휘둘렀다.

하지만.

퍼—억! 퍽!

검과 팔뚝이 맞닿아서 결코 나올 수 없는 소리가 났다.

당황한 미승이 고개를 들자, 하후대장군이 이를 드러내며 웃어 보였다.

퍼———억!

"커—억!"

하후대장군의 철혈장이 미승의 가슴을 부수고, 미승이 피를 토하며 성벽 아래로 떨어졌다.

"미승아——!"

미승의 모습을 본 다른 형제의 비명 같은 고함과 함께 미승의 몸이 바닥과 만났다.

쿠——웅!

"……컥! 커헉!"

움푹 파인 듯 함몰된 가슴과 머리에서 붉게 피가 흘러나왔다.

차례로 성문이 뚫리고, 가장 먼저 미승이 죽었다.

송마문주와 수신방주가 심각한 표정으로 그 모습을 지켜보았다.

"하후대장군이라니, 내 예상이 빗나갔군."

"자네가 모든 일을 꿰뚫을 순 없네."

"어쨌든 미승이 죽었고, 희생이 내 예상보다 크군."

"말했듯, 모든 것이 자네 뜻대로 될 순 없네."

송마문주의 자책에 수신방주가 그를 위로하듯 말했다.

물론 이들 중 미승이나 병사들의 죽음을 안타까워하는 이는 아무도 없었다.

"그래, 자네 말대로 중요한 건 우리가 해야 할 일이지. 두 번째 문, '목표'가 성승과 함께 있군."

"움직이지."

뒤에서 없는 듯 있던 송마문주와 수신방주가 두 번째 벽 뒤에서 조용히 움직였다.

⚜

세 번째 문.

"내 팔을 자르고 이십오 년 만인가?"

"이번엔 목을 잘라 주지."

운명의 장난인지, 하늘이 안배인지.

옥허신검 청연은 그의 좌수를 자르고 명성을 얻은 검마제와 다시 한번 마주했다.

이십오 년 전과는 많은 것이 달라졌다.

그때의 젊은 검수는 이제 옥허신검의 명성에도 뒤지지 않는 검마제가 되었고, 옥허신검 청연은 빼앗기던 입장에서 빼앗으러 온 입장이 되었다.

"그때 살려 준 목숨이나 더 아낄 것이지."

"시간이 없으니, 가세."

검마제가 무심하게 옥허신검을 노려보고, 옥허신검은 결연한 눈빛으로 검집을 버리고 검을 꺼내 들었다.

옥허신검 청연이 검마제 백천흠을 처음 만난 건 이십오 년 전이었다.

역천마제가 있다는 소식을 듣고 태극혜검대 삼백을 이끌고 갔다.

그리고 그들 모두를 잃었다.

역천마제를 찾아 헤매는 사이, 그때까지는 존재조차 알지 못했던 젊은 검수에게 모두 당한 것이다.

"으아아아아! 아아아아아!"

하늘은 어디 있고 도는 어디에 있단 말인가.

어째서 이 비참함은 끝이 없단 말인가.

옥허신검 청연이 제자의 시체를 끌어안은 채 짐승처럼 울었다.

도를 잃고 슬픔과 증오에 사무쳐 길을 잃어버린 듯했다.

그때 묵빛 검에 무당검수들의 피를 뚝뚝 떨어뜨리며 백천흠이 나타났다.

"네놈이……."

옥허신검이 피눈물을 흘리며 백천흠을 노려보았다.

그는 온통 검은색이었다.

검은 머리칼, 검은 눈, 묵빛의 검.

어둡고 삭막한 눈빛과 온몸으로 뿜어내는 사악한 기운.

마치 세상의 어둠이 뭉쳐서 생겨난 인간 같았다.

그의 어둠이 옥허신검마저 집어삼킬 것 같았다.

실제로 옥허신검 청연은 제자들의 복수에 눈이 멀어 태극혜검을 펼쳤고 그 대가로 백천흠의 묵빛 검에 왼팔을 잃었다.

"청연-!"

뒤늦게 달려온 제왕검의 목소리에 다음 일격을 준비하던 백천흠이 덤덤한 눈으로 저를 내려다보았다.

잘려 나간 팔에서 피를 흘리며 저를 노려보는 옥허신검을 보던 백천흠은 조금도 망설임 없이 돌아섰다.

마치 지금 당장 옥허신검을 죽이지 않아도 전혀 아쉬울 것이 없다는 태도.

그 잔인한 구명이 한동안 옥허신검을 나락으로 빠뜨렸다.

그로부터 이십오 년 후.

쉐에에엑---!

아주 오래도록 기다린 순간이었다.

복수와…… 잃어버렸던 길을 과연 제대로 찾았는가 하는 확인.

옥허신검 청현의 검이 태극을 그렸다.

팔을 크게 휘돌아 태극의 반쪽을 그리자, 나머지 반쪽이 자연스럽게 떠올랐다.

'……양의현강?'

검마제의 눈이 커졌다.

양의현강은 음양의 조화를 추구하는 도가 내공심법의 최

고 경지로서, 인간이 본디 타고난 음양의 조화를 깨달아 현문선천지기를 자유자재로 구사하는 경지라 실제로 존재하는 지조차 확실히 알려진 것이 아니었다.

하지만 검마제는 옥허신검 청연의 검을 보며 자연스럽게 양의현강을 떠올렸다.

'그동안 그냥 조용히 물러나 있었던 건 아닌 모양이군.'

파—팟!

태극에서 솟아난 수십 개의 검기가 검마제에게 쏟아졌다.

검마제도 망설이지 않고 검을 휘둘렀다.

독무신검 주작비상—!

끼아아아아—!

검명과 함께 묵빛 검기가 거대하게 피어올라 불길로 된 날개처럼 옥허신검의 검기를 향해 날아들었다.

퍼—엉!

파파파파팟! 파팟! 펑!

태극에서 쏘아진 수십 개의 새하얀 검기가 주작의 날개를 찢고, 검은 불길은 태극의 검기를 태우듯 덮어 버렸다.

막상막하.

누구도 상대에게 확실한 타격을 입히지 못했다.

그것을 안 옥허신검과 검마제가 동시에 움직였다.

탁. 탁. 탁. 탁.

벽을 타고 마주 보며 달리던 그들은 상대를 향해 빠르게 검을 휘둘렀다.

쉑쉑쉑쉑쉑-!

펑펑펑펑펑!

태극혜검 제팔초 구십이변, 선유음도(先由音道)-!

독무신검 백호침강!

감히 범인은 눈으로 좇을 수도 없을 정도로 빠른 검기가 끊임없이 부딪혔다.

성벽이 부서져 나가고 뿌연 돌가루 연기가 피어오르고서야 사람들은 옥허신검과 검마제가 어디에서 부딪히고 있는지 눈치챌 수 있었다.

묵빛 검기가 하얗게 보일 정도로 빠른 일섬이 옥허심검의 목을 노리고, 검이 움직이는 소리보다 먼저 닿은 검기가 검마제의 발을 떨어뜨렸다.

툭.

성벽을 타고 달리던 검마제가 옥허신검의 검기를 피해 땅으로 내려오자마자, 또다시 섬광이 검마제의 등을 노렸다.

채—앵!

검마제가 뒤로 검을 휘두르고.

마침내 묵빛 검마제의 검과 새하얀 옥허신검의 검신이 맞닿았다.

이십오 년 만에 옥허신검과 검마제도 아주 가까이에서 얼굴을 마주했다.

"검술이 더 발전했구나."

"당신도. 한쪽 팔만 남은 것치곤 그때보다 낫군."

채———앵!

팟! 팟!

서로 거리를 벌린 옥허신검과 검마제가 망설임 없이 상대를 향해 검을 휘둘렀다.

채—앵!

"하지만 검술뿐이로구나. 왜 기(氣)에 대한 깨달음이 더딘 것이냐? 내가 아는 너는, 검술뿐 아니라 세상 모든 무를 통달할 만한 천하제일의 천재였다."

"나는 지금도 천하제일이다!"

챙! 챙! 챙!

인간의 육체가 그릴 수 있는 속도를 아득히 뛰어넘어, 검이 부딪힐 때마다 불꽃이 튀었다.

"그런데 왜 진짜 천하제일인이 되지 못했느냐? 역천마제 때문인가?"

"닥쳐라!"

카————앙!

옥허신검의 어떤 말이 검마제의 폐부를 찔렀는지.

검마제의 눈빛에 살기가 맺히고 움직임이 거칠어졌다.

"허어, 너도 아는구나."

카앙! 캉!

이전과 비교할 수 없을 만큼 불꽃이 커졌다.

옥허신검과 검마제 두 사람 다 일 검, 일 검에 내공을 불어넣고 있었던 것이다.

두 사람 모두 뒤는 생각하지 않고 온 힘을 쏟기 시작했다.

독무신검 현무강하-!

태극혜검 제구초 백변 운무태동(運無泰動)-!

퍼---엉!

"우아아악-!"

거대한 기의 폭발에 휘말린 병사들이 비명을 지르며 넘어지거나 중심을 잃고 휘청이다 쓰러졌다.

카-앙! 캉! 캉!

검마제가 삼 장가량 일어난 거대한 묵빛 검강을 휘둘렀다.

마치 사형수를 앞둔 망나니처럼 혹은 죽음을 부르는 악귀처럼. 거칠고 살기 가득한 검이 아슬아슬하게 옥허신검의 목을 노렸다.

그에 맞선 옥허신검은 구름 사이를 나는 매처럼 빠르고 자유롭게, 발톱을 내고 하강하는 매처럼 강력하게 몸과 검을 움직이며 검마제와 부딪혔다.

　그사이.
　"무당검수들은 들으라! 구궁검진(九宮劍陣)을 펼친다!"
　"충!"
　무당제일검 청수검 무현의 명에 따라 태극혜검대가 빠르게 움직였다.
　구궁팔도를 그리며 휘두르는 검이 쏟아지는 화살 비를 굳건하게 막아 냈다.
　그리고 마침내 청수검 무현이 두 번째 성문을 향해 검을 휘두를 기회를 잡아냈다.
　쉐에에엑ㅡ!

　태극혜검 제육초 칠십이변 구혼탈백(勾魂奪魄)ㅡㅡ!

　태극혜검은 전반 육초로 천하를 오시하고 후반 삼초가 전반 육초의 빛을 잃게 한다는 말이 있을 정도로 우수한 검술인 동시에 후반 삼초의 위력이 더 많이 알려진 검법이었다.
　하지만 무당의 모든 묘리가 후반 삼초 삼십육변에 담겼다한들, 전반 육초의 파괴력을 절하할 순 없었다.
　그중에서도 제육초 칠십이변은 도가에서 가장 파괴의 힘

이 큰 검법이었다.

퍼어어어어엉———!

청수검 무현의 한 수에 성문이 여덟 조각으로 잘려 나갔다.

"무당검수들은 성벽 위의 적들을 섬멸하라―!"

청수검 무현의 말에 무당검수들이 삼 인 일 조로 뭉치기 시작했다.

그리고 한 사람이 두 사람의 검을 밟는 식으로 순식간에 성벽 위로 뛰어올랐다.

물론 청수검 무현이 제일 먼저 성벽에 올라 다른 검수들이 올라올 수 있도록 자리를 정리했다.

쉐에에엑———!

"우아아아악"

"사, 살려 줘!"

곧 성벽에 오른 무당검수들이 매섭게 병사들을 죽여 나갔다.

쉐에에엑―!

펑! 펑! 펑!

"저건……!"

청수검 무현의 검에서 빛나는 새하얀 검강을 확인한 수신방주 장배경이 두 눈을 크게 떴다.

'검강! 창천화룡 남궁진화 외에도 정파의 후기지수들이 경지를 밟았구나!'

수신방주와 눈이 마주친 송마문주도 심각한 얼굴로 고개를 끄덕였다.

송마문주는 수신방주가 무슨 생각을 하는지 아는 것뿐 아니라, 그 또한 같은 생각을 하고 있었다.

"시대가 달라진 거네. 우리가 팔마제의 자리를 노릴 만큼 성장했듯, 정파 놈들도 전쟁을 준비하고 있었던 거지. 만만찮은 전쟁이 될 것이네. 이번에 우리가 반드시 성공해야 하는 이유지."

송마문주의 말에 수신방주가 이전보다 훨씬 심각한 얼굴로 고개를 끄덕였다.

퍼벙! 쾅! 쾅!

검마제와 옥허신검의 싸움.

상대에게 닿지 못한 검기가 사방의 벽을 때리고, 다른 성벽의 세 배 정도는 단단한 장안성 성벽이 크게 흔들리고 부서졌다.

'옥허신검 청연, 한쪽 팔밖에 없는 늙은이가 꽤나 끈질기군. 그래, 그렇게 싸움을 키워라! 이곳에 있는 모든 사람의 주의를 끌어모으는 거다!'

송마문주의 바람처럼 사람들의 이목이 모두 세 번째 문이 열린 그곳으로 향했다.

좌수를 잃은 옥허신검 청연의 무공이 송마문주의 예상을 웃돌았지만, 검마제가 질 거라곤 결코 생각하지 않았다.

'검마제 님께서 최대한 소란을 키워 주신다 하셨으니까.'

송마문주는 지금의 이 소란도 검마제가 일부러 한 것이라 믿어 의심치 않았다.

"조용히 이곳에서 대기한다."

"충."

송마문주와 수신방주는 검마제와 옥허신검의 싸움에 사람들의 정신이 팔린 사이, 빠르게 세 번째 벽에 있던 문을 열고 나갔다.

그리고 두 번째 벽, 일곱 개의 문 중에서 아직 열리지 않은 두 번째 문 앞에 송마문과 수신방의 무사들을 대기시켰다.

"우리도 준비하지."

"그러지."

송마문주와 수신방주가 두 번째 문 옆으로 조용히 몸을 숨겼다.

펑! 펑! 퍼─────엉!

기다렸다는 듯 굉음과 함께 문이 부서지고 소림 나한들이 뛰어 들어왔다.

그와 동시에 송마문주와 수신방주가 곧바로 움직였다.

장안성 앞.

십만의 군사들이 한 제국기와 적호기를 펄럭이며 도열해 있었다.

사납게 이를 드러낸 적호기를 보는 순간부터 적들을 압도하기 시작한다는 적호군, 한 제국 최강의 군대였다.

그들은 명성답게 대장군 하후충의 부재에도 전혀 흔들림 없는 모습을 보여 주었다.

물론 거기에는 대장군 하후충은 물론 병사들 모두가 신뢰하는 부장군단의 존재 때문도 있었다.

한 사람 한 사람이 상장군의 무위와 병력을 가졌다고 일컬어지는 하후충의 부장군단, 그중에서도 세 사람은 특별했다.

호아맹부(虎牙猛斧) 하후필.

하후충의 장남으로, 범의 송곳니라 불릴 만큼 하후가의 용력과 체격을 고스란히 물려받은 용맹한 장수이자 공격부대를 이끎에 있어서는 아버지 하후충의 운용 능력을 넘어섰다 평가받는 지휘관이었다.

호조맹창(虎爪猛槍) 하후선.

하후충의 차남으로, 범의 발톱이라 불리며 하후가 사내들 중에서도 그 용력과 체격이 으뜸이라 힘과 무위에 있어서는 아버지 하후충에 필적한다고 평가받는 장수였다.

그리고 마지막으로 하후충의 부장 중 최고라 할 수 있는.

신궁신병(神弓神兵) 표충선.

대장군 하후충과 지금의 적호군을 만들어 낸 군사 운용의 천재이자, 한 제국에서 실력만 보자면 벌써 대장군에 올랐어야 했다고 평가받는 지휘관이었다.

대장군 하후충의 조금 부족한 전술과 운용 능력을 완벽하게 보완하며 적호군의 명성을 완성시킨, 지금까지도 그의 오른팔로서 실질적으로 적호군을 운용하고 있는 장수였다.

대장군 하후충의 깃발을 표충선이 들고 있는 한, 적호군은 어떤 상황에서도 흔들림이 없었다.

"지금 가면 되겠습니까?"

포충선의 물음에 남궁진휘가 짐짓 놀란 듯 되물었다.

"지금 제게 물으신 겁니까?"

"허허허, 이번 전투는 군사의 전략에 따른 것이니 끝까지 따라야지 않겠습니까."

표충선의 너스레에 남궁진휘가 빙그레 웃었다.

은근히 느껴지는 투기를 보니, 하후대장군과 성승, 옥허신검을 자극하기 위해 했던 말을 마음에 담아 둔 게 분명했다.

주인을 위해 화를 내는 충신은 남궁진휘도 싫어하지 않았다. 아니, 어쩌면 원한을 사도 상관없는 사람과 그렇지 않은 사람을 잘 구분하는 것일지도.

"하후대장군과 장군이시라면 시간이 조금 더 걸렸을지언

정 장안성을 뚫었을 겁니다. 저는 다만 우리 무림인들과 효과적으로 협력하는 법을 알려 드렸을 뿐이지요. 이제부터는 장군과 적호군의 시간입니다."

"허허허, 군사께서 그렇다 하시니 그럼 이 사람의 판단으로 나서 보겠습니다."

남궁진휘의 겸손한 말에 표충선이 허허롭게 웃으며 고개를 돌렸다.

그리고 순식간에 기세가 돌변했다.

"전군! 두 번째 문이 깨지는 순간 돌진한다! 신 제국군 놈들을 단 한 놈도 살려 두지 마라―!"

"충! 충! 충! 충!"

표충선의 외침에 적호군 전체가 응답했다.

절도 있는 외침이 전군을 울리다 못해 지축을 흔들며 장안성까지 기세를 넓혀 갔다.

'이게…… 제국 최강의 군대인가!'

무림인들과는 확실히 다른 장엄한 기세에 남궁진휘의 눈끝이 가늘게 떨렸다.

기다란 뿔이 달린 투구를 쓴 하후필, 하후선 형제가 말을 몰고 가장 앞으로 나섰다.

퍼―――――엉!

기다렸던 폭발음과 함께 일곱 문 중 절반이 부서졌다.

아직 문이 부서지지 않는 곳도, 성벽 위에 적호단과 청룡단, 흑살대 무인들에게 병사들이 죽임을 당하고 있었다.

이제 성벽 위의 공격을 두려워할 필요가 없어졌다.

"자, 가자아————!"

뿌우———!

뿔나팔 소리와 하후필의 사나운 외침과 함께.

"우아아아아아아아—————!"

지축을 뒤흔드는 함성과 진동을 시작으로 적호군이 장안성 벽을 향해 달려갔다.

혼란하고 위태로운 장안성의 상황과 흙먼지를 구름처럼 피워 올리며 용맹하게 돌진하는 적호군의 모습을 지켜보며.

남궁진휘가 뭔가 걸리는 듯 굳은 얼굴로 고개를 갸웃거렸다.

"이상하군. 일이 너무 쉬워. 이렇게 전개될 것이 너무 당연한 일이라 그런지도 모르지만, 그렇다고 해도 저들의 방어가 너무 단순하고 일차원적이야. 그렇게 단순한 자들이 아니었는데……."

남궁진휘는 진국에서 팔봉산을 포위하려는 그의 생각을 좇아오던 신 제국군을 떠올렸다.

독마제의 독성을 보고 혼현마제가 팔봉산에 있다는 걸 스스로 추리하지 못했다면 절대로 쫓아오지 못했을 전략이었다.

즉, 어느 정도 머리를 쓸 줄 아는 군사가 있다는 건데…….

"이번에는…… 왜지?"

남궁진휘가 눈매를 가늘게 좁히며 장안성의 광경을 하나하나 살피기 시작했다.

가장 먼저 변수가 느껴진 곳은 검마제와 옥허신검이 있는 곳이었다.

쿠----웅!

검마제의 거대한 묵빛 강기에 옥허신검의 신형이 밀려나다 못해 성벽에 부딪힌 것이다.

순식간에 검마제의 신형이 옥허신검의 앞에 당도했다.

남궁진휘가 저도 모르게 주먹을 쥐고 눈을 크게 떴다.

그때.

새파란 번개가 검마제의 검에 떨어졌다.

"진화야……!"

누구나 한 번쯤 크게 넘어지는 순간이 있다.

넘어지길 바라는 사람은 없지만, 결국은 누구나 넘어질 수밖에 없다.

넘어진다는 것은 '어어!' 하며 알아차려도 이미 중심을 잃어버린 후이거나 너무 빨리 달리느라 한계를 넘어 버렸다는 의미라, 결국은 바닥에 쓰러진 것이다.

여기서 누군가는 살갗이 조금 까지는 정도로 툭툭 털고 일어날 것이고, 누군가는 크게 다쳐서 오래도록 힘이 들 수도 있다.

중요한 것은 넘어지고 난 이후다.

훌훌 털고 일어나 뚜벅뚜벅 걸어갈 수도.

왜 넘어졌는지 알고 다신 넘어지지 않으려 애를 쓸 수도.

어느새 요령을 터득하고 달려갈 수도.

혹은 그대로 누운 채 엉엉 울 수도 있다.

사람마다 선택이 다를 것이다.

하지만 결국 다음으로 나아가기 위해선 일어서야 한다.

어쩌면 일찍 걸음마를 배우며 수도 없이 넘어지는 건, 인생이라는 긴 여정을 시작하기 전에 '넘어진 다음은 일어서는 것'이라는 사실을 본능처럼 각인시켜 주기 위해서가 아닐까.

실수라는 것도 그렇다.

'아차!' 싶은 순간 실수라는 걸 깨달을 수도 있고, 치명적인 결과가 벌어질 때까지 깨닫지 못할 수도 있다.

하지만 영원히 실패하지 않고 단지 '실수'로 그치기 위해선, 많은 선택지 중에서 다음으로 나아가기 위한 선택을 해야 할 것이었다.

무엇보다 무림에서 실수와 실패는 생과 사만큼이나 아득하게 차이가 났으니 말이다.

적세방주 화강군 원길이 창천화룡 남궁진화를 얕본 건 분명 실수였다.

하지만 분명 기회는 있었다.

그는 푸른 뇌전이 장안성 외벽을 모두 가르는 걸 보았을 때 도망쳤어야 했다.

아니, 진화의 뇌전이 두 번째 벽의 문을 날려 버리는 걸 봤을 때도 늦진 않았었다.

그러나 적세방주 화강군 원길은 실수로 족했을 여러 번의 기회를 모두 놓쳤고, 매번 잘못된 선택을 하고 말았으니.

그 대가는 참혹했다.

쉐에에에에엑——!

"아아아아악!"

화강군 원길이 비명을 질렀다.

투툭.

바닥에 화강군 원길의 양팔이 떨어졌다.

진화의 검이 거대한 기운을 뿜어 대던 화강군 원길의 양팔을 베어 버린 것이다.

"아아아악! 내 팔! 내 팔! 아아…… 컥! 컥……."

사방에 피를 뿌리는 원길을 보며, 진화는 가차 없이 그의 목을 베어 버렸다.

새파란 검강을 품은 의천검이 소리도 없이 그의 목을 지나고, 원길은 비명을 지르다 말고 눈동자를 데구루루 굴렀다.

그의 목이 땅에 떨어지는 순간까지도 그는 제 죽음을 믿지 못하는 눈을 하고 있었다.

챙! 챙!

세 번째 문이 열리고 무당검수들이 성벽의 병사들을 죽여나가는 때에도.

검마제와 옥허신검 청연은 서로에게서 눈을 떼지 못했다.

한 발만 잘못 디뎌도 영원히 이승과 멀어질 참이었다.

두 사람 모두 그것을 알고 있었다.

채――앵!

"……."

"……."

말도 없이 서로를 노려보았다.

그럴 수밖에 없었다.

입 밖으로 내뱉는 소리에조차 낭비할 기운이 없었다.

'무서운 영감. 좌수를 잘랐더니 양의현강을 가져와? 어떻게 그때보다 더 발전할 수 있었지?'

검마제는 젊은 시절 오만했던 자신의 처사를 후회했다.

그때 옥허신검을 죽였어야 했다는 생각이 굴뚝같았다.

'지금이라도……!'

검마제가 기운을 끌어 올렸다.

중원 도문 중 최고라는 무당의 검법과 자타공인 천하제일 검수가 평생에 걸쳐 완성한 검법.

둘 중 어느 것이 우위라고 확실하게 말할 수 없었다.

무당의 오랜 역사만큼 광대한 무공의 범위나 깊이를 비교하는 것이 아니라, 옥허신검이 펼치는 태극혜검과 검마제의 독무신검을 비교하자면 그러했다.

다만 두 사람 사이에는 결정적인 차이가 있었으니.

검마제는 기에 대한 깨달음이 양의현강의 경지에 이른 옥허신검보다 자신이 앞설 수 있는 건 역시 힘과 기세뿐임을 알았다.

채-앵!

"큿!"

옥허신검의 입에서 신음이 새어 나왔다.

팽팽한 힘의 대치가 깨어지면서 검마제가 옥허신검을 튕겨 내듯 밀어낸 것이다.

옥허신검이 아무리 양의현강의 경지에 올라 절대적인 내공의 차이를 절묘한 운용으로 메운다고 해도, 검마제보다 늙고 왜소한 신체적 열세에 좌수가 없다는 데에서 오는 힘의 차이는 어쩔 수 없었다.

기회를 포착한 검마제는 늑대가 사냥감에 송곳니를 박아 넣듯 가차 없이 검을 휘둘렀다.

쉐에에에엑───!

검마제의 독무신검 백호섬강이 옥허신검을 검과 함께 날려 버렸다.

퍼────엉!

"커헉!"

옥허신검의 신형이 성벽으로 처박히고.

충격을 받은 옥허신검이 피를 토했다.

하지만 그것이 옥허신검을 죽이지는 못했다.

검마제는 옥허신검의 목숨을 끊어 놓기 위해 곧바로 달려들었다.

"스승님!"

청수검 무현의 목소리가 외벽에 울렸다.

그와 동시에.

파지지지지직──!

콰─앙!

하늘에서 떨어진 푸른 번개가 검마제의 검을 때리고, 예상치 못했던 공격에 검마제가 그대로 튕겨 나갔다.

탓. 탓. 탓. 탓. 탓.

검마제는 다섯 걸음을 더 물러서고서야 겨우 멈췄다.

누구의 손 속인지 알 것 같았다.

당금 무림에서 이토록 푸르고 위력적인 뇌전을 쓰는 사람은 단 한 사람뿐이었으니까.

"······남궁진화."

천천히 문을 지나 들어오는 진화를 보며 검마제가 저도 모르게 침을 삼켰다.

검마제가 슬쩍 눈을 돌려 옥허신검을 확인했다.

"스승님! 크흑!"

피를 토하고 쓰러진 옥허신검을 청수검 무현이 끌어안고 있었다.

'옥허신검은 더는 싸우지 못하겠군.'

검마제는 내심 안도했다.

옥허신검이 남궁진화를 도울 수 없다면 싸울 만하다고 생각했다.

하지만 그런 생각을 하기가 무섭게 진화의 뇌전이 검마제를 공격하기 시작했다.

파파파파파팟——!

퍼—엉!

천뢰제왕검법 무수전뢰가 검마제가 딛고 선 땅을 뚫고 나왔다.

검마제가 순간적으로 몸을 날려 피하긴 했으나, 땅이 폭발한 여파로 몸의 중심이 흔들리는 건 피하지 못했다.

그 사이로.

쉑! 쉑! 쉑! 쉐에에에엑——!

화살처럼 사방에서 날아든 푸른 뇌전이 검마제에게 꽂히

듯 쏟아졌다.

펑! 펑! 펑! 펑! 퍼−엉!

검마제가 검을 휘둘러 뇌전을 막았다.

검마제의 기운과 함께 뇌전이 사방으로 흩어졌다.

하지만 진화는 그 틈마저 파고들었다.

퍼억−!

"큿!"

쉐에에엑! 챙! 챙!

제왕검과 옥허신검 이후 검수들이 늘어난 것처럼 무림에도 유행이라는 것이 있는데, 남궁세가도 그때그때 윗전들에 따라 무풍이 변했다.

현재 남궁세가는 효율과 실리를 중시하는 제왕검과 남궁제일검인 남궁경의 무풍을 따라 검뿐 아니라 박투까지 싸움에 모든 기술을 동원했다.

진화 또한 천뢰제왕검법에 천뢰지, 폭뢰신권을 섞어 공격하는 것을 개의치 않았다.

진화는 영리하게 검을 미끼처럼 활용해서 검마제의 주의를 끌어낸 다음 왼 주먹으로 그의 옆구리를 강타했다.

퍼−−−억!

"큭!"

금강불괴의 몸이라 한들, 뇌전이 번뜩이는 주먹에 당한다면 내기부터 흔들릴 수밖에 없었다.

쉐에에엑――!

챙! 챙! 챙!

젊고 건강한 신체에 폭발적인 힘, 화려하고 강력한 검술. 그리고 도무지 믿기지 않을 만큼 노련한 기의 운용까지.

검마제와 대등하게 싸우던 진화는 조금씩, 조금씩 옥허신검과 싸우느라 지친 검마제를 몰아붙였다.

"옥허신검이 쓰러진 것을 보고 안심했나?"

"……!"

진화의 물음에 검마제의 두 눈이 찢어질 듯 커졌다.

검마제는 그가 표정으로 속내는 전부 드러내고 있다는 것도 미처 눈치채지 못했다.

그에 진화가 눈꼬리를 접으며 싱긋 웃었다.

"뭐야? 이제 당신도 알아차렸나?"

"……."

검마제는 스스로 괜찮다고 생각했지만, 진화의 공격을 받고 옥허신검의 상태를 확인했을 때부터 위험에 빠진 것이다. 그의 무의식은 그걸 알고 있었다.

펑! 펑! 펑!

성승이 콧김을 뿜으며, 화를 풀어 내듯 금강붕산권을 풀어 냈다.

그러자 폭수문주 곡해가 소맷자락을 펄럭이며 그의 공격을 흘렸다.

"이런 니미 미꾸라지 같은 놈-!"

"허허, 뒷짐만 지고 있던 이전의 내가 아니외다!"

누가 명망 높은 고승이고 누가 악명 높은 마두인지.

성승은 머리끝까지 달아오른 얼굴로 사나운 심기를 그대로 드러내고, 폭수문주 곡해는 마치 무당의 노도장 같은 고아한 풍모로 성승의 공격을 피했다.

하지만 폭수문주 곡해의 별호는 백골수(白骨手)였다.

폭수문주 곡해가 새하얗게 변한 손으로 집요하게 성승의 급소를 노렸다.

폭수문주 곡해의 얼굴은 자신만만했다.

그는 자신이 십이좌회 고수들에게 전혀 뒤지지 않는다고 믿어 의심치 않았다.

그래서 이제까지 역천마제가 이상한 운명론에 휩쓸려 팔마제를 정하지 않았다면 자신 또한 십이좌회 고수들만 한 명성을 가졌을 거라 확신했다.

폭수문주 곡해가 구태여 성승과의 대결을 택한 것도 그 때문이었다.

증명(證明).

혼현마제를 비롯해 이제 귀천성에 팔마제라는 것이 유명

무실해진 지금, 폭수문주 곡해는 자신을 증명하여 마땅히 올라야 할 자리, 가졌어야 할 명성을 가지고 싶었다.

"만(萬), 력(力), 필(必), 살(殺)-!"

"허어! 지, 룰, 마, 라--!"

퍼퍼퍼퍼퍽-!

펑! 펑! 펑! 퍼---엉!

새하얀, 불길한 기운이 풍기는 하얀 수십 개의 손바닥이 끊임없이 성승을 때렸다.

성승은 금강붕산권을 펼치며 새하얀 기운 하나하나에 주먹질을 해 댔다.

일견 몹시 비효율적으로 보였지만, 성승은 폭수문주의 손가락 하나까지 씹어 뱉어도 성에 차지 않을 듯한 얼굴을 하고 있었다. 그러니 성승이 싸우는 방식에 대해선 소림 나한들 누구도 토를 달지 않았다.

대신, 각우와 금동백팔나한은 날아드는 화살로부터 성승과 현오를 보호했다.

성승이 폭수문주와 싸우고 있는 동안, 현오가 금강여력장으로 성문을 부수고 있었기 때문이다.

퍽! 퍽! 퍽! 퍼-억!

성문을 때리는 소리가 점점 커지고, 성문을 이루던 나무에 금이 가기 시작했다.

그리고 마침내.

퍽퍽퍽퍽! 퍼———엉!

현오가 두 번째 문을 부수었다.

"사부님, 부쉈습니다!"

현오가 화색을 지으며 외쳤다.

"좋아!"

현오의 말을 들은 각우도 잠깐 표정을 풀어 고개를 끄덕였다.

하지만 곧 심각한 얼굴로 소리쳤다.

"나한들은 성벽 위를 정리한다!"

"오-옴!"

각우의 명과 함께, 금동백팔나한 몇몇은 원숭이처럼 성벽을 타고 달리기 시작했고, 몇몇 이들은 서로의 몸을 발판 삼아 높다란 탑을 만들었다. 그리고 남은 이들이 나한들로 만들어진 탑을 차례로 밟고 성벽 위로 뛰어올랐다.

"이제 저도……!"

성문을 연 현오가 저도 나한들과 같이 성벽을 오르려고 고개를 돌렸을 때, 현오는 갑자기 뒤통수에서 불길한 기운을 느끼고 몸을 비틀었다.

퍼-억!

현오가 몸을 돌린 자리에 단검이 박혀 있었다.

놀란 현오가 고개를 돌리자.

펑! 펑! 펑! 펑!

현오를 둘러싸고 노란 부적이 터지는 동시에 연기가 자욱하게 퍼지고.

그 사이로 뭔가가 현오를 덮쳐 왔다.

"훗!"

당황한 현오가 손을 뻗어 저를 옭아매는 것을 치우려 했지만, 억지로 뭔가를 치우려는 순간 따끔한 고통과 함께 비릿한 혈향이 풍겼다.

용화대수미신공이 흩어지는 것과 함께 그의 손이 찢어진 것이다.

현오가 혼란스럽고 놀란 눈으로 제 손을 내려다보았다.

그 순간, 나지막한 목소리가 현오의 귓가에 들렸다.

"소용없을 것이오. 특별히 항불력이 걸린 황수금력부를 써서 만든 그물이니까. 얌전하게 잡히는 것이 좋을 거요."

현오가 놀란 눈으로 저를 노린 목소리를 보았다.

동시에 현오의 눈앞이 깜깜하게 변했다.

"현오……야!"

멀리 다급한 각우 사부의 목소리가 들렸다.

신 제국 대륜궁.

하루에도 수십 번씩 전쟁과 관련한 소식이 전령과 전서구를 통해 전해졌다.

진국의 사태가 끝이 나고, 신 제국 조정의 분위기는 그리 좋지 않았다.

진국은 사실상 신 제국의 영토였다가 배신자들에게 빼앗 겼던 땅이다.

그랬던 곳을 한 제국과 나누는 것조차 반가운 일이 아닌 데, 진국 영토를 삼분지 일밖에 가져오지 못했다.

신 제국 조정은 이것에 대해 진국 영토 삼분지 이를 한 제 국에 빼앗긴 것이라 생각했다.

"파별군 대장군 조유찬을 불러들여 벌을 내리시고 적어도 영봉군까지의 영토는 되찾아와야 한다는 신료들의 상소이옵 니다."

"상소라……. 지금 장안의 전쟁으로 병력을 뺄 수 없다는 걸 알 텐데?"

복건주가 전하는 상소에 역천마제가 상소는 보지도 않고 눈썹을 꿈틀거렸다.

역천마제가 신 제국 황궁에 나타났을 때, 아니 근래에 등 극식에서 보였던 신위를 기억하는 복건주는 등 전체가 식은 땀으로 젖어 들었다.

곧장 허리 숙여 사과하고 도망가고 싶었다.

하지만 역천마제가 복건주를 살려 둔 것은 제국의 운영에 있어 유능했기 때문인지라, 그것을 아는 복건주는 제가 해야 할 일을 해내야 함을 알았다.

"하오나 폐하, 지금 당장 장안의 일로 병력 이동이 어려운 것은 한 제국도 마찬가지입니다. 보다 유능한 장수로 하여금 교주 교역을 중심이라 할 수 있는 육림군까지는 얻는 것이 제국을 위해 옳을 것이라 사료되옵니다."

"……."

신료들의 상소에 심기가 불편해 보이던 역천마제는 복건주의 차분한 설득에 찡그린 미간을 풀었다.

하지만 그뿐이었다.

역천마제는 신료들이 뭐라 지껄이든 그가 내린 결정을 번복할 생각이 없었다.

아니, 그럴 이유가 없었다.

"흐흐, 영토를 내주는 것 따윈 아무것도 아니다."

"……예?"

역천마제의 말에 복건주가 저도 모르게 멍청한 얼굴로 되묻고 말았다.

하지만 오늘 역천마제는 그리 기분이 나쁘지 않았다.

"교주? 육림군? 아니, 설사 장안이라 하더라도 상관없다. 땅 따위, 한 제국을 없애고 천하를 가져온다면 구태여 귀찮은 영토전을 벌이지 않아도 전부 내 손에 들어올 것들이다."

"하, 하오나 폐하, 장안은……."

"아ー니!"

복건주가 무어라 말을 하기도 전에 역천마제가 큰소리로 그의 말을 잘랐다.

역천마제가 소리를 높이는 것은 무척 드문 일이라 복건주가 놀란 눈을 뜨고 그를 보았다.

하지만 오늘은 정말로 역천마제의 기분이 나쁘지 않았다.

오늘 아침, 장안에서 한 제국의 총공격이 시작되었다는 소식을 들었기 때문이다.

"황제의 도시! 그딴 건 상관없다. 내 힘! 내 모든 힘을 온전히 쓸 수 있다면 한 제국 황성으로 가서 황제와 모든 인간들을 죽이고 천하를 갖는 건 문제도 아니니까! ……허허허, 걱정 마라. 자질구레한 영토 따윈 금방 되찾을 수 있을 테니까."

역천마제의 말에 복건주가 푹 숙인 고개 아래로 인상을 구겼다.

영토 따위 아무래도 좋았다면 대체 이 수십만 목숨을 버리는 전쟁 따윈 왜 벌였단 말인가!

한 제국이 쳐들어온 전쟁이지만 물러설 수 없으니 싸워야 했다. 그런데 황제라는 작자가 도무지 죽어 가는 병사들과 그 병사를 유지하기 위해 죽어 가는 백성들에 대해 아무런 생각이 없다니, 이를 어찌한단 말인가!

복건주는 속이 뒤집어지는 듯했지만 꾸욱 참고 물었다.

"폐하, 미천한 소신에게 알려 주시옵소서. 진국도 아니고 장안마저 중요치 않다시면, 그럼에도 장안에서 싸울 이유는 무엇인지요?"

"허허허허, 천하를 가지기 위해서다. 그곳에 짐의 진짜 힘이 있으니. 그걸 가져오기 위한 전쟁이라! 그대가 모른 것처럼 정사연합 놈들도 꿈에도 모를 것이다. 넘어지는 걸 알았을 때는 모두 늦은 것이지. 허허허허허!"

오늘은 기분이 좋은 날이니까.

역천마제는 제 생각이 이뤄질 것이라 믿어 의심치 않으며, 복건주의 질문에 기분 좋게 답해 주었다.

"……."

복건주는 역천마제의 말에 달리 뭐라 대답하지 못하고 고개를 숙인 그대로 대전을 나왔다.

"하아……."

밖으로 나온 복건주가 깊게 한숨을 쉬었다.

'온통 이기고 가질 생각밖에 없군. 군사, 백성, 자신의 수하들과 신료들마저 안중에도 없으니. 제 일을 위해서면 어떤 희생도 마다하지 않을 자로다!'

복건주는 일그러진 속내를 드러내지 않기 위해 한숨을 쉬며 표정을 관리했다.

벼락 진震 태울 화火 : 재로 쌓아 올린 성

진국에서 혼현마제의 죽음이 전해졌을 때.

신 제국 대륜궁에서는 모처럼 웃음소리가 터졌다.

그리고 역천마제는 곧바로 검마제와 송마문주, 수신방주를 불러올렸다.

검마제에게는 당연한 일이었지만 송마문주와 수신방주는 역천마제가 그들을 찾았다는 말에 기대감을 감추지 못했다.

하지만 그들과 검마제는 달랐다.

"남궁진화는 후환이 될 자였습니다. 남궁진화를 처리하고 난 후에 장안으로 가도 되었습니다. 어찌하여 지금 당장 장안인지요?"

검마제가 걱정스러운 듯, 불만스러운 듯 물었다.

검마제는 아직 약관도 넘지 못한 남궁진화와의 대결에 그가 긴장해야 한다는 것이 마음에 들지 않았지만, 그렇기 때문에 더욱 남궁진화가 그를 뛰어넘기 전에 지금 처리했어야 했다.

장안성은 황제의 도시를 지키는 성이다.

한 제국이 아무리 병력을 집결한다고 해도 수성에만 집중한다면, 그가 남궁진화를 처리하고 갈 때까지 얼마든지 더 버틸 수 있다는 것이 검마제의 생각이었다.

'게다가 비효율적이기도 하지.'

송마문주도 속으로 불만을 토했다.

고작 장안으로 가라는 말을 하려고 황성에 불러들이다니. 거리적으로나 시간적으로 얼마를 손해를 보았는지는 굳이 계산하지 않아도 뻔했다.

물론 역천마제가 그런 걸 신경이나 쓸까 싶지마는.

역천마제에게 의문이라도 표할 수 있는 건 오직 검마제뿐이었다.

그것마저도 역천마제가 받아들인 적은 단 한 번도 없지만 말이다.

"허허허, 갑자기 불러올린 것이 불만이더냐?"

역천마제는 검마제의 걱정을 웃어넘겼다.

그에게는 그럴 만한 일이 있었기 때문이다.

"내 제물이 성승과 함께 장안에 있다는구나."

"아, 드디어……!"

역천마제의 제물이라는 말에 검마제가 탄성을 내었다.

검마제가 눈빛을 일렁이며 역천마제를 보았다.

백자같이 환한 피부에 자애롭게 주름진 얼굴.

매서운 눈매와 단정한 백염백미에서 신선 같은 풍모가 자연스레 흘러나왔고.

젊은 무인들보다 더 건장한 체격과 탄탄하고 곧은 자태에서 뿜어져 나오는 기백은 지금 당장 전장에 선 장수처럼 단단하고 날카로웠다.

백 년을 넘는 동안 역천마제가 유지하고 있는 모습이었다.

검마제의 시선이 역천마제의 팔을 향했다.

소매가 흘러내린 덕에 드러난 역천마제의 팔은 상완근에 커다란 흉터가 남아 있었다.

수십 년 전 전쟁에서 정파 고수들의 합격을 받고 깊은 상처를 입었던 역천마제는 아직도 몇몇 상처는 회복하지 못하고 있었다.

검마제는 내내 역천마제의 상처에 신경을 썼으나 역천마제 본인은 그동안 역천대법에 크게 안달하지 않았었다.

적의 손에 최종 제물을 두고도 느긋한 역천제마의 모습에 검마제의 애만 닳아 가는 듯했는데, 드디어 역천마제의 입에서 최종 제물에 대한 말이 나왔다.

"새로운 시대를 열 것이다!"

광오하기 그지없는 말.

하지만 다른 누구도 아닌 신 제국의 황제이자 귀천성의 주인, 역천마제의 입에서 나온 말이었다.

송마문주와 수신방주가 두 눈을 크게 떴다.

"새로운 시대에 새 제국, 그에 걸맞은 새 군주들이 필요하다. 송마문과 수신방이 해 줘야 할 일이 많다. 할 수 있겠지?"

"……!"

송마문주와 수신방주는 역천마제의 물음에 크게 몸을 떨었다.

그들의 머릿속에는 같은 말이 들어와 박혔다.

'새로운 군주'들'이라고 했겠다!'

검마제를 제외한 모든 마제들의 자리가 비었다.

팔현성은 역천마제를 비롯하여 새로운 하늘을 여는 운명을 뜻하는 말로, 만약 그들이 모두 운명을 완성하고 자리를 비운 것이라면……?

'새 제국에는 그에 걸맞은 새 군주들이 필요하겠지. 황제에 오를 역천마제와 그 곁을 지킬 검마제를 제외하고도, 중원 육 주를 다스릴 군주들이!'

송마문주와 수신방주가 크게 전율했다.

그야말로 그들이 바라고 바라던 일이 아니던가.

"운명마저 내 손안에 두겠다고 하지 않았더냐. 언제 그것을 비켜 나가게 할지, 언제 그것을 취할지, 모두 이 몸의 선택이라! 이제 내 운명을 취할 때가 되었다. 천문이 다가오고 있으니, 그 전까지 내 제물을 가져와라!"

"존명!"

역천마제의 명을 받자마자, 검마제와 송마문주, 수신방주가 빠르게 장안성으로 향했다.

쾅! 쾅! 쾅! 쾅!

사람들의 눈에 보이는 것은 오직 빛뿐이었다.

푸른 번개가 번뜩이고, 그것이 묵빛 기운과 함께 터져 나갔다.

그리고 장안성의 두꺼운 성벽이 부서졌다.

눈으로 좇을 수조차 없는 경지라니.

성벽 위에서 신 제국 병사들을 몰아붙이고 있던 정사연합 무인들이 저도 모르게 빛을 향해 힐끔거렸다.

카————앙!

지축이 흔들리는 기의 여파가 퍼지고.

퍼억! 픽!

"크읏!"

"큭!"

한 대씩 주고받은 검마제와 진화가 서로에게서 떨어졌다.

진화는 세 걸음 물러나서 검을 쥔 손목을 점검했고.

검마제는 다섯 걸음 물러나 입안에 고인 피를 뱉어 냈다.

검을 부딪칠 때마다 진화의 천뢰기가 검마제의 기운을 파고들어, 아무리 기운을 흐트러뜨려도 충격이 축적되었기 때문이다.

'듣도 보도 못한 것이로군. 기운 속을 파고드는 뇌전이라니!'

검마제가 진화를 노려보았다.

아무렇지 않은 표정으로 저를 내려다보는 검은 눈을 보자니 또다시 속이 울렁이는 듯했다.

그가 이토록 당황스러워해 본 적은 실로 수십 년 만에 처음이었다.

'도대체 그건 뭐지?'

검마제가 진화의 속을 꿰뚫을 듯 자세히 보았다.

수십만 명에게서 느껴지던 고유의 기감이 하나, 둘 사라지고, 검마제는 오로지 진화 한 사람에게 집중했다.

거칠게 번뜩이는 기운에 온몸의 솜털들이 솟아올랐다.

그때.

역시나 검마제를 보고 있던 진화가 두 눈을 크게 떴다.

'뭐? ⋯⋯아!'

진화의 시선이 자신의 등 뒤에 있음을 알아차린 검마제는, 송마문주와 수신방주를 떠올렸다. 두 번째 벽의 두 번째, 세 번째 문 사이.

세 번째 벽의 단 하나뿐인 정문이 있는 곳이었다.

계획대로라면 송마문주와 수신방주가 역천마제의 제물을 납치해서 그 문으로 빼돌려야 했다.

'성공했군.'

검마제의 입가에 미미한 미소가 걸렸다.

그와 동시에.

"현오-!"

쉐에에에엑---!

쉐엑! 쉐에에에엑!

검마제를 향해 매섭게 날아드는 뇌전.

하지만 이 뇌전이 뜻하는 바를 아는 검마제는 진화의 뇌전을 피하지 않고 그대로 검을 들었다.

펑! 펑! 펑! 퍼-엉!

검마제가 진화의 검기를 베고, 부딪혀 깨뜨렸다.

하지만 진화는 어느새 검마제의 코앞까지 날아들었다.

채---앵!

"훗!"

챙! 챙!

"현오에게 무슨 수작이지? 설마, 현오가 목적이었나?"

진화가 날카로운 눈빛으로 물었다.

이제까지 잔잔한 물결조차 일지 않던 검은 눈이 분노로 일렁이고 있었다.

그것을 본 검마제의 입가가 비틀렸다.

"이미 늦었다."

"……!"

진화의 눈에 불꽃이 튀었다.

가야 하는데……!

숙청단은 성벽 위의 병사들을 치우기 바빴고, 태극혜검대 역시 그러했다.

청수검마저 옥허신검을 다른 제자에게 맡기고 싸우고 있었다.

가야 하는데……!

진화는 답답함에 숨이 턱 막혀 오는 듯했다.

카─────앙!

"큿!"

결국 진화는 급한 마음에 오래도록 검마제를 몰아붙일 심산으로 아끼고 있던 힘마저 폭발시키듯 분출했다.

"와아아아아아────!"

한 제국군이 달려왔다.

"더러운 배신자들을 죽여라─!"

"주인이 누구인지도 모르는 개들이다! 죽여라–!"

하후필과 하후선, 두 범 같은 장수들의 목소리와 함께 한 제국군이 열린 문을 뚫고 노한 파도처럼 밀고 들어왔다.

챙–! 챙–!

귀천성 무인들이 한두 번은 병사들의 창을 막을 수 있었지만, 그 이후엔 어쩔 수 없었다.

잘 훈련된 한 제국 정예들 중에서도 정예라 불리는 적호군이었다.

그들은 사납고 용맹했지만 귀천성 무인들과 거리를 유지할 정도로 영리했다.

카–앙!

"걸렸다!"

철컹. 철컹!

"무, 무슨?"

세 명이 조를 짠 적호군은, 앞에 있는 두 사람이 창에 걸린 반월 모양 보조 검으로 귀천성 무인의 검을 걸어 꼼짝달싹하지 못하게 했다.

놀란 귀천성 무인이 검을 흔드는 사이.

"지금이다!"

푸욱!

"커헉! 컥!"

기다리고 있던 나머지 적호군이 귀천성 무인의 심장이나

목을 꿰뚫었다.

그런 이들이 수만 명이었다.

채---앵!

푹! 푹!

"크아아악!"

"커헉!"

한 제국군이 두 번째 벽을 순식간에 뚫고 세 번째 벽이 있는 길에 들어섰다.

"방패-!"

투투투투투투툭.

하후 장군들의 명령과 함께 적호군이 화살에 대비해서 방패를 들어 올렸다.

적호군은 거대한 지네처럼 머리 위로 방패를 들고 그 안에 숨었다.

그리고 세 번째 벽의 마지막 문을 향해 달려갔다.

이미 두 번째 벽과 세 번째 벽 사이 외길은 적호군으로 가득 찼다.

"사부님!"

"허어!"

각우가 성벽 아래에서 폭수문주 곡해와 싸우고 있는 성승과, 성벽 위에서 싸우고 있는 백팔나한, 그리고 세 번째 성벽 위로 새로 올라오고 있는 신 제국군을 보았다.

휘이이이이이이익─!

후두두두두두두!

비처럼 쏟아지는 화살이 한 제국군의 방패에 박혀 들었다.

방패 아래에선 방패를 뚫고 날아든 화살에 맞고 한 제국 병사들이 쓰러졌다.

'……'

각우가 복잡한 표정으로 시선을 돌렸다.

수신방주가 현오를 들고 사라지고 수신방 무인들이 그 앞을 지키는 동안, 신 제국 병사들이 세 번째 벽의 문을 닫기 시작했다.

한 제국군이 그곳에 닿기 일보 직전이었다.

'믿어야 한다!'

마음을 굳힌 각우가 제자들에게 소리쳤다.

"성벽의…… 성벽 위의 병사들을 죽여라! 우리가 약속을 지키지 않으면 우리를 믿고 싸우는 수십만 병사들이 위험하다!"

"하지만……!"

"어서!"

"충!"

몇몇 금동나한들이 반발하려 했지만, 단호한 각우의 고함에 결국 금동백팔나한들은 성벽 위의 전투에 집중해야 했다.

하지만 현오가 납치되는 장면을 본 사람이 진화와 소림만은 아니었으니.

"현오――!"

"현오를 구해야 해!"

두 번째, 세 번째 문과 가까이 있던 숙청단과 현무단이 그 모습을 보았다.

"숙-청-단! 어서 가라!"

현무단주, 옥화혜검 운해가 소리쳤다.

지난번 장안에서 피눈물을 흘리며 도망쳐 온 이후, 현무단주는 이전과 많이 달라졌다. 온화하고 성실한 도장은 온데간데없이, 단호하고 사나운 무인만이 남았다.

현무단 또한 이전보다 훨씬 단호하고 냉담하게 적의 목숨을 거두고 있었다.

적호단이 사납게 몰아치고 청룡단이 매섭게 지난다면, 현무단은 무표정한 얼굴로 우직하게 적 하나하나 놓치지 않고 앞으로 나갔다.

조금 느릴지언정 자비 없이 철저했다.

현무단주를 본 남궁구와 남궁교명이 서로 눈을 마주쳤다.

다른 숙청단원들도 그들을 보았다.

진화가 없을 때는 남궁구와 남궁교명을 중심으로 움직이는 것이 숙청단 사이의 암묵적인 약속이었다.

"문 닫힌다!"

남궁교명이 세 번째 벽의 문을 가리켰다.

거대한 문을 수십 명의 병사들이 밀기 시작하자, 어느새 반쯤 닫혀 있었다.

"이런, 당혜군---!"

"알아!"

남궁구의 부름과 함께 당혜군이 빠르게 손에 든 것을 뿌렸다.

쉐에에에엑---!

파파팟-!

"아아악!"

당혜군의 단검이 제일 앞에서 줄을 당기던 병사들의 가슴팍에 박혀 들었다.

"막아! 줄을 잡아라! 어서 문을 닫아!"

신 제국군이 바빠졌다.

병사들이 빠르게 사태를 수습하려 애썼다.

"팽씨들! 나하연!"

"간다-!"

"타아아아아앗---!"

남궁구의 외침에 이번에는 팽가 형제와 나하연이 그대로 성벽에서 뛰어내렸다.

탓. 탓. 탓. 탓. 탓.

거대한 지네 같은 적호군의 방패를 밟고 달려간 세 사람은, 그대로 문을 향해 돌진했다.

반쯤 닫힌 문은 곧 반쯤 열린 문이라, 반쯤 열린 문은 꼭 닫힌 문과 하늘과 땅만큼 큰 차이가 있었다.

혼원벽력장(混元霹靂掌) 아랑훼적(餓狼毁適))-!
마강천보(魔强天保)-!

파파파파파팟---!
팽신의 주먹이 거대한 성문의 골격을 부수고, 이어서 팽수가 두 주먹으로 성문을 때리자.
퍼-----엉!
결국 성문이 터져 나갔다. 굵은 나무들이 조각조각 날아가며 병사들의 온몸에 박혀 들었다.
적호군조차 방패를 세우고 몸을 보호했다.
"우아아아악!"
"크아아악!"
성문을 닫던 병사들이 모조리 쓰러지고.
수신방도들이 그 앞을 막기 위해 달려왔다.
하지만.

사천패룡권 흑룡패기-!

퍽! 퍽! 퍽!

나하연이 성문 앞을 가로막는 수신방도들을 모조리 상대하기 시작했다.

뻐어억!

"크어어어!"

떡매를 치는 듯한 소리와 함께 수신방도들의 피와 살이 터져 나갔다.

나하연을 중심으로 한 장 정도 공간이 생겼을 정도였다.

그 뒤를 남궁구와 남궁교명이 뛰어들었다.

"현오는?"

"놓쳤어. 하지만…… 저 학사 놈들이 있는 곳에 있겠지."

남궁구의 물음에 시선을 돌리던 남궁교명이, 신 제국군의 뒤편에서 부지런히 움직이는 송마문 학사들을 발견하고 눈빛을 번뜩였다. 남궁구 또한 그들을 보았다.

"가자!"

쉐에에에엑———!

남궁구와 남궁교명이 검을 휘두르며 앞으로 나가기 시작했다.

"이놈들……!"

쉐엑! 쉐엑! 쉐에에엑———!

검을 들고 달려 나온 신 제국 장수는 비명을 지를 새도 없이 순식간에 양쪽 어깨와 목이 날아갔다.

"막지 마, 우린 갈 길이 바쁘다고."

남궁구가 얼음장처럼 차가운 얼굴로 살기를 흩뿌렸다.

하지만 남궁구와 남궁교명이 수십 명을 죽이면 다시 그 사이로 수백 명이 들어오며, 송마문 학사들과의 거리는 점점 멀어지는 것만 같았다.

그때.

"밀어라! 전부 밀어 버려!"

"우아아아악!"

적호군 병사들이 창을 세우고 그대로 앞을 밀어붙이기 시작했다.

놀란 남궁구와 남궁교명이 뒤를 돌아보자, 거대한 그림자가 그들의 머리 위로 생겼다. 투구의 뿔에 피를 잔뜩 묻힌 하후선이 그들을 향해 웃고 있었다.

"뭔지 모르겠지만, 무림 친구들이 급한 듯하니까 도와주지."

"가, 감사합니다!"

남궁구와 남궁교명이 거절하지 않고 하후선의 도움을 받았다.

가야 하는데……!

놈들이 현오를 데려간다면 현오는……!

진화의 머릿속에 그때의 광경이 떠올랐다.

이전 생의 마지막, 결국 광마제에게 역천대법으로 목숨을 빼앗길 뻔했던 그 순간이.

술사들이 주문 외는 소리가 사방에서 울리고, 나중에는 그들이 피를 뿜어내며 비릿한 혈향이 코를 가득 채울 것이다.

시릴 정도로 차가운 제단에 억지로 눕혀져서 온몸이 만년독수에 천천히 잠식되면.

혼이 찢어질 듯한 고통과 함께 목숨을 빼앗기는 공포가 찾아온다!

진화는 그때의 기억이 아직도 생생했다.

그때의 비릿한 혈향과 독수의 냄새.

등이 얼 정도로 차갑던 제단.

이가 덜덜 떨리던 죽음의 공포와 박탈감 그리고 복수심!

번뜩.

진화의 눈동자에 번개가 내리쳤다.

새까만 우주에 끊임없이 번뜩이는 검은 번개.

그와 동시에 의천검에서 솟은 것인지 하늘에서 떨어진 것인지 알 수 없는 검은 뇌전이 하나, 둘…… 이어서 수십 개씩 떨어지기 시작했다.

파파파파파파파팟————!

파파파팟—!

섬전십삼검뢰 여여일식-!

한 호흡이 끝나기 전에 수십 초를 쏟아 내는 여여일식이 일 합, 일 합마다 반복되었다.

그 충격 또한 검마제의 팔과 온몸에 고스란히 전해졌다.

"헛! 큭!"

검마제가 저도 모르게 물러섰다.

'내가 밀린다고? 물러선다고?'

저도 모르게 한 본능적인 행동에 검마제가 눈을 크게 떴다. 하지만 곧 이를 악물었다.

일 합마다 수십 초를 나눈 듯한 충격이 계속 누적되었으니 사흘 밤낮으로 싸운 것처럼 지쳤지만, 이대로 길을 비켜 줄 순 없었다.

'주군의 제물을 가져가야 한다!'

우우우웅--!

검마제의 의지에 반응하듯 그의 귀검이 묵빛 강기를 빛내며 울었다.

채----앵!

검마제가 진화의 검을 막아섰다.

순간적인 충격으로 계속해서 이어지는 연속기의 흐름을 깨뜨린 것이다.

진화의 눈이 검마제를 보았다.

진화의 눈동자를 보게 된 검마제의 표정이 경악으로 물들었다.

'대체 저 기운의 정체는 뭐지?'

처음 보는 것이었다.

끊임없이 부서지고 다시 생기는 세상이라니.

그러나 검마제는 더 이상 생각을 이어 가지 못했다.

파지직…….

검마제의 묵빛 검이 흔들렸기 때문이다.

파지지지직----!

제왕검형 불위-!

마지막 여여일식인 줄 알았던 것은 제왕검형 불위의 연속기였다.

남궁이 그리는 창궁의 자유는 그 어떤 것도 막을 수 없었다.

파파파파팟----!

쉐에에에엑-!

"크아앗!"

검마제의 입에서 비명이 터져 나왔다.

까아아아아아…….

불꽃이 튀는 것과 함께 의천검과 부딪힌 귀검이 비명을 질렀다.

명백하게 힘에서 밀린 검마제가 뒤로 한 걸음 물러섰다.

그때를 놓치지 않고 진화가 검을 휘둘렀다.

쉐에에에엑-!

창공의 구름이 높은 산을 만났다고 멈추는 일이 없듯 진화의 검이 거침없이 검마제의 목을 향했다.

"헛!"

진화의 검을 본 검마제가 피할 새도 없이 목을 젖혔다.

산을 넘는 구름처럼 의천검이 검마제의 코끝을 아슬아슬하게 지났다.

하지만 산을 타고 흘러내리는 구름은 이전보다 더 빨랐다.

쉐에에엑-! 쉐에엑!

카—앙!

진화의 검을 피하던 검마제가 급하게 진화의 검로를 막았다.

파지지지직!

"크훗!"

검이 부딪히는 순간 귀검에도 뇌전이 번뜩였다.

손끝에 전해지는 아찔함에 검마제가 놀란 눈으로 진화를 보았다.

진화가 검마제를 향해 살기를 번뜩였다.

콰과광----광!

검마제의 머릿속에 천둥번개가 떨어진 듯 크게 울렸다.

그와 동시에 진화가 의천검을 막고 있던 귀검이 튕겨 냈다.

검마제의 가슴이 벌어지는 순간, 검마제가 눈을 크게 떴다.

"이런!"

진화의 눈빛이 서늘하게 가라앉았다.

죽는다는 생각과 함께 검마제가 필사적으로 온몸을 비틀었다.

쉐에에에에엑———!

검마제의 눈앞으로 붉은 피가 흩뿌려지고 저만치 날아가는 좌수가 보였다.

순간 불에 덴 듯 뜨거운 고통이 찾아왔다.

"크아아————악!"

검마제가 비명을 지르며 물러섰다.

툭.

검마제의 좌수가 바닥에 떨어졌다.

진화가 시릴 정도로 차가운 눈으로 땅에 떨어진 검마제의 좌수와 휘청거리면서 물러선 검마제를 보았다.

"너, 너……."

바닥에 뚝뚝 떨어지는 피는 곧 지혈이 된 듯 줄어들었지만, 이미 많은 피를 뿌린 검마제의 얼굴이 푸르게 보일 정도로 창백했다.

"아쉽군."

진화의 말투 어디에도 냉소나 조롱은 없었다.

진화는 검마제를 향한 적의를 보이지도 않았고 쓰러진 옥허신검과 관련하여 감정을 섞지도 않았다.

처음부터 끝까지 오로지 검마제를 죽이는 목적에만 몰두한 듯했다.

그 철저함이 오히려 섬뜩하게 느껴졌다.

"……너어!"

검마제가 질린 눈으로 진화를 보았다.

그 순간, 진화의 시선이 검마제가 아닌 뒤쪽을 향해 있는 것이 보였다.

'지금이다!'

검마제는 필사적으로 몸을 날렸다.

검마제가 순식간에 발을 굴러 성벽을 뛰어넘었다.

진화가 그 뒤를 쫓아 성벽을 넘었다.

병사들을 밟고 세 번째 성벽을 넘어 안으로 들어온 진화의 뒤에 익숙한 목소리가 들렸다.

"진화야!"

반사적으로 고개를 돌린 진화가 남궁진혜를 찾았다.

"누님, 현오가……."

"알아! 하지만 앞에 신 제국군이 가득이야. 미친놈들이 후퇴도 미루고 앞을 막고 있어!"

남궁진혜의 말에 진화가 앞을 보았다

그녀의 말처럼 전장은 한 제국군과 신 제국군이 얽혀서 아수라장이나 다름없었다.

"젠장——!"

남궁구가 욕지거리를 뱉으며 필사적으로 검을 휘두르고 있었다.

"비곗덩어리 땡중을 데려가서 뭐 할 거라고!"

"빌어먹을! 그 무거운 걸 어디로 들고 튄 거야!"

남궁교명과 당혜군, 나하연과 팽가 형제, 모두가 필사적이었다.

진화는 이 모든 것이 그저 꿈같았다.

아득하게 소리가 멀어지고 순식간에 이 아수라장의 현실감이 사라졌다.

"진……화……야! ……진……화야-!"

카——앙!

남궁진혜가 진화를 향해 떨어지는 검을 쳐 내는 소리에 진화가 깜짝 놀라 남궁진혜를 보았다.

남궁진혜가 근육질의 왼팔로 진화를 단단히 감싸 안았다.

"괜찮아! 괜찮아!"

남궁진혜의 목소리와 팔뚝에서 느껴지는 단단한 힘에 진

화는 안정감을 느끼며 쓰러졌다.

"진화야!"

남궁진혜의 놀란 목소리와 함께 남궁구, 남궁교명의 고개가 진화를 향했다.

일 합, 일 합 검마제에게 충격을 주기 위해 진화는 필요 이상의 힘을 끌어 썼다.

검마제와 힘의 차이를 벌리기 위해 의도한 것이 아니라 검마제를 죽이려고 심신의 모든 힘을 집중한 것이다.

결국 몸에 무리가 간 듯 남궁진혜의 품에서 의식을 잃은 진화는 이틀 동안 깨지 못했다.

광마제와 싸웠던 때보다는 나았지만 그때와 비슷한 상황이었다.

"형……님?"

잠에서 깬 진화는 제 눈이 닿는 곳에서 서류를 읽고 있는 남궁진휘를 발견했다.

"진화야, 정신이 든 것이냐?"

"형님……."

진화가 깬 것을 본 남궁진휘가 한걸음에 침상 곁으로 다가왔다.

"인석아, 무인이 제 한계를 모르고 싸우면 어찌하느냐! 얼마나 걱정을 했는지 아느냐?"

"형님, 현오는 어찌 되었습니까?"

"……."

진화의 물음에 남궁진휘가 무겁게 한숨을 쉬었다.

"구하지 못했다. 신 제국 놈들이 후퇴까지 미루고 앞을 막았어. 그리고 장안 따윈 어찌 되든 상관없다는 듯 빠져나갔다."

"아……."

남궁진휘의 말에 진화는 할 말을 찾지 못했다.

현실감 없이 느껴지긴 했으나 정신을 잃기 전 진화도 보았던 광경이었다.

"군사부에 매응을 보냈다. 오늘 안으로 군사부에서 현오를 구하기 위한 대책을 마련할 것이다."

남궁진휘의 설명에 진화가 순순히 고개를 끄덕였다.

지금은 그것 외에 할 것이 없었다.

오후가 되자, 진화가 깨어났다는 소식을 듣고 여러 사람들이 찾아왔다.

"피죽도 못 얻어먹은 모양새입니다. 그리 허약하시니 조정의 염려가 크겠습니다."

"그렇게 야윈 몸으로 움직이실 때 알아보았습니다."

흡사 비꼬는 듯한 말투였다.

하지만 하후대장군을 비롯한 적호군의 언행불일치는 진화가 누운 비단 금침이 증명하고 있었으니.

조정의 염려가 아니라 적호군의 염려가 컸던 듯, 적호군은 매 끼니 기름진 보양식을 올리며 진화의 기력 회복에 최선을 다했다.

"미친놈들이야! 그 많은 무인들을 죄다 길막이로 쓰고 버릴 줄 누가 알았겠어? 그 와중에 폭수문주 곡해와 서장마군이 도망쳤지만, 도련님 손에 죽은 적세방주 포함해서 사천팔귀는 모두 죽었어. 다른 귀천성 무인들도 누가 죽었는지 일일이 셀 수도 없고, 열 받은 성승 포함 소림승들이 대가리를 죄다 깨 놔서 누가 죽었는지 파악이 안 돼. 무림 입장에서는 도련님이 검마제의 좌수를 자른 게 큰 성과인데, 옥허신검님이 효자손으로 만들 거라면서 가져가셨어."

"……."

남궁구의 말에, 진화는 아무 말도 할 수 없었다.

남궁구가 말한 '미친놈들'이 누구인지 헷갈리기 시작했기 때문이다.

같은 편을 죄다 버리고 간 귀천성? 아니면 적들의 머리만 죄다 부순 소림승? 그도 아니면 검마제의 좌수를 효자손으로 쓰겠다며 주워 간 무당의 도사?

결국 진화는 제가 보았을 때 쓰러졌던 옥허신검이 살아 있다는 데에 만족하기로 했다.

"최소 일만이 넘습니다."

남궁교명이 심각하게 말했다.

"귀천성 놈들이 도망갈 시간을 벌어 주기 위해서 신 제국이 후퇴 시기를 놓쳤습니다. 그 바람에 우린 대승을 거뒀지만, 신 제국 병사들은 본래 예상했던 것보다 두 배 이상 많은 이들이 죽었습니다. 공자님은 이렇게 싸우다 쓰러지기까지 했는데, 놈들 지휘부의 몰염치함이 극에 달한 듯합니다."

남궁교명은 신 제국의 행사에 치를 떨었다.

진화는 그런 남궁교명을 보며 이전 생의 그의 모습은 떠올리지 않기로 했다.

"장안성은 정리 중이다."

"종남에서 희생자들을 위한 추모제를 지낸다는데, 과연 소림을 믿을 수 있는지 의문이다."

다행히 팽가 형제는 조금 상식적인 일을 말했고.

"그래도 무당보다는 낫겠지! 미친 도사들! 그걸 어떻게 박제를 하라는 건지. 더 황당한 걸 말해 줄까? 멍청한 당혜평이 그걸 의뢰로 받아들였어!"

당혜군은 당혜평을 무시하는 건지 걱정하는 건지 알 수 없었다.

"다행이오! 꽃도 꺾어 보지 못하고 청상이 되는 줄 알았소!"

나하연은 진화의 손을 잡고 그런 말을 했다가, 남궁진혜에게 손목이 꺾일 뻔했다.

"다음엔 네 목을 꺾어 버릴 거다!"

남궁진혜가 오고 나서야 주변이 조금 조용해졌다.

진화의 곁에는 남궁진휘와 남궁진혜 남매만 남았고, 진화는 비소로 안정을 찾는 듯했다.

"네가 또 쓰러졌다는 소식에 황궁에서 당장 환궁하라는 명이 내려왔다는구나. 폐하와 황후마마의 근심이 대단한 모양이야."

"양주 본가에서도 당장 환궁하라고 난리야. 숙부와 숙모님이 벌써 출발하셨대. 숙모님보다 숙부님이 더 크게 울어서, 제왕무적단이 쪽팔려서 여정을 서두를 것 같아. 네가 환궁하면 두 분 다 계실지도 몰라."

"저는 괜찮은데……."

남궁진휘와 진혜가 전하는 소식에 진화가 소심하게 반항을 시도했지만, 턱도 없었다.

남궁진휘, 진혜야말로 남궁경에게 뒤지지 않는 팔불출이었으니.

"괜찮다는 사람은 쓰러지거나 정신을 잃지 않는단다. 무려 이틀 동안 네 몸속의 영양 불균형이 얼마나 심해졌을지 상상이 가니?"

"네가 쓰러질 때 이 누나는 이성이 땅으로 떨어졌어요! 또 이 누나를 망나니로 만들래?"

남궁진휘, 진혜 남매가 각기 다른 말로 진화의 반항을 제

압했다.

결국 진화는 현오의 일이 어떻게 진행될지 확인도 하지 못하고 황궁에 끌려가게 생겼다.

양쪽 부모님 모두 진화의 소식에 걱정이 크시다니, 얼굴을 보여 드리고 안심시켜 드리는 것이 도리였다.

아니, 황명이었다.

"형님, 저는 정말 괜찮습니다. 절 빼 놓으시면 안 됩니다."

진화가 남궁진휘의 손을 꼭 잡고 진심으로 부탁했다.

"……대책을 마련하는 대로 숙청단에 합류할 수 있도록 하마."

남궁진휘가 한숨을 쉬며 진화의 부탁을 들어주었다.

"쉬어라."

남궁진휘와 진혜가 걱정스러운 눈빛을 보내고는 자리에서 일어섰다.

장안성을 완전히 정리하기 위해서 해야 할 일이 많은 두 사람이었다.

계속해서 진화의 곁에 붙어 있을 수 없었기에 결국 진화의 머리와 얼굴을 한 번씩 쓰다듬고 막사를 나갔다.

"으이구, 팔불출아! 한 번을 못 이겨요. 뭐? 숙청단에 합류를 시켜?"

"그런 눈으로 보는데 어찌하느냐! 너는 뭐 다를 줄 아느냐?"

남매가 투덕거리는 소리가 지나가고, 곧 진화의 막사에 적막함이 흘렀다.

황자 신분 때문에 단독으로 호사스러운 막사를 받은 것은 이런 때는 참 다행인 듯했다.

홀로 생각에 빠질 수 있으니 말이다.

"현오……."

진화는 이제야 온전히 현오를 걱정할 수 있었다.

사람들이 방문했을 때는 정신이 없이 소란스러워서 다른 생각을 할 수 없었다.

아마도 진화가 신경을 쓰거나 죄책감을 가질까 일부러 그랬을 것이다.

진화가 그렇게 확신하는 이유는 누구 하나 '현오'의 이름을 꺼내는 이가 없었기 때문이다.

남궁구와 남궁교명조차도.

"역천마제……!"

이전 생보다 훨씬 강해졌다고 저도 모르는 사이 방심했던 것일까.

현오를 구하지 못했다는 생각에 분노가 치밀어 올랐다.

'반드시 구해야 해! 다신 놓치지 않겠다!'

꾸욱.

진화가 피가 나도록 주먹을 움켜쥐었다.

장안에서 도망친 송마문주와 수신방주는 현오를 데리고
지체 없이 황궁을 향했다.

"대체 그자는 무엇인가!"

중간에 합류한 폭수문주 곡해가 분노를 감추지 않고 물었
다.

송마문주와 수신방주 때문에 영문도 모른 채 적들에게 둘
러싸여 죽을 뻔했다.

운 좋게 탈출하긴 했지만, 서장마군 역시 둘의 대답이 시
원찮으면 가차 없이 살수를 펼칠 눈빛이었다.

그런 두 사람을 향해 송마문주는 더 이상의 논쟁도 귀찮다
는 듯 굳은 얼굴로 답했다.

"이번 전쟁의 진짜 목적."

"진짜 목적?"

"역천마제 님의 제물입니다."

"……!"

송마문주의 대답에 폭수문주는 물론 서장마군도 놀라움을
금치 못했지만, 더 이상은 묻지 않았다.

무림의 일을 알 만큼 아는 그들은 송마문주의 대답만으로
도 모든 일이 사전에 계획되었다는 걸 눈치챘다.

자신들을 제외하고서.

'내 목숨을 가지고 네놈이 장난을 친 것이라면……'

폭수문주 곡해가 눈매를 가늘게 접었다.

원한에 대해 입 밖으로 내뱉어서 적을 긴장시키는 건 하수나 하는 일이었다.

폭수문주는 입꼬리를 끌어 올리고 한 발자국 물러섰다.

서장마군도 마찬가지로 조용히 입을 다물었다.

물론 그들이 조용히 물러섰다고 그들의 속내는 눈치채지 못할 송마문주가 아니었다.

송마문주는 자신들을 향한 그들의 감정이 좋지 못할 것을 알았다.

하지만 지금은 그들에게만 신경을 쓸 수 없었다.

이번 임무를 성공시키며 예정보다 훨씬 많은 희생을 내었기 때문이다.

'장안을 잃을 것은 예상했지만, 군사들의 피해가 계획의 두 배를 넘어섰다. 이러면 한 제국의 군대를 막아 낼 군대가 없어!'

송마문주는 이번 장안성의 일로 군의 전쟁은 무림인들의 그것과 다르다는 것을 알게 되었다.

그 엄청난 규모의 싸움을 또다시 감당할 여력이 신 제국에 남아 있을지 의문이었다.

게다가.

"거, 검마제 님……!"

검마제가 좌수를 잃었다.

창백한 얼굴로 조용히 자리를 지키는 검마제의 모습에 누구도 말을 걸지 못했다.

폭수문주와 서장마군조차 경악을 금치 못했다.

검마제가 좌수를 잃었다는 사실 자체보다 정사연합에 검마제의 좌수를 벨 고수가 있다는 사실에 더 충격이 컸다.

'누구지? 성승은 폭수문주와 만났다고 했다. 그렇다면 옥허신검 늙은이인가? 그가 좌수를 잃은 복수를 할 정도로 강했다고? 아니야, 그럴 리 없어. 옥허신검의 전력은 충분히 예상이 가능했는데. 그렇다면 누가…… 설마, 창천화룡?'

검마제의 뒷모습을 보는 송마문주의 눈이 하염없이 흔들렸다.

신 제국 대륜궁.

많은 것을 희생했고 불안감을 가득 안게 되었지만, 어쨌든 검마제와 송마문주 등 살아남은 귀천성 일행은 신 제국 황궁에 지체 없이 도착했다.

역천마제의 제물 현오를 데리고.

"……."

신 제국 대륜궁에 들어나서 송마문주가 현오를 깨웠다.

긴 잠에서 깨자마자 적들에게, 심지어 역천마제와 눈을 마주친 현오는 눈을 껌벅일 뿐 어떤 말도 하지 못했다.

역천마제가 현오를 향해 먼저 입을 열었다.

"살성을 억누르려고 식탐으로 대체한 건가? 힘들었겠군."

현오는 아래, 위로 저를 세세하게 살피는 역천마제의 시선이 귀한 도자기를 품평하는 듯 보였다.

흙이 묻어 더러워진 귀한 도자기 말이다.

현오의 입이 삐뚜름하게 올라갔다.

"그렇게 소승의 마음을 아는 척 얼러도 소용없소. 어차피당신은 내 탱탱한 몸뚱어리에만 관심이 있을 뿐이잖소?"

현오가 아슬아슬한 앞섶을 매만지며 말했다.

설마 역천마제에게 저런 말을 할 줄이야!

현오의 말을 들은 송마문주를 비롯한 귀천성 무인들의 눈이 튀어나올 듯 커졌다.

역천마제조차 대답에 조금 뜸을 들였다.

"……듣기에 따라 오해를 부르는 말솜씨군."

"미모 관리를 소홀히 한 보람이 있는 표정이오."

"그런 거에도 보람을 느끼나?"

"방금 느끼기로 하였소."

현오는 뿌듯하게 웃으면서 일부러 실룩이는 볼 살과 출렁이는 뱃살을 내보였다.

황당하기로, 아니 얄밉기로 작정을 한 것인지.

역천마제가 헛웃음을 웃고 말았다.

"허허, 간담이 큰 것 하나는 마음에 드는군. ……차질 없이 준비시켜라."

"존명."

역천마제의 명에 송마문주와 궁인들이 서둘러 현오를 역천마제의 눈앞에서 치웠다.

정사연합 군사부.

늘 그렇듯 집무실엔 천수현인 제갈길현과 제갈가주, 홍랑대부 초산하가 산처럼 쌓인 문서에 파묻혀 있었다.

다만 평소와 다른 점이 있다면 제왕검 남궁강이 남궁진휘의 자리에 앉아 있다는 것이었다.

"이 몸을 연락책으로 써? 간땡이 부은 놈들."

"네놈 손자 생각이었어."

"그러니까. 남궁세가 소가주다운 배포지."

뻔뻔할 정도로 재빠른 제왕검의 입장 전환에 군사부 세 사람이 황당한 기색을 그대로 드러냈다.

"……그게 남궁세가 손주 교육의 비법이냐?"

"그럴 리가 있겠냐, 이 멍청한 놈아?"

"뭐? 멍청한 놈?"

"그냥 내버려 뒀어야지. 너나 나나 닮아 봐야 뭐 좋은 꼴을 본다고."

천하제일인 중 하나로 손꼽히는 제왕검의 답이라기엔 너무 초라했다.

제왕검이나 천수현인이라면 전 무림인들이 닮기를 원하는 절대 고수들이 아닌가. 하지만 어쩐 일인지 제왕검의 말에 천수현인도 동의하는 듯했다.

다만, 그래서 더 억울했다.

"나처럼 내버려 둔 놈이 어딨다고! 독 처먹고 내내 누워만 있었는데!"

"……."

천수현인의 반론에 제왕검이 입을 닫았다.

자식 교육에 있어서 처음으로 천수현인이 제왕검을 이겨 먹은 순간이었지만 그게 전혀 즐겁지 않았다.

천수현인이 말이 없는 제왕검에게 버럭 성질을 내려는 때.

삐이이이이----!

마침 기다리고 있던 매응이 도착했다.

매응은 제왕검의 팔에 정확하게 착지했다.

제왕검은 매응의 부리를 쓰다듬고 먹이를 준 다음, 매응이 가져온 전서를 펼쳤다.

전서를 본 제왕검 남궁강의 얼굴이 심각하게 굳었다.

"예상하지 못했던 일이군."

제왕검의 말에 천수현인과 제갈가주, 홍랑대부가 긴장한 눈빛으로 그를 보았다.

군사부에서 제일 경계하는 일이 무엇이겠는가.

바로 예상 밖의 일이었다.

"무슨 일이 생긴 건가?"

"생겼어. 우리…… 진화가 또 쓰러졌다는군. 얘는 누굴 닮아서 이렇게 약한 건지. 의선에게 말해 보약이라도 지어야겠어. 쯧쯧쯧."

제왕검이 혀를 차며 말했다.

그런 제왕검을 보는 세 군사의 눈빛이 싸늘하게 식었다.

"……네놈은 안 닮았겠지. 네놈 핏줄은 아니니까."

"어허. 무슨 말을 그렇게 섭섭하게 하나?"

"닥쳐! 소식이나 제대로 전하란 말이야!"

천수현인 제갈길현이 당장이라도 제왕검의 멱살이라도 잡을 듯 그를 재촉했다.

그러자 제왕검이 심드렁한 얼굴로 자리에서 일어섰다.

"나머지는 그냥 그래. 직접 보라고. 자네 예상대로 놈이 미끼를 문 모양이니까."

제왕검은 귀찮다는 듯 전서를 천수현인의 자리에 던지고 그대로 군사부를 나갔다.

천수현인이 제왕검을 눈으로 욕하면서 손은 재빨리 전서를 펼쳤다.

전서를 보는 천수현인의 눈이 커졌다.

정사연합 본부가 있는 양청현.

현오의 일로 정사연합 무인들은 예정보다 일찍 복귀했다.

장안에는 종남파를 비롯한 장안 출신 무인들이 남아서 폐허가 된 문파와 세가를 일으키는 데에 힘을 쏟았고, 정사연합에서는 오래도록 장안 무림을 도운 현무단이 남아 그들을 도왔다.

이번 전쟁에서 대패를 한 신 제국은 한동안 쳐들어오지 못할 것이고 한 제국군이 그대로 장안성 남아 장안의 회복을 돕는다고 했으니, 정사연합 무인들이 예정보다 일찍 떠난다고 해서 크게 문제 될 것은 없었다.

남궁진휘도 군사부로 복귀했다.

"그놈은?"

"……예, 잘 다녀왔습니다."

문을 열자마자 다짜고짜 날아드는 말에 남궁진휘가 살짝 한숨을 쉬었다.

"그놈은!"

"황제 폐하의 명을 받아 환궁했습니다."

"환궁을? 왜! 물어볼 것이 산더미인데!"

분명 황제 폐하의 명 때문이라고 말을 했건만.

남궁진휘는 천수현인이 그저 제가 하고 싶은 말을 쏟아 내는 것이라 생각하며 입을 닫았다.

오랫동안 함께한 것은 아니었지만, 남궁진휘는 의외로 제갈세가 사람들을 이해하는 것이 그리 어렵지 않았다.

'남들이 뭐라 하든 의식의 흐름 중에 제가 하고 싶고 알고 싶은 말만 쏟아 내시는 분들이지. 제갈가주님이 그나마 좀 논리적으로 말을 고르는 편이시지만.'

남궁진휘는 천수현인이 잠시 흥분을 가라앉히길 기다렸다.

"검마제라니! 그 애송이가 정말로 검마제의 좌수를 잘랐어? 허허허! 미친! 내가 의술만 알았다면 그놈의 몸뚱어리를 뜯어 보고 싶었을 게다."

"예, 예. 옥허신검께서 검마제의 좌수를 효자손으로 박제 의뢰하셨으니 곧 실물로 확인하실 수 있을 겁니다. 그리고 허락 없이 진화의 몸에 침을 대시면 황족 시해죄로 제갈세가 삼대가 시원하게 저세상으로 가실 겁니다."

천수현인의 흥분이 가라앉길 기다린다는 게 말대꾸를 하지 않는다는 뜻은 아니었다.

그저 천수현인이 하고 싶은 말을 다 할 때까지 기다려 준다는 의미일 뿐.

실제로 천수현인은 금세 흥분을 가라앉힌 듯 날카로운 눈빛을 번뜩이며 남궁진휘에게 물었다.

"그래서, 그놈이 진짜 검마제를 이겼다고?"

"예."

"허허! 허허허! 진짜로 이겼어! 이겼어! 광마제를 죽이고 검마제까지. 허허허!"

천수현인이 정말로 기쁜 듯 소리 내어 웃었다.

아들인 제갈가주도 실로 오랜만에 보는 모습이었다.

한참 동안 소리 내어 웃던 천수현인이 갑자기 웃음을 뚝 멈추었다.

그리고 예의 그 날카로운 눈빛으로 남궁진휘를 보았다.

"……네 보기엔 어떻더냐? 그 애송이가 역천마제를 죽일 수 있을까?"

"……"

이번만큼은 남궁진휘도 대답하지 못했다.

스스로의 한계도 모른 채 검마제를 상대하다가 결국 정신을 잃은 진화였다.

남궁진휘는 지금 상태로 진화가 역천마제를 만나는 건 몹시 위험하다고 생각했다.

게다가…… 남궁진휘는 역천마제의 등극식을 깽판 놓으면서 역천마제의 일수를 본 적이 있었다.

그 불길할 정도로 검은 기운이 모든 것을 '없었던 것처럼' 집어삼키는 것을 보았다.

남궁진휘는 역천마제와 진화를 만나게 하고 싶지 않았다.

천수현인이 말하지 않아도 다 안다는 듯한 눈빛으로 남궁진휘를 보았다.

"그래. 그래서다. 그 괴물 같은 놈을 상대할 수 없으니, 현오를 미끼로 써서라도 놈을 잡으려는 게야."

천수현인의 말에 남궁진휘가 눈을 감았다.

그랬다.

남궁진휘는 진화에게 거짓말을 했다.

정사 무인들 중 성승을 제외하곤 소림에서도 아는 이가 몇 없는 비밀스러운 전략이었다.

"역천마제 놈이 현오를 노릴 것은 너무 뻔했지."

당연하게도 이 전략을 처음 말한 이는 천수현인 제갈길현이었다.

"검마제를 살리면서 역천비록을 개의치 않는 듯했지만, 다 개구라지. 그저 좀 더 이기적이고 효율적인 선택을 한 것뿐이야. 검마제의 운명은 독부와 얽혀 있을 뿐, 제 놈의 역천에는 아무런 관련이 없으니까. 놈은 결국 역천비록과 운명에 대한 집착을 벗어나지 못했다. 놈은 기어코 역천대법을 실행하려고 할 것이니, 우리는 그것을 미리 읽고 놈을 죽일 함정을 만들 것이다!"

결국 제왕검이나 십이좌회가 힘을 합치고도 역천마제를 죽이는 건 실패했었다.

광마제를 죽이고 검마제에 비해 우위를 점했다 한들, 진화가 가능할 거라 생각할 수 없었다. 아니, 어쩌면 조금 더 시간을 가진다면 가능할지도 몰랐다.

무려 약관에 현경을 뛰어넘은, 그들은 감히 상상하지 못했던 천재였으니 말이다.

하지만 정사연합 군사부는 그들이 상상도 할 수 없는 불확실한 일에 수만, 수십만 무림인들의 목숨과 무림의 미래를 맡길 수 없었다.

"현오, 그 애송이의 목숨을 걸고 시작한 전략이다. 반드시 성공해야 한다."

남궁진휘는 현오가 어떤 마음으로 이번 전략을 수락했을지 감히 이해하지 않았다.

다만 천수현인의 말에는 전적으로 동의하는 바였다.

"언젠가 계획을 밝힐 때 혹은 현오 그 애송이의 목숨이 잘못되었을 때의 비난은 이 늙은이가 감당할 것이다. 그러니 이번엔 반드시 놈을 죽여야 할 것이야!"

천수현인 제갈길현이 눈이 불을 뿜었다.

"현학문에서 역천마제의 대법을 연구하고 있습니다. 천살성을 가진 신체와 연관이 없지는 않을 듯하여 의선까지 나서서 함께 연구 중입니다. 월하회의 기록이 꽤 자세하니 곧 역천마제가 필요로 하는 천문은 찾을 수 있을 듯합니다."

장안에서 전쟁을 벌이는 동안 군사부도 놀고 있진 않았다.

그들은 전쟁을 위한 물자 보급과 이후 장안의 회복을 도울 방안을 마련하는 한편, 십이좌회와 함께 지금의 일을 계속하고 있었다.

"귀천성에서 술법을 담당하는 문파가 송마문으로 통일되었습니다. 서역에서 건너온 술사부터 과거 모산파에서 분리해 나간 귀법술사들까지 모두 그곳에 소속되어 있으니, 역천대법 또한 이곳의 술사나 학사들이 진행할 것이라 생각합니다. 하여 월하회와 백매단을 동원해서 그들의 본거지를 찾고 있습니다."

제갈가주가 지금까지의 일을 정리하여 보고했다.

그에 천수현인이 새로 명을 내렸다.

"송마문을 찾는 것을 전 무림으로 확대하게. 필요하다면 무림첩을 돌려도 좋네."

천수현인은 물살을 타듯 월하회와 백매단으로 모자라 전 무림으로 일을 확대했다.

급작스럽게 커지는 규모에 홍랑대부가 우려를 표했다.

"소문이 날 것입니다. 귀천성이 알아챌 수 있습니다."

"상관없네. 역천마제가 현오를 데려갔으니, 우리가 현오를 되찾으러 움직인다고 생각할 것이네."

이미 적은 놓을 수 없는 미끼를 물었다.

천수현인은 귀천성이 눈치채기 전에 기회를 완성시킬 작정이었다.

"송마문주와 수신방주가 현오의 납치를 주도했습니다. 그들이 현재 역천마제의 측근에서 명을 받고 있는 것이 확실합니다. 그중 송마문주는 혼현마제의 역할을 대신하고 있는 듯도 했고요. 진국과 장안에서 몇 번 시험해 본 바, 우리의 사고방식을 잘 '따라오는' 자였습니다."

남궁진휘가 송마문주에 대한 평가를 늘어놓았다.

그러자 제갈가주가 차갑게 눈을 빛내며 말했다.

"학사들이 모두 죽고 나서도 이성을 잘 유지하는지 시험해 볼 차례군. 적호단, 청룡단, 주작단을 대기시켜 놓겠습니다. 역천마제의 측근이 송마문과 수신방이라면, 어차피 그들을 죽여야지 않겠습니까."

"……숙청단도 빼놓을 수 없을 겁니다."

제갈가주의 말에 남궁진휘가 머뭇거리다 조심스레 말을 덧붙였다.

그에 제갈가주는 물론 천수현인, 홍랑대부까지 남궁진휘를 보았다.

"숙청단?"

"숙청단을 배제하지 못할 겁니다. 그들 하나하나가 단주, 부단주급 실력인 것도 그렇지만……."

"우리 황자님께서 가만있지 않으시겠군."

"……예. 계획에서 배제하면 독자적으로라도 움직일 이들입니다. 진화의 신분이라면 거리낄 것도 없고요. 그들의 무력으로 함부로 움직인다면 계획에 차질이 생길지도 모릅니다. 처음부터 포함시키는 것이 좋습니다."

"흐음."

남궁진휘의 설명에 제갈가주와 홍랑대부가 천천히 고개를 끄덕였다.

사패천 소천주 강무련만 하더라도 군사부에서 강제적으로 뭘 강요할 수 없는 신분이었다.

한 제국 황태자가 될 가능성이 무척 높은 진화는 더욱더.

"어쩔 수 없지. 한 제국과 연계를 강화한다 생각해야지. 우리 절대 고수 황자님의 심기를 건드렸다 일을 벌집으로 만들 수는 없으니. 고놈이 제 할아비 닮아서 성격이 보통이 아니더만."

천수현인의 결정으로 계획에는 숙청단도 포함되었다.

남궁진휘는 속으로 안도의 한숨을 내쉬었다.

'진화와의 약속을 지킬 수 있어서 다행이군. 이제…… 속인 건 어떻게 용서받는다?'

남궁진휘가 심각한 표정으로 남은 고민을 이어 갔다.

신 제국 황궁.

"……아이고."

침상에서 눈을 뜬 현오가 곡소리를 내며 몸을 돌렸다.

감옥에 갇히는 것도 각오했는데, 현오가 있는 곳은 황궁의 별궁 중 하나였다.

그곳에서 현오는 평생 덮어 보지 못했던 비단 금침을 덮고 자고 궁인들의 지극정성의 보살핌을 받고 있었다.

지금도 현오의 손목에는 의원이 조심스레 맥을 짚고 있었다.

"불편한 곳이 있는가?"

"몹시 건강한 상태이옵니다.

의원의 대답에 현오가 움찔했다.

그리고 화가 난 듯 맥을 잡힌 손에 힘을 꾹 주었다.

물론 소용없는 짓이었다.

"몸에 쌓인 독기가 빠져나가고 있으니, 앞으로 일주일은 더 공복으로 지내셔도 될 듯합니다."

의원의 말에 현오의 눈이 번뜩 뜨였다.

"말, 도, 안, 돼! 이 의원 씨—주님이 누굴 굶겨 죽이려고 작정을 했나!"

일주일 더 공복이라니!

참다못한 현오가 벌떡 일어나 소리쳤다.

"배가 고프다 못해 속이 쓰리오! 매순간마다 내 배 속에서 천둥 번개가 내리치고 있단 말이오! 이러다가 뱃가죽이 등가죽에 들러붙을 지경이오. 온몸에 맥아리가 없어 휘청거리느라 한 걸음도 걷지 못하겠단 말이오!"

"……그런 것치곤, 몹시 건강해 보인다만?"

"불문 탄압이오! 천만의 불제자들이 결코 용서치 않을 것이오!"

"불제자들이 알게 된다면 그럴 수도 있겠지. 그 전까진 금식이다."

송마문주는 현오의 불만을 들은 척도 하지 않았다.

역천마제 님께 헛소리를 할 때부터 범상치 않은 뚱땡이라 생각했기에, 송마문주는 오로지 현오의 '신체'를 완전히 건강한 상태로 만드는 데에만 집중했다.

"최대한 '건강'하도록 신경 쓰게."

"예, 문주님."

현오의 말엔 들은 척도 하지 않던 의원도 송마문주의 명에만 공손하게 답했다.

"말도 안 돼−! 차라리 날 고문하란 말이오!"

현오의 비명이 방을 나가는 송마문주와 의원의 뒤를 쫓았다. 하지만 그들은 단 한 번도 뒤를 돌아보지 않았고, 방을 치우던 궁인들도 먼지를 없애는 데만 집중했다.

"오! 부처님, 이것이 천벌이라면 너무 가혹합니다! 제가 각오한 건 감옥의 맛없는 밥까지란 말입니다!"

현오가 절망에 찬 목소리로 부처를 찾았다.

현오의 울부짖음을 뒤로하고 별궁을 나온 송마문주가 자신의 처소로 돌아왔다.

신건궁.

이전에 혼현마제가 쓰던 궁이었다.

이전에 혼현마제가 썼던 책상에 앉은 송마문주가 만족스러운 얼굴로 책상을 한번 쓸었다.

'드디어 혼현마제의 자리에 앉았군.'

그때, 송마문주의 곁으로 학사가 다가왔다.

"역천비지를 찾는 건 어찌 되어 가나?"

"송구합니다. 아직 찾지 못했습니다."

"하긴 그리 빨리 찾을 수 있는 곳이 아니지. 하지만 서둘러라. 피의 달이 뜨는 날 전에는 반드시 찾아야 한다."

"예, 문주님."

송마문주의 말에 학사가 공손하게 답했다.

하지만 그것만으로는 부족했다.

"현오가 역천마제 님의 제물이라는 걸 정사연합 놈들도 알고 있다. 놈들도 반드시 현오를 되찾으려 할 테니, 황궁의 경계를 강화하고…… 그래, 아예 놈들이 우릴 방해하지 못하도록 해야겠구나."

뭔가를 생각하는 듯하던 송마문주가 야릇한 웃음을 지었다. 그리고 기다리고 있던 학사에게 말했다.

"수신방주님께 내가 보잔다고 전해라."

"예, 문주님."

송마문주의 명을 받은 학사가 방을 나가고, 송마문주는 마음 편하게 웃음을 흘렸다.

"후후후, 그래. 놈들의 방해를 아예 엉뚱한 곳으로 흘리면 되겠구나."

황도, 낙양.

진화가 적호군의 호위를 받아 황도에 도착했다.

진화가 호위는 필요 없다며 사양했지만, 하후대장군에게는 씨알도 먹히지 않았다.

게다가 남궁구와 남궁교명은 진화의 그림자 호위라도 된 듯 곁에서 떨어지지 않았다.

황제의 재촉에 가장 빠른 뱃길을 따라온 진화가 항구에 발을 딛자.

"동해왕 저하를 뵙습니다!"

항구에 나와 있던 사례교위 조정호와 사례군이 우렁찬 목소리로 인사했다.

평소에도 몇 번 마중을 나왔지만, 그때와는 비교도 되지 않는 규모와 격식이었다.

"혹시 폐하께서 도련님을 잡아 오라 하신 건 아니지?"

"글쎄……."

남궁구의 질문에 진화는 제대로 답을 하지 못했다.

황궁에서 무림 일을 핑계로 도망친 전례가 있었거니와, 어쩐지 사례군에 포위된 느낌이 들기도 했기 때문이다.

　눈앞에는 남궁세가의 꽃마차만큼이나 휘황찬란한 마차까지 대기하고 있었다.

　'어쩐지 끌려가는 느낌이군.'

　진화가 씁쓸하게 웃었다.

　무척 부담스러웠지만, 이 모든 것에서 황제와 황후의 마음이 느껴져서 차마 거절할 수 없었다.

　황궁이 보였다.

　하지만 그 전에.

　"세워라! 어서!"

　진화가 급하게 마차를 세우는 동시에 마차 문을 열었다.

　황궁으로 들어가는 정문 앞에 남궁경과 팽연화 부부가 보였기 때문이다.

　"아버지! 어머니!"

　진화가 마차에서 뛰어내려 남궁경, 팽연화에게 달려갔다.

　"진화야!"

　"아들!"

　남궁경과 팽연화도 달려왔다.

　남궁경과 팽연화는 진화를 보자마자 진화의 손을 잡고 얼굴을 매만졌다.

"아이고, 이 얼굴 상한 것 좀 봐라……."

현경을 넘어선 고수의 최상으로 유지된 몸을 향해 남궁경이 눈물을 글썽이며 말했다.

"아들, 이제 괜찮니?"

"예, 괜찮아요. 걱정 끼쳐서 죄송해요."

양주에서 자신의 소식을 듣고 얼마나 빨리 온 것인지.

진화는 촉촉한 눈으로 묻는 팽연화에게 미안한 마음뿐이었다.

"다행이다. 다행이다."

팽연화는 진화가 괜찮다는 걸 눈으로 보고서야 진화를 품에 안고 다독였다.

이제는 팽연화보다 훨씬 컸지만, 팽연화는 아주 어릴 적처럼 손으로 진화의 등을 쓸어내렸다.

진화를 다독이며 놀란 자신의 마음도 다독이는 듯했다.

곧 남궁경의 두툼한 팔이 그런 모자를 동시에 안아 왔다.

진화는 사람들의 시선이 느껴져 귀가 뜨끈했지만, 부모님을 안심시켜 드리려 꾹욱 참았다.

그렇게 조금 부담스럽지만 감사함 부모님의 사랑을 받아들이고 안으로 들어가는데, 진화를 꽁꽁 둘러싸는 건 부모님이 끝이 아니었다.

건희전.

조정에 들러 황제에게 환궁을 고하기 전에 건희전을 향한 진화는 익숙한 향기를 맡았다.

　익숙하긴 하지만 결코 건희전에서 나서는 안 되는 냄새.

　"무슨 탕약 냄새가 이렇게…… 헙!"

　코를 찡긋거리며 두리번거리던 남궁구가 누군가와 눈을 마주치고 숨을 삼켰다.

　"저어어어언하아아아아——!"

　한구석에 쪼그려 앉아 있던 동 태감이 진화를 부르며 달려왔다.

　어디에 그렇게 있었는지, 곳곳에 쪼그려 있던 궁인들도 자리에서 벌떡 일어섰다.

　"도, 동 태감, 이게 대체……."

　"의원에게 약재를 받아 와서 건희전 궁인들이 사흘 밤낮으로 달이고 있습니다. 저하께서 '또' 실신을 하셨다는 소리를 듣고 어찌나 놀랐던지, 이 늙은이 심장이 다 내려앉았습니다. 폐하의 명으로 태의가 온갖 약재로 보신 처방을 내렸사온데, 어찌 건희전 궁인들이 가만히 있을 수 있겠습니까! 이 늙은 종과 건희전 궁인들이 사흘 밤낮으로 탕약을 달이고 있었사옵니다!"

　동 태감이 피를 토하듯 열변을 토했다.

　이렇게 보니 건희전 정원 곳곳에 쪼그려 앉아 있던 궁인들의 앞에는 한 사람당 탕약기가 하나씩 놓여 있었다.

"아……."

진화의 눈엔 탕약 연기가 건희전을 꽁꽁 둘러싸고 있는 것처럼 보였다.

겨우 건희전에서 벗어난 진화가 대전 앞에서 크게 한숨을 쉬었다.

대전 안에서 조정의 무거운 분위기가 느껴졌다.

"폐하-! 동해왕 입시이옵니다!"

대전 앞에 있던 내관의 우렁찬 목소리와 함께 진화가 안으로 들어갔다.

"동해왕 한진화, 폐하의 지엄하신 명을 받아 교주의 역도들을 토벌하고 장안성 수복에 미력하나마 조력한 후 무사히 돌아왔나이다. 모두 폐하의 은덕이라, 은혜가 하해와 같나이다. 황제 폐하 만세 만세 만만세."

"황제 폐하 만세 만세 만만세."

진화의 말을 따라 대소 신료들이 만세를 제창했다.

전쟁에 이긴 것은 황제의 은덕과 크게 상관없을 것 같았지만, 거추장스러운 예의와 아부가 황실의 법도라니 어쩔 수 없는 일이었다.

"고개를 들라. 얼굴 좀 보자꾸나."

황제의 말에 진화가 고개를 들었다.

진화는 별생각 없이 황제와 눈을 마주쳤지만 대전 곳곳에서 숨을 참는 소리가 들렸다.

이제까지 황제는 총애하는 황자와 공주에게도 다정한 말이나 애정을 직접적으로 표하지 않았다. 신료들이 황제의 말한마디에 이리저리 파벌이 움직이는 것을 원치 않기 때문이다.

그런데 조정 회의에서 이황자를 아끼는 모습을 적나라하게 드러내다니, 이것이 무슨 뜻이겠는가.

'폐하의 의중이 굳었군.'

'무림인 출신이라니…… 우린 아무런 끈도 없지 않아?'

눈치를 보던 낙양 출신 문신들의 눈동자가 빠르게 굴러갔다.

그사이 하남조씨와 함께하는 지방 출신 호족들은 만면에 미소가 가득했다.

'허어, 폐하의 의중이야 이미 굳어졌지. 대세도 이미 기울었고!'

'군공이라니. 무인 출신이라 다른 황자들과는 확실히 달라서 다행이군.'

위가를 따르던 조정 무관들과 젊은 문신들도 진화를 향해 눈을 반짝였다.

그 부담스러운 시선 속에 진화의 귀 끝이 점점 붉어지자, 진화를 보고 있던 황제가 피식 웃음을 지어 보였다.

"건강한 모습을 보니 참으로 다행이다. 큰일이 있을 뻔했다는 소식을 듣고 황후의 걱정과 짐에 대한 원망이 이만저만이 아니었으니, 황자가 무사히 귀환하여 짐이 오히려 다행이로군. 하하하하하!"

"아, 하하하하하."

황제가 농담 섞인 말을 하며 웃음을 터뜨리자, 신료들이 뒤늦게 따라 웃었다.

어색한 웃음소리에서도 불구하고 조정의 분위기는 그 어느 때보다 좋았다.

장안을 되찾고 전쟁에서 압도적인 승리를 거두었으니 당연한 일이었다.

"군공에 대해서는 조정을 거쳐 따로 치하할 것이니, 황자는 황후를 찾아 효를 다하라. 그리고 부모의 품에 돌아왔으니 그간 몸을 추슬러야 할 것이다."

"폐하의 은혜가 하해와 같사옵니다. 황제 폐하 만세 만세 만만세."

진화가 깊게 고개를 숙이고 도망치듯 대전을 나왔다.

"하아……."

고작 이것을 할 거면 왜 불렀나 싶었지만 남궁세가에도 있는 격식과 절차가 황실에서 중요하지 않을 리 없었으니. 정신적인 피곤함이 밀려와 한숨이 나왔지만 불평을 할 순 없었다.

대전을 나오는 진화에게 황제를 모시는 엄 태감이 슬쩍 말을 전했다.

"저하, 폐하께서 함께 황후궁으로 가자고 하십니다."

"알겠네."

가볍게 고개를 끄덕인 진화는 대전을 나와 후원에서 황제를 기다렸다.

진화의 알현이 오늘 회의의 마지막 안건이었던 듯, 진화가 나오고 얼마 뒤 조정이 일찍 파하였다.

신료들이 일시에 대전을 나오는 소리가 진화의 귀에 들렸다.

"폐하의 의중이 굳어지신 듯하지?"

"폐하의 의중은 이미 진즉에 굳히셨지. 제국에 하나밖에 없는 적통 황자시고, 아무런 결격사유가 없는 것은 물론 전공까지 세우셨는데! 이제 등극식만 남은 거라고 봐야지."

"우리 무신들에게도 좋은 일 아닌가? 폐하도 그러셨지만, 윗전에서 실전에 나서는 무신들의 고충을 잘 알아주신다는 건 중요하니까."

"위장군이나 북위군과도 잘 어울리셨다니 과거의 일이나 파벌에는 연연하지 않으시는 듯도 하고. 흐흐흐, 폐하는 일찍이 천장이라 불리셨는데 황자님은 전장에서 병사들에게 뇌신이라 불리신다더군. 제국의 홍복이야."

"벌써 아부하는가?"

"아이, 아부는 무슨. 사실이 그렇다고!"

조정에 있던 무신들의 목소리가 조심성 없이 컸다.

하지만 이어서 나온 문신들이라고 다른 말을 하는 것은 아니었다.

"이번에 정말 큰일 날 뻔했어. 또 쓰러지시다니!"

"아이고, 나도 겨우 정계가 개편되었는데 이게 무슨 날벼락인가 했다니까!"

"나도 나도. 이황자님이라면 일황자님, 사황자님과의 사이가 나쁘지 않으시니, 낙양 출신들이나 유림들도 차별 없이 대할 것이 아닌가. 삼황자보다는 훨씬 다행한 일이라 안심했는데, 쓰러지시다니. 나는 하도 불안해서 요번에 얻은 귀한 약재를 건희전으로 보냈네."

한 신료의 말에 다른 신료들이 눈을 동그랗게 떴다.

"약재를? 거, 좋은 생각이네. 나도 태의에게 물어보고 좋다는 건 다 구해서 올려야겠네."

"예끼, 이 사람아. 벌써 늦은 걸 수도 있어. 하남조씨는 물론이고 하후대장군부와 북위대장군부까지 나서서 중원에 좋다는 약재는 나 끌어모으고 있다네. 게다가 양주대부가 남궁세가 출신인 것도 잊었나? 청해상단이 뱃길로 그걸 다 나르고 있다는군."

"버, 벌써? 아이고, 그래도 낙양은 우리가 꽉 잡고 있는데, 서역에서 온 것 중 귀한 것이 없다 찾아보세."

"오, 그거 좋은 생각이군!"

진화와 가깝지 못해서 내심 불안했던 낙양 호족들은 기회를 잡은 듯 바쁘게 움직였다.

하남조씨와 가까운 이들은 친분을 내세우는 듯 적극적으로 나서고 있었고, 어찌 된 영문인지 하후대장군부와 북위대장군부까지 사병을 풀어 산천에서 보신에 좋다는 짐승들을 대대적으로 사냥하고 있었다.

그렇게 모인 약재들이 모두 건희전을 둘러싼 그 탕약기로 향하거나 건희전 창고에 쌓이고 있었다.

"……."

"흐흐흐, 걱정 마십시오. 안 그래도 약재만 보관할 약재광을 새로 짓고 있습니다."

동 태감이 약재 냄새 풀풀 풍기며 흐뭇하게 웃었다.

진화는 이제 대전 신료들까지 사방에서 저를 꽁꽁 둘러싼 느낌이었다.

"황자, 어찌 이리 수척한 것이냐, 아직 회복이 안 된 것이냐?"

눈물을 글썽이며 저를 끌어안는 황후를 만났을 때, 진화는 이미 지쳐 있었다.

진화가 황궁에서 온갖 산해진미와 귀한 약재들에 둘러싸이는 동안.

현오는 멀건 미음 하나를 해치우고 다시 침상에 누웠다.

"어그그, 손가락 하나 까딱할 힘이 없구먼. 아이고, 부처님."

현오가 입 밖으로 앓는 소리를 내었지만, 궁인들이 답할 리 없었다.

그들은 마치 살아 있기만 한 인형처럼 보지도, 듣지도, 말하지도 못하는 사람처럼 별궁 안에 존재하기만 했다.

'……미치겠군.'

현오가 슬쩍 궁을 오가는 사람들을 보며 입술을 질끈 감았다.

그는 실제로 어디 아픈 사람처럼 몸을 잔뜩 웅크린 채 붉어진 얼굴로 땀까지 흘리고 있었다.

"흡."

코끝에 냄새가 스치자 현오가 숨을 멈추고 눈을 질끈 감았다.

머릿속엔 현오도 모르게 새하얀 살결이 떠올랐다.

시큼한 땀 냄새와 함께 전해지는 혈향.

머릿속의 살결은 어느새 피투성이로 난자된 고깃덩어리로 변해 있었다.

'만두. 오향장육. 경장육사. 고기소면…….'

현오가 머릿속의 고깃덩어리를 지워 버리기 위해 필사적으로 음식들을 떠올렸다.

하지만 그럴수록 현오의 귀엔 사방에서 쿵쿵거리는 심장 소리가 울리고, 그의 눈엔 수그리고 있는 궁녀의 목에서 맥동하는 핏줄이 손에 잡힐 듯 생생해졌다.

굶으면 굶을수록 정신은 또렷해지고, 현오의 식탐에 눌려 있던 살의가 깨어났다.

'역시 일부러 이러는 것이 분명하군. 천살성을 깨우기 위해 저 사람들을 계속 집어넣고 있어. 문제는 그게 통한다는 거지만! 으으, 나무아미타불 관세음보살. 제발, 빨리 뭐라도 찾아서 이동해야 할 텐데!'

짧게 불경을 외는 것으로 통하지 않자, 현오는 손목에 걸린 염주를 피가 날 듯 세게 쥐었다.

조용한 현오의 방을 보며 송마문주가 비릿하게 입꼬리를 올렸다.

"제법 오래 견디는군. 그래 봐야 소용없을 텐데. 나날이 감각이 예민해질 터이니, 내일은 상처를 입은 궁인을 넣어 보거라."

"예."

송마문주의 명에 방 앞을 지키던 내관이 마치 황족에게 하듯 고개를 숙였다.

그도 그럴 것이 송마문주는 황궁에서 역천마제에게 궁을 하사받은 측근 중 하나로, 황궁 내에서는 암묵적으로 검마제를 비롯하여 궁을 하사받은 측근들을 황족이나 제후처럼 대우하고 있었다.

현오를 확인한 송마문주가 밖으로 나오자, 기다리고 있던 송마문 학사들이 그 뒤를 따랐다.

"천문에 맞는 비문을 풀었다고?"

"예. 모산파의 귀법술사들이 혈월이 뜨는 곳은 곧 해가 지는 곳이라는 해석을 내놓았습니다. 해가 떨어지는 지점이 역천비지의 용루가 모이는 곳이라……."

"그곳이 대법을 실행할 장소가 되겠군."

송마문주의 눈이 날카롭게 빛났다.

"수고했다. 조금만 더 애쓰면 대가는 충분히 주어질 것이라 전하거라."

"예, 문주님."

송마문주는 현오의 관리를 손수 할 정도로 역천대법을 성공시키기 위해 필사적이었다.

역천마제는 모든 것을 낙관하고 있었지만, 신 제국의 상황이 그다지 좋지 못했기 때문이다.

장안성에서의 패배가 예상을 넘어선 피해를 남겼다는 것도 문제지만, 교주 지역을 포함하여 곡창지대 여러 곳을 잃음으로써 식량 사정이 악화되었다.

식량 사정이 좋지 못하면 군사들을 모으거나 훈련을 시킬 수 없다.

무엇보다 국경의 검문을 강화하여 폐쇄적인 정책을 펴 식량까지 부족해지면, 호족들이 다른 생각을 할 수도 있었다.

호족으로 이뤄진 나라에서 이는 치명적인 문제였다.

'믿을 건 역천마제 님의 힘밖에 없다. 역천대법을 성공시켜서 한 제국을 무너뜨리는 수밖에 없어.'

송마문주의 눈빛이 차갑게 얼어붙었다.

'정사연합 놈들이 우리가 찾는 역천비지를 알게 되면 곤란하다. 수신방에서 알아낸 정보에 따르면 놈들이 우리 송마문을 찾고 있다 하니…… 송마문을 이용해 놈들을 밖으로 끌어내야겠군.'

송마문주가 결심을 굳혔다.

나아갈 진進 다스릴 화話 : 제국의 분노

정사연합 본부.

본래 정의맹 소속 무단들의 숙소와 연무장이 있었던 정무원(正武院)에는 현재 적호단과 청룡단, 주작단 그리고 흑살대가 있었다.

그들은 장안에서 돌아온 후 아무런 임무가 주어지지 않아서 모처럼 개인 수련을 하며 휴식 시간을 보내고 있었다.

그런데 오늘 군사부에서 조용히 단주들을 찾았다.

"드디어 올 게 오는군."

주작단주 구화검 구격용이 반갑게 일어섰다.

그 모습에 적호단주가 슬쩍 주작단주의 옆구리를 찔렀다.

"뭐 알고 있나?"

"알긴. 그냥 본부 경비도 안 맡기고 조용하기에 뭔가 있을 거라고만 생각했지. 자네들이야 장안에서 돌아온 지 얼마 안 됐지만, 주작단은 지난 임무에서 돌아온 지 꽤 되었거든. 중요한 임무가 있는 게 아니라면 이렇게 오랫동안 대기시킬 리 없잖아?"

"아, 그렇군."

주작단주의 말에 적호단주와 청룡단주, 흑살대주가 고개를 끄덕였다.

군사부의 명을 전하러 온 군사의 뒤를 따라 총군사의 집무실을 찾은 네 사람은, 그들의 예상대로 중요한 임무를 전달받았다.

총군사의 집무실.

문을 열고 들어가서 바로 보이는 건 산처럼 많은 문서와 죽간이었다. 그리고 그 문서의 산을 넘고 나면 비로소 그 속에 파묻혀 있는 군사들이 보였다.

"윽!"

네 단주들의 표정이 대번에 질렸다.

피로가 쌓이다 못해 누렇게 뜬 얼굴과 눈 밑의 검은 그림자가 홍랑대부 초산하의 분칠마저 뚫고 나올 정도라, 뭐가 되었든 군사들의 얼굴을 보고서는 쉽게 그들이 주는 임무를 거절할 수 없을 것 같았다.

실제로 이제까지는 그러했었다.

"송마문이라니⋯⋯."

"그럼 현오는 어떻게 되는 겁니까? 신 제국 황궁에 있다고 하지 않았습니까? 왜 그에 대한 구출 계획은 없는 겁니까?"

청룡단주가 뭐라 말을 하기 전에 적호단주가 끼어들어 따지듯 물었다.

덩치와 달리 눈치가 빠른 적호단주는 따로 현오에 대한 구출 계획이 없다는 것을 느끼고 대번에 표정이 사납게 변했다.

"현오는 아무도 구하러 가지 않는 겁니까? 소림도요? 현오가 누군지 잊으셨습니까? 역천마제의 최종 제물입니다. 이렇게 느긋하다가 수오의 몸을 혼현마제가 빼앗은 것처럼 현오도 그렇게 될 수 있단 말입니다!"

적호단주가 성을 토하며 목소리를 높였다.

숙청단으로 분리되긴 했지만 그 전까지는 현오를 포함하여 모두 적호단원이었다.

지금도 숙청단원들은 적호단과 함께 숙소를 쓰고 있었고, 적호단주에게도 그들은 심정적으로 여전히 '내 새끼들'에 포함되어 있었던 것이다.

적호단주는 현오를 구하기 위해서라면 신 제국 황궁을 터는 임무라고 할지라도 기꺼이 나설 기세였다.

"허어⋯⋯."

적호단주의 모습에 천수현인과 제갈가주가 골치 아프다는 듯 한숨을 쉬고 홍랑대부와 남궁진휘는 살짝 미소를 머금었다.

'음? 뭔가⋯⋯.'

기대했던 반응과 다른 군사들의 모습에 적호단주가 눈동자를 굴리며 한 걸음 물러섰다.

"허어, 저 천둥벌거숭이 같은 놈. 내버려 두면 신 제국 황궁까지 쳐들어갈 기세구먼."

"후후후, 그게 적호단주의 매력이 아니겠습니까."

천수현인이 혀를 끌끌 차며 적호단주를 노려보자 홍랑대부가 웃으며 적호단주의 편을 들었다.

"매력은 무슨. 저러니까 여태 장가를 못 갔지. 망나니 같은 놈!"

"아니, 지금 무슨 말을⋯⋯."

"닥쳐, 이놈아! 네놈도 생각하는 걸 우리가 모르겠어?"

천수현인의 적나라한 앞담화에 적호단주가 반발하려 했지만, 성질머리라면 천수현인이 한 수 위였다.

"미친 멧돼지 같은 놈이 가만 놔두면 새끼 멧돼지 죄다 이끌고 갈 꼬라지구먼. 왜? 아예 신 제국 황궁으로 쳐들어간다고 하지?"

"못 갈 건 또 뭐 있습니까?"

"이 또라이야―! 거기 누가 있는지 몰라?"

"끄……음."

괜한 반항심에 말대꾸를 했다가 욕지거리를 얻어먹은 적호단주가 그제야 입을 다물었다.

얼굴이 붉어지도록 흥분한 천수현인은 콧김을 뿜으며 적호단주를 노려보았다.

"역천마제의 손에 떼죽음을 당하는 것만큼 개죽음이 없다. 무의미한 죽음이야! 백명회와 매화성검, 취선, 풍선, 검왕에 독제까지…… 시체조차 찾지 못한 절대고수들이다. 직접 죽인 놈들은 다를지라도 전부 역천마제 그놈 손에 내장이 끊어지고 기혈이 뒤틀린 채 싸우다 그리 죽었어. 저 위층에 똥 멋 부리고 앉아 있는 제왕검 놈도 두들겨 맞고 물러설 수밖에 없었다고!"

"……."

역천마제의 강함이야 모르는 이가 있던가.

그런데 왜, 지금, 이제 와서 저런 말을 하는 걸까.

적호단주의 머릿속에 뭔가가 스쳐 지났다.

"설마…… 함정입니까?"

가늘게 떨리는 목소리.

적호단주의 물음에 주작단주와 청룡단주, 흑살대주의 눈이 커졌다.

그들도 일이 어떻게 진행되는 건지 눈치를 챈 것이다.

적호단주는 물론 세 명의 단주들도 답을 원하는 듯 천수현인을 보았다.

네 쌍의 흔들리는 눈동자를 마주하며 천수현인이 가볍게 한숨을 쉬었다.

어차피 이번 임무를 맡기면서 이야기를 해 주려고 했던 일이었다.

"개죽음은 피해야지. 놈을 확실하게 죽일 방법을 찾는 것이다."

"현오 그놈도요?"

"……수천, 수만의 목숨 아니, 어쩌면 전 무림을 위한 대의였다."

"……."

끝까지 현오를 위한 방법이라곤 하지 못했다.

결국 현오의 희생을 각오한 것이다.

천수현인의 말에 네 명의 단주가 할 말을 잃었다.

적호단주와 주작단주, 흑살대주는 눈시울과 코끝을 붉혔다.

그나마 청룡단주만이 냉정함을 유지했다.

"최악의 상황은 대비를 한 것입니까? 구출이 늦어져서 현오가 역천마제에게 몸을 빼앗기게 되는 상황에는 어찌 되는 겁니까?"

"그때야말로 최악의 상황이겠지. 그런 상황이 되어도 역천마제가 현오의 몸을 가지는 일은 없을 걸세."

천수현인의 단호한 대답에 청룡단주가 짧게 고개를 끄덕였다.

"죽음까지 각오하고…… 크험!"

"킁, 그 뚱뚱하고 순해 터진 놈이…….."

주작단주와 적호단주가 잔뜩 붉어진 눈으로 콧물까지 훌쩍이자 천수현인이 못 볼 걸 봤다는 듯 눈살을 찌푸렸다.

"뚱뚱한 건 상관없잖아. 그리고 그놈이 뭐가 순한가, 천살성인데?"

"그래도 고귀한 희생정신이지 않습니까!"

천수현인의 딴지에 주작단주가 울컥 소리를 높였다.

적호단주는 이전보다 더 사나운 얼굴로 천수현인을 노려보았다.

"킁. 적호단, 청룡단, 주작단, 흑살대는 물론 숙청단 녀석들까지 나서는 임무라면서요. '그놈'이 알게 되면 가만히 있지 않을 텐데요? 특히 네놈은…… 괜찮나?"

적호단주가 남궁진휘를 콕 집어 물었다.

남궁진휘가 난처한 얼굴로 웃었다.

"남궁세가에 이런 말이 있죠. 허락을 받는 것보다 용서를 받는 것이 쉽다."

적호단주가 말하는 '그놈'이 누구를 말하는지 모르는 사람은 없었다.

창천화룡 남궁진화의 무용이 당금 무림의 최대 화제인 것도 그렇지만, 진화에 대해 알려지면서 정의무학관에서부터 이어 온 진화와 현오의 우정 또한 제법 많이 알려졌기 때문이다.

"그게 네놈의 말처럼 그렇게 쉬울지 모르겠군."

적호단주가 입술을 이죽이며 말했다.

오랜만에 정말로 곤란해 보이는 남궁진휘를 놀리려는 의도도 있지만, 말만큼은 진심이었다.

"대의든 뭐든 이해는 합니다. 우리라도 그런 선택을 했을 테니까요. 그런데 '그놈'은 확신하지 못합니다. 이미 많은 것을 빼앗긴 터라, 귀천성에 뭔가 빼앗기는 것에 발작하듯 나설 겁니다. 제 사람이라면 특히요. 송마문이든 뭐든 다 죽이고 볼 겁니다."

적호단주가 모두를 둘러보다가 천수현인에게 시선을 고정하고 경고를 하듯 말했다.

그러자 이번에는 천수현인이 당당하게 눈빛을 마주했다.

"그러라고 주는 임무일세. 함정이든 유인이든 뭐든, 그놈들을 전부 죽여 버리게. 그렇게 놈들의 숨통을 조여 들어갈 것이네."

천수현인의 말에 적호단주는 물론 세 단주들이 눈을 크게 떴다.

"자네들이 일을 크게 벌이는 동안 우리는 따로 역천비지를 찾을 거네. 현오, 그 애송이 땡중을 위해서라도 어디 한번 제대로 판을 벌여 보자고."

천수현인이 두 눈을 번뜩이며 무단주들의 투기를 독려했
다.

낙양 인근의 관저현.

진화와 남궁구, 남궁교명은 현지에서 합류했다.

남궁경이 따라오려고 하고 팽연화와 황후가 가지 않았으
면 하는 기색을 펄펄 풍겼지만, 황궁에서 탈출할 기회를 진
화가 놓칠 리 없었다.

순한 눈망울을 꿈벅이며 겨우 관저현에 도착한 터였다.

"현오는 어찌하는 것입니까?"

관저현에 도착하자마자 현오의 일부터 묻는 진화의 모습
에 적호단주가 한숨을 푹 쉬었다.

남궁진혜나 다른 숙청단원들에겐 '기밀'이라는 이유를 들
어 대답을 피해 왔지만, 같은 단주인 진화에게는 그럴 수도
없었다.

결국 진화만 조용히 불러 군사부에서 들었던 계획에 대해
말해 주었다.

"현오도 알고 동의한 일이다. 일이 잘못되었을 때를 대비
해서 대책도 마련되어 있는 모양인데, 그게 현오에게 좋을

것 같진 않더군. 결국 남은 방법은 이 계획을 잘 수행해서 역천마제를 죽이는 게 최선이다."

"……."

적호단주의 말을 다 듣고 난 뒤 진화는 굳은 얼굴로 한참 말이 없었다. 아니, 적호단주가 진화에게 말을 할 기회를 주지 않았다.

그는 진화가 뭔가 말을 꺼내기 전에 재빨리 화제를 돌렸다.

"일단 이번 임무를 해결하고 이야기하지. 송마문은 분타가 중원 곳곳에 퍼져 있는데, 관저현이 그중 한 곳이라는군. 다른 곳에는 청룡단과 주작단, 흑살대가 갔다. 우리 계획은 분타든 함정이든 뭐든, 놈들의 씨를 말리는 거다."

"……알겠습니다."

마지못해 대답하는 기색이 강했지만, 일단 진화가 고개를 끄덕이는 모습에 적호단주는 속으로 한숨을 돌렸다.

그렇게 둘만의 이야기를 나누고 밖으로 나가자, 곳곳에서 호기심 혹은 의혹 어린 시선들이 그들에게 꽂혀 들었다.

적호단주는 그런 시선을 모르는 척 대뜸 소리를 질렀다.

"최대한 크게 일을 벌인다! 인정사정없이 싹 쓸어버리는 거다!"

"오오오—!"

"추—웅!"

적호단주의 말에 적호단과 숙청단 단원들이 우렁차게 소

리를 질렀다.

　그들은 방금 적호단주를 왜 쳐다보았는지 잊은 듯했다.

　'단순한 놈들.'

　적호단주가 고개를 돌려 고소를 삼켰다.

　관저현 외곽에 있는 마을에서도 외곽.

　사람들에게 이상한 소문이 난 곳이었다.

　"무덤의 시체를 파 가거나 사람들에게 돈을 죽고 죽은 사람을 산다더군."

　"시신을요?"

　"처음에는 시독(屍毒)을 만드는가 했는데 그게 아니었던 모양이야. 백매단이 조사차 잠입했을 때엔 산 사람을 구덩이에 집어넣고 있었다더군."

　"으윽!"

　적호단주의 말에서 전해지는 잔인함에 남궁진혜가 얼굴을 와락 찡그렸을 때, 진화는 가만히 고개를 끄덕였다.

　"만년독수를 만들고 있었나 보군요."

　어릴 적부터 줄기차게 보았던 장면이었다.

　검고 진득한 늪과 같은 독수가 있는 구덩이에 사람들을 밀어 넣고, 그러면 사람들은 아래에 있는 사람을 밟고서 몇 날 며칠을 발버둥 쳤다.

　애원하는 소리와 비명, 짐승 같은 울음소리 그리고 살아 있는 모든 걸 원망하는 소리들.

제물 양육실에 있던 아이들 중에도 많은 이들이 그 구덩이 속으로 들어갔었다.

영악한 현오와 진화는 어느 순간 자신들은 구덩이 속에 들어가지 않는다는 걸 알았지만, 그 전까지 구덩이는 제물 양육실 아이들의 악몽 같은 존재였다.

'현오……'

진화는 구덩이를 떠올리며 당연한 듯 현오를 떠올렸다.

"원수를 죽인 느낌은 어떤가?"

자연스럽게 현오의 목소리가 떠올랐다.

"자네는 광마제의 제물, 나는 역천마제의 제물. 따지자면 광마제야말로 자네의 진짜 원수라 할 수 있지 않나. 자네를 제물로 만든 장본인이니까."

진화가 그러했듯 현오 또한 역천마제의 제물이라는 굴레에서 벗어나지 못하고 있었다.

그리고 당연하게도 진화는 그런 현오를 이해했다.

현오도 오직 진화만이 이해할 것이라 생각했을 터였다.

"우리가 비정상적인 게 아니라 다른 사람들도 다 이상하다는 건가?"

"……그냥 사람은 전부 제각기 다른 거라고."

"하긴 부처님께서 보시기에 우린 다 똑같이 손바닥에 올려놓을 정도로 작고 이상한 것들이겠지? 흐흐흐."

현오가 '우리'라고 부르는 사람은 진화밖에 없었다.

그토록 사랑하는 소림과 사형제들조차 현오는 '나와 내 사형제들'이라고 했으니까.

하지만 '내 사형제들'이라고 한 것이 중요했다.

진화가 남궁세가를 생각하는 마음 그대로 현오 또한 소림을 그렇게 생각했다는 의미니까.

같을 순 없어도 기꺼이 '소속되어 있다'고 생각했다는 것이니까.

진화가 구덩이를 떠올리며 제물 양육실의 현오를 같이 떠올리고 있을 때, 앞서 정찰조로 나간 적호단 일 조가 신호를 보내왔다.

'가자!'

소리 없이 적호단주가 주먹을 들었다.

진화도 곁에 있던 숙청단원들에게 고개를 끄덕였다.

그리고 곧장, 앞으로 뛰어나갔다.

쉐에에엑-!

파파파파파파팟-----!

땅에 번개 모양을 새기며 앞으로 나가는 거대한 뇌전에, 적호단과 숙청단 단원들이 놀란 눈을 떴다.

적호단주마저 눈을 크게 뜨고 진화를 보았다.

파팟-! 펑! 펑!

"우아아아악!"

퍼---엉!

땅속에서 솟구친 번개에 아담한 척하고 있던 장원의 입구가 송두리째 터져 나갔다.

그 앞을 지키고 있던 송마문 학사들은 진화의 뇌전을 맞아 번뜩이는 빛 속에서 온몸의 골격을 자랑해야 했다.

쿵. 쿵.

겨우 형체만 알아볼 법한 시커먼 잿덩어리들이 바닥에 다 떨어지기도 전에 진화가 장원 안에 들어갔다.

쉐에에에에에엑--!

번---쩍

하늘에서 진화에게 번개가, 아니 진화의 검에서 하늘을 향해 번개가 번뜩였다.

"크아아아아악!"

진화의 뇌전이 사방으로 뻗치며 스치기만 해도 지독한 화상을 남겼다.

"뭐, 뭐 하나! 숙청단주가 다 죽이기 전에, 아니, 다치기 전에 놈들을 죽여라!"

"숙청단주가 다쳐요?"

"젠장! 저놈, 눈 돌아갔잖아!"

"아, 예!"

전장에서 이성을 잃으면 아무리 강한 무인이라도 다치기 십상이었다.

적호단주의 말이 있기 전에 이미 남궁구와 남궁교명, 나하연이 진화의 주변을 지키고 있었다.

적호단주의 명을 받은 적호단은 혹시 진화를 다치게 할 수 있는 적들을 한시라도 빨리 죽이기로 했다.

"어휴, 저 애송이."

적호단주가 진화를 향해 한숨을 쉬었다.

여전히 물가에 내놓은 아이 같은데, 실제로는 애송이라고 하기에 너무 강해져 버렸다.

콰과광————콰—앙!

진화의 손에 전각 하나가 무너지고, 재빠른 숙청단원들이 도망치는 송마문 학사들의 목을 베었다.

"으아아악!"

"아악!"

장원의 뒤쪽 산으로 도망치는 송마문 학사들을 본 진화가 천뢰제왕검법 낙엽을 휘둘렀다.

쉐에엑! 쉐엑! 쉐에에엑!

파파파파파팟----!

"크아아악-!"

전각과 나무를 피해 날아든 뇌전이 도망치는 이들의 등에 박혔다.

세상 어느 것보다 고통스러운 비명이 울렸다.

제물 양육실에서 진화나 현오가 내지르던 비명과 비슷했다.

'무슨 짓이든 할 수 있었겠지. 소림을 위해서라면!'

진화는 현오의 마음을 이해했다.

하지만 그래서 더 받아들일 수 없었다.

"광마제를 죽이면서 생각했지. 복수가 끝이 아니라고."

"복수가 끝이 아니라고?"

"놈들을 다 죽이고 나는 다른 사람들과 함께 잘 살겠다고 생각한다."

"그, 그런 이기적인 생각을 뭐 그렇게 당당하게 말하는가!"

진화의 답을 들은 현오는 그때 크게 웃었다.

정말 부럽다는 얼굴을 하고서.

쉐에에엑-!

천뢰제왕검법 현뢰일섬--!

파파파파파파파팟-!

펑! 펑! 펑! 펑!!

두더지처럼 산 곳곳에 굴을 파 놓은 입구들이 전부 내려앉았다.

터지는 소리가 산 깊숙이에서 들려오는 것을 보면 동굴 입구가 무너지면서 그 안쪽도 무사하지 못할 거란 생각을 했다.

아니나 다를까.

쿠쿵-! 쿵! 쿠----웅!

굉음과 함께 지축이 떨리기를 한참, 견디다 못한 산 전체가 무너졌다.

한 칸 내려앉듯 산 중턱이 내려앉은 것이다.

"미, 미친!"

적호단원들은 물론 숙청단까지 모두 경악을 금치 못한 얼굴로 내려앉은 산을 보았다.

적호단주도 마찬가지였다.

그때, 진화가 검을 거두고 돌아오며 적호단주에게 말했다.

"역시 저는 그 계획에 찬성하지 못하겠습니다! 현오를 구해야겠습니다!"

"……미, 친, 놈, 네 마음대로 해."

적호단주가 열리지 않는 입을 억지로 열어 겨우 욕지거리를 뱉었다.

다른 이들에게 운명이란 불가항력적인 하늘의 소명이자 막연하게 기대되는 미래라면, 진화와 현오에게 운명이란 구덩이였다.

운명이 그들을 구덩이로 빠뜨렸고, 사는 동안 내내 그 운명이 그들의 목숨을 노리는 족쇄이자 굴레였기 때문이다.

사람들은 불가항력적인 일에 하늘의 뜻이겠거니, 운명이거니 한다.

그런 때마다 진화와 현오는 그들이 하늘의 버림을 받은 느낌이었다.

역천마제와 광마제의 예비 목숨같이 세상에 온전하게 존재하도록 허락받지 못한 존재 같았다.

그럼에도 진화와 현오가 살기 위해 발버둥 치는 이유, 도망치지 않은 이유.

그 이유가 바로 진화에겐 남궁세가였고, 현오에겐 소림이었다.

현오의 '내 사형제들, 내 소림'은 그런 의미였다.

현오는 분명 내 소림에서 내 사형제들과 함께 살고 싶어 했다.

진화는 현오를 떠올리며 확신했다.

그래서 더욱 현오를 구해야 했다.

"그래서, 대체 현오를 어떻게 구하겠다는 거냐?"

적호단주가 웃음을 흘리며 물었다.

하여튼 무지막지한 놈이었다.

야밤에 귀신도 홀릴 것 같은 얼굴로 수십 명을 죽이고 저렇게 상쾌하게 웃으며 할 말인지.

황당하다 못해 허탈하기까지 해서 저도 모르게 나온 웃음이었다.

"설마 신 제국 황궁으로 쳐들어가려는 건 아니지?"

"에이, 그럴 리가요, 저도 생각이 있는데."

방금 산이 내려앉았는데…… 저 재해(災害) 같은 놈이라도 생각은 있다는 건가.

적호단주의 말에 진화가 농담이라도 들은 듯 웃으며 손사래를 쳤다.

그 모습에 적호단주가 슬쩍 얼굴을 붉혔다.

천수현인의 앞에서 '죄다 끌고 신 제국 황궁이라도 가겠다.'고 소리치던 것이 떠올랐기 때문이다.

'그래도 눈깔이 완전히 돌아간 건 아닌가?'

적호단주가 의심스러운 눈길로 진화를 보았다.

그러자 진화가 싱긋이 웃으며 물었다.

"일을 크게 벌이는 건 괜찮다면서요?

"……."

왜 저놈이 웃는 게 이토록 불길할까.

적호단주는 뒷골이 쎄-한 느낌이 들었다.

"그래서 어쩌려고? 아니다, 됐다. 말하지 마라."

슬쩍 물어보던 적호단주가 급하게 고개를 저었다.

대답을 듣기도 무섭다는 듯 열렬하게 진화의 답을 거부하는 적호단주를 보며 진화는 그저 웃고 있었다.

"일단 곧바로 황궁으로 가야겠습니다."

"황궁? 어디 황궁!"

적호단주가 눈을 동그랗게 뜨고 물었다.

그에 진화가 세상 시원하게 웃어 보였다.

"무슨 생각을 하시는 겁니까? 당연히 한 제국 황실입니다."

이를 드러내며 웃는 진화의 모습에 적호단주는 진화의 웃음이 왜 불길하게 느껴졌는지 깨달았다.

남궁세가의 망나니들, 남궁경과 남궁진혜가 사고 치기 전에 짓던 딱 그 미소였던 것이다.

"……대체 어쩌려고 그러는 거냐?"

"대답해도 됩니까?"

"하지 마!"

적호단주는 버럭 소리를 질렀다.

진화가 무슨 짓을 하려는지 그는 몰랐다고 나중에 우길 작정이었다.

물론 그러면서 적호단주는 당연한 듯 적호단을 끌고 진화를 따라 한 제국 황궁으로 갔다.

황도에 들어선 적호단은 이전에 그랬듯 사천당가에 머물렀다.

숙청단에서 당혜군과 나하연, 팽가 형제도 사천당가에 남았다.

사패천 출신들은 하오문으로 갔다.

"오랜만의 휴식이니까. 황궁은 영 불편해서."

강무련이 웃으며 하는 말에 다른 숙청단원들이 이해한다는 듯 고개를 끄덕였다.

황궁에서 머문 적이 없는 적호단주만이 의아한 표정이었다.

하지만 진화를 따라 남궁구와 남궁교명, 남궁진혜와 함께 황궁으로 들어온 후.

적호단주는 다른 이들이 왜 황궁으로 오는 걸 꺼렸는지 알 수 있었다.

"어떤 경우라도 날아다니는 건 안 됩니다. 담을 넘거나 벽을 타는 것도 안 되고, 사람을 뛰어넘거나 길을 뛰어넘는 것도 안 됩니다. 지붕 위에 올라가서 불특정 다수를 감시하는 것도 안 됩니다. 정원석을 빼서 들거나 정원의 바닥석을 파헤쳐서도 안 됩니다!"

정의무학관 시절 깐깐했던 교관을 떠올리게 하는 늙은 내관이었다.

그는 진화의 손님으로 온 새로운 인물을 보자마자 한숨을 쉬며 잔소리를 쭉 늘어놓았다.

잔소리를 늘어놓는 중간중간 남궁구와 남궁교명을 째려보는 시선이, 적호단주는 지금의 잔소리가 누구 때문인지 묻지 않아도 알 것 같았다.

'대체 황궁에서 무슨 짓을 한 거냐?'

'전부 저희가 한 건 아닙니다.'

'억울합니다!'

'지금 진짜 억울한 사람이 누군데!'

적호단주의 살벌한 눈빛에 남궁구와 남궁교명이 필사적으로 고개를 저었다.

─동 태감이라고 황궁에 있는 천화정의 덕순 할멈 같은 존재예요.

남궁진혜가 당황해하는 적호단주에게 전음으로 동 태감의 존재를 전했다.

적호단주는 자연스럽게 남궁세가에서 진화를 지키는 늙은 살쾡이 같던 요괴 할멈을 떠올렸다.

잠깐의 인연이었지만 저를 보는 눈빛이 무척 요상했던 터라 잘 잊히지 않는 인물이었다.

"또! 누가 어깨를 치고 간다고 그 사람의 팔을 꺾거나 어깨를 빼놓는 것도 안 됩니다. 입으로 시비를 턴다고 안면을

함몰시켜서도 안 되고. 황족을 향해 표정이나 주먹으로 욕을
해서도 안 되며, 귓가에 대고 협박하지도 않습니다! 황궁은
소문이 빨라서 다─ 들린단 말입니다!"

이건 동 태감이 굳이 시선으로 알려 주지 않아도 누구의
짓인지 알 것 같았다.

남궁진혜가 콧방귀를 뀌며 뻔뻔하게 모른 척하고 있었다.

"후우, 나는 이 천둥벌거숭이들과 다르니 걱정 마시오."

"흥! 두고 보면 알겠지요."

적호단주가 최대한 점잖은 목소리로 말했지만 동 태감은
콧방귀만 뀌었다.

동 태감의 안에서 무림인에 대한 신뢰가 바닥을 치고 있는
건 확실했다.

궁에 들자마자 진화는 황제를 봐야겠다며 가고 동 태감이
그 뒤를 따랐다.

동 태감은 적호단주와 남궁세가 사람들을 연 내관에게 맡기
고 진화의 뒤를 따르면서도 계속 불안한 듯 뒤를 돌아보았다.

장추궁.

황궁의 그 어떤 곳보다 거대하고 위엄 있는 궁이 눈에 들
어왔다.

진화는 장추궁에 들자마자 곧바로 황제를 찾았다.

"이황자 저하를 뵙습니다!"

중간중간 눈에 띄는 황궁경비군은 진화를 향해 깍듯하게 인사를 할 뿐 진화의 발걸음을 막지 않았다.

황제 못지않은 군공을 세운 진화를 향해 호의적인 눈빛도 그러했지만, 윗전에서부터 진화의 걸음을 막지 말라는 명이 있었기에 가능한 일이었다.

진화에 대한 황제의 총애를 증명하듯, 황제의 집무실에 말이 들어가자마자 곧바로 들어와도 괜찮다는 허락이 떨어졌다.

사실 이렇게 곧바로 알현이 성사되는 건 매우 이례적인 일이었다.

황제의 하루는 법도에 따라 숨이 막히도록 꽉 짜인 일정이라, 후궁이 많을 때는 잠자리조차도 따로 일정이 내려왔다.

황제의 안전을 위해 백 보 내에는 날붙이를 찰 수 없게 했고, 허락한 사람이 아닌 이상은 황제의 가까이 다가갈 수도 없었다.

아무리 황자라 한들 황제가 찾지 않은 이상 함부로 알현하기 힘들었다.

예전 황실에선 말단 후궁의 자식들은 평생 황제의 얼굴 한 번 보지 못하는 경우도 왕왕 있었다.

그런 면에서 당금 황실은 이전과 많이 달랐다.

당금 황제에 이르러선 황후를 제외하곤 첩지를 받은 후궁이 한 명도 없었으며 슬하의 소생들은 많았지만 적통 황자는 단 한 명.

그래서일까.

황실 주례감에선 하루가 다르게 새 후궁을 받으라며 상소를 넣고 있었고, 많은 대소 신료들도 비어 있는 후궁전에 기꺼이 아리따운 여식들을 밀어 넣을 준비를 했다.

황제는 아직 정정했고 적통 황자는 무림을 떠돌고 있었으니, 나름대로 후계 정리가 어느 정도 된 상태였음에도 황제의 몇 없는 후궁이라는 과실은 누구나 탐낼 수밖에 없었던 것이다.

황실 법도에 따라 주례감은 후궁전을 채우기 위해 간택례를 세웠고, 곧 후궁 경합을 벌여 황후가 손수 그녀들을 뽑아 후궁전을 채울 예정이었다.

하나 첩지를 받는 것은 오로지 황제의 선택에 달린 것이었으니.

황제는 지금 그 모든 상소와 요청을 전쟁을 이유로 무시하고 있다.

황제의 집무실 앞에 서니, 엄 태감이 진화에게 눈인사를 해 왔다.

인자하게 바라보는 엄 태감의 눈빛이나 곳곳에서 진화를 보는 궁인들의 눈빛이 남궁세가 사람들의 그것과 다름이 없어, 진화도 이젠 황궁이 한결 편했다.

"폐하, 이황자 저하 들었사옵니다."

"들라 하라."

황제의 허락이 떨어지고 진화는 엄 태감에게 고개를 까딱인 후 안으로 들어갔다.

"황제 폐하를 뵙습니다. 황제 폐하 만세 만세 만만세."

"어서 오너라!"

진화의 인사가 끝나기도 전에 황제가 자리에서 일어나 진화를 맞았다.

황제의 책상은 화려하고 귀해 보였지만, 그 위에 쌓인 문서를 보자면 군사부에서 보았던 군사들의 책상과 다를 바가 없었다.

"많이 바쁘시군요."

"허허허, 전쟁 중이 아니더냐. 게다가 추수철이 돌아오고 있으니 여기저기에서 올라오는 장계가 많구나."

진화의 위로 같지 않은 위로에도 황제는 기분 좋게 웃으며 진화를 탁자로 안내했다.

"그래, 무림의 일이 이제야 끝났다고 들었다. 궁에 오자마자 나를 찾았다고?"

"……."

황제의 자애로운 물음에 진화가 눈을 크게 뜨고 황제를 보았다.

그의 말마따나 방금 전 송마문 분타를 치고 곧바로 온 길이었다.

그런데 황제는 그런 진화의 행적을 모두 알고 있었다.

그건 황도에 들어서면서부터 진화의 행적이 곧바로 보고되고 있기 때문도 있지만, 무엇보다 황제가 진화의 소식을 저 많은 문서들 중에서도 가장 우선해서 보고 있다는 의미였다.

"……."

한결같은 관심과 애정.

진화는 남궁경과 팽연화 부부를 통해 그것이 얼마나 귀한 것인지 충분히 알고 있었다.

"……감사합니다."

진화가 조용히 귀 끝을 붉히며 말했다.

꼭 전해야 할 것 같았다.

"응? 허허허허허허! 별일이구나."

갑작스럽고 조심스러운 진화의 인사에 황제가 호탕하게 웃음을 터뜨렸다.

하지만 진화처럼 귀 끝을 붉히는 모습이 어지간히 기쁜 듯했다.

"흠……흠."

"크흠."

부자의 사이에 어색한 헛기침 소리가 흘렀다.

조용히 단둘만 마주한 시간은 이번이 겨우 두 번째였다.

첫 번째에 황제는 진화에게 황실과 권력에 대해 말했었고, 진화는 관심 없는 이야기들이 갑갑하기만 했었다.

그리고 그사이에 많은 일이 있었다.

황제는 진화를 잃을 뻔한 이후 진화에 대한 총애를 숨기지 않았고, 진화는 거리를 두고 편안하게 다가오는 황제의 애정을 충분히 알게 되었다.

황제와 진화는 서로를 바라보는 눈빛이 많이 달라져 있었다. 특히 진화가 그러했다.

"부탁이 있습니다."

진지하고 곧게 부딪혀 오는 눈빛에 황제도 눈빛을 달리했다.

"부탁?"

"권력이 필요합니다."

"이유는?"

"신 제국을 밀어 버려야겠습니다."

진화의 대답에 황제는 두 눈을 크게 떴다. 태산이 무너져도 평정을 유지하던 표정에도 변화가 있었다.

"하하하하하하하!"

황제가 오랜만에 크게 웃음을 터뜨렸다.

마치 어디 마실을 가겠다는 듯 다른 제국을 밀어 버리겠다니. 실로 그의 아들, 한 제국의 적통 황자다운 배포라, 권력과 애정을 따로 떼어 놓을 수 없는 황제는 이제야 온전히 진화가 제 아들이 되었다는 느낌마저 들었다.

"좋다!"

황제의 대답에 이번에는 진화가 놀랐다.

"왜, 허락이 너무 쉽더냐?"

"……그렇습니다."

"어차피 해야 할 일이었다, 제국이 안정되길 기다렸을 뿐."

그렇게 대답한 황제가 흐트러진 자세를 바로 하고 진화를 보았다.

고작 자세 하나가 달라졌을 뿐인데 황제에게선 태산보다 무거운 위엄이 뿜어져 나왔다.

마치 진심으로 검을 든 제왕검과 마주한 듯했다.

'만류귀종이라더니.'

진화가 속으로 감탄하는 사이.

황제가 강렬한 눈빛으로 진화를 보았다.

"내 제국의 유일한 약점은 후계였다."

일전에 일왕자가 했던 말이 떠올랐다.

여느 아버지와는 절대 같을 수 없다 했던가.

지금도 산천으로 진화에게 줄 짐승들을 직접 사냥하러 간 남궁경과 달리, 황제는 진화를 시험하고 압박하기를 서슴치 않았다.

황제의 어깨에 내려앉은 책임감만큼 무거운 애정이었다.

그러나 이제 진화는 더 이상 그것이 무섭지 않았다.

"신 제국과 역천마제를 죽인 후로 하겠습니다."

황제의 위엄을 고스란히 마주하고 진화는 당당하게 제 조건을 말했다.

그 모습에 황제가 흡족하게 고개를 끄덕였다.

"좋다! 신 제국을 멸하고 역적을 죽이는 날, 너는 한 제국의 황태자가 될 것이다!"

"예."

황제가 강렬한 눈빛으로 진화를 바라보자 진화가 시원하게 고개를 끄덕였다.

거래는 성립되었다.

드디어 황제의 아들이 그의 품으로 왔다.

황제는 소매로 가려진 주먹을 꽈악 움켜쥐었다.

황궁의 법도는 상상 이상으로 복잡하고 세세했으나, 황실 안에 명문화되지 않은 관례는 그보다 훨씬 방대했다.

가령 간택전이 끝나지 않았으나 후궁전 입시가 기정사실화된 수인들의 대우 같은 것은 그런 관례에 포함된 것 중 하나였다.

"무례하구나! 내 누이가 누군 줄 알고 감히 먼저 다리를……."

"네 누이가 뭔데?"

적호단주 팽치는 가던 길을 막고 대뜸 소리치는 젊은 놈의 위아래를 살펴보았다.

적호단주의 거대한 덩치와 험상궂은 눈빛에 대뜸 소리를 지른 젊은 사내가 주춤 물러섰다.

하지만 자신의 뒤에 선 여인들을 보고 다시 한번 용기를 내었다.

"이보시오! 내 누이는 초간택전에 통과한 황문시랑의 여식으로 곧 황제 폐하의 후궁 경합에……."

황문시랑의 차남 저조명이 황실의 손님으로 왔을 게 뻔한 무인에게 이렇게 대차게 나올 수 있는 것은 그의 누이가 초간택에 통과했기 때문이었다.

현재는 채녀에 준하는 신분이었지만, 황문시랑의 여식이라면 그보다 높은 궁인이 되는 것도 확실했다.

하지만 적호단주가 그런 것을 알 리 없었다.

"그래서 뭐. 이 다리가 네 누이 건가? 벌써 황후마마라도 되셨어?"

"이, 이놈-! 감히 어디서 그런 천인공노할 막말을 지껄이느냐!"

저조명은 자칫 역적 몰이를 당할 말을 아무렇지 않게 하는 무뢰배를 향해 크게 노성을 터뜨렸다.

하지만 자존심을 세우려다 다른 것까지 세우고 말았으니.

심드렁하게 사내를 지켜보던 적호단주는 제 얼굴을 향하는 손가락을 보며 눈썹을 꿈틀거렸다.

그리고 망설이지 않고 손가락을 잡아 뒤로 접어 버렸다.

뚜두둑!

"끄—아아아악!"

저조명이 숨이 넘어갈 듯한 비명을 지르며 뒤로 넘어갔다.

적호단주를 개똥을 피하듯 바닥에 쓰러진 조명을 피했다.

"쓰불, 별 어린놈의 새끼가 아까부터 이놈 저놈 손가락질을 하고 있어? 황궁이라서 한 번은 참는다. 다음엔 척추를 접어 버릴라니까! 확 씨!"

"우어어어!"

적호단주가 손을 들자 저조명이 기겁을 하며 얼굴을 가렸다.

적호단주는 저조명의 뒤에 서 있던 얄미운 여자들을 향해 눈을 부라리곤 유유히 그 자리를 떴다.

뒤늦게 이 사실이 조정과 건희전에 알려지고.

"그러면 그렇지!"

동 태감은 남궁진혜를 보는 것과 똑같은 눈으로 팽치를 노려보았다.

어차피 해야 할 일.

황제가 신 제국 정벌에 대해 진화에게 한 말은 진심이었다.

진화가 후계로서 욕심나긴 했지만, 그 이전에 한 제국과 신 제국은 서로 원수지간이나 마찬가지였다.

"허허, 잘하셨습니다. 황태자 저하를 얻고 신 제국까지 벌할 수 있다니 이보다 좋은 거래는 없군요."

승상 조위례가 유쾌하게 웃으며 말했다.

하지만 찻잔을 기울이는 그의 눈만은 오랜만에 날카롭게 빛나고 있었다.

그건 자리에 모인 다른 신료들도 마찬가지였다.

"고작 내 아들을 황태자 위에 올리기 위해 내린 결정이 아니다. 이제 정말로 복수의 때가 되었다 판단했기 때문이다."

나지막하게 울리는 황제의 말에 신료들이 깊숙이 고개를 숙였다.

"물론입니다."

"참으로 오래 기다린 기회가 아니옵니까."

북위대부로 일선에서 물러난 전 북위대장군 원평선은 물론, 대사마 원희와 대사농 정조인, 중서령 사마윤, 녹장서사 곽유까지, 당금 황실에서 황제에게 가장 신뢰받는 중신들 모두 한결 서늘하게 가라앉은 눈빛으로 서로 눈을 마주쳤다.

그들 모두 신 제국에 이래저래 원한이 있었기 때문이다.

애초에 신 제국은 전대 황실의 실정으로 인해 생겨난 제국이었다.

사천과 서남부 호족들이 황실의 폭정에 반발하여 반란을 일으켰다.

이들의 반란을 계기로 장안 조정에서도 연달아 반란이 일어났고, 당시 장안의 대호족이던 치승이 황제를 볼모로 잡아 조정을 마음대로 움직였다.

그러다 결국 황제를 끌어내리고 직접 황제의 자리에 오르기까지 하니.

한 황실의 방계였던 현 황제와 그의 사촌 형제들이 호족들의 지원을 받아 치승을 끌어내렸다.

치승의 폭정에 대항하여 사천과 서남부 호족들 또한 황제와 형제들의 편을 들었다.

그렇게 전대 황제가 황위에 오르고 한 제국이 드디어 안정을 찾아가는가 했다.

하지만 황제가 변했다.

불안한 황위에 집착한 나머지 함께 대업을 완성한 사촌과 형제들을 죽이고 그들을 지원한 호족들을 죽이기 시작한 것이다.

당시 대장군이었던 현 황제는 친구와 형제, 동지 들을 잃고 황제의 칼이 본인과 가족들에게까지 향하자 결국 다시 대의의 검을 들었다.

그때.

사천과 서남부 호족들이 현 황제를 배신하고 새 제국의 세운 것이다.

그것이 신 제국이었다.

그들은 현 황제가 형제들과 많은 동지들의 죽음을 딛고 겨우 한 제국을 바로잡으려는 그때 결정적인 배신을 하면서 대업마저 어렵게 만들었다.

신 제국에는 절호의 기회였지만, 현 황제와 신료들에겐 가장 뼈아픈 사건이었다.

그들의 배신으로, 하루 만에 끝났어야 할 혁명은 여러 달동안 계속된 전쟁이 되었고 실로 많은 이들이 죽었다.

황제와 신료들은 그때의 배신을 아직도 잊지 않고 있었다.

"장안과 남부에서의 압도적인 승리로 아직 준비한 군사와 물자 들이 고스란히 남아 있습니다. 군사들의 사기와 힘이 충분하니, 이대로 역적들의 나라를 밀어붙이시옵소서!"

한 제국의 공식적인 입장은 진국을 나라로 인정하지 않는 것이었다.

그것은 신 제국도 마찬가지였다.

"올해는 양주와 하북의 곡창지대가 대풍년이라 전쟁이 길어졌을 때의 대비도 충분합니다."

"역적들을 멸하소서!"

"역적들을 멸하시옵소서, 폐하!"

중신들이 모두 한입으로 이번 전쟁의 승리를 장담하였다.

황제 또한 기회를 포착한 맹수처럼 눈빛을 번들거렸다.

"내일 조정에서 역적들을 토벌하기 위한 논의를 굳히겠소! 중신들은 조정의 의를 하나로 통일해 주시오!"

"명을 받자옵니다."

황제와 조정을 움직이는 중신들의 의견이 하나로 모이고 나자, 이후의 일은 일사천리였다.

군에 대해 빠짐없이 아는 이와, 예산을 움직이고 세곡을 관리하는 이, 조정을 움직이는 이들이 적극적으로 나서니, 군을 움직이고 전쟁을 수행하는 데에는 무리 없이 세부 계획이 섰다.

마지막으로 남은 것은.

"역천제인가 뭔가 하는 자와 그자의 세력을 없애는 데에는 무림의 협조가 중요할 것입니다."

"세작들이 전해 온 정보나 무림에서 내준 정보에 의하면 그자의 무위가 가히 천하제일이라 합니다. 안타까운 말이나 군부의 무장들 중 그자를 잡을 수 있는 이는 없습니다."

신 제국의 황제가 바뀌었다.

그 사실이 한 제국 조정에 크게 중요한 건 아니었다.

제국은 호족들의 나라였으니까.

한 제국 조정이 복수하고자 하는 대상은 제국의 땅을 가진 진짜 주인들이었기 때문이다.

역천마제와 귀천성은 그저 수많은 역적들 중 무력이 제법 강한 하나일 뿐이었다.

"무림의 군사부와 긴밀하게 협조해야겠습니다."

"……이황자님을 총사령관으로 두고 그 휘하에 있는 무림 세력을 군부와 무림의 가교 역할로 삼는 것은 어떻습니까?"

직책은 북위대부이나 여전히 북위대장군부의 구심점이자 하후대장군과 함께 군문의 정신적 지주라 할 수 있는 원평선 의 말이었다.

신료들은 물론 황제마저도 놀란 눈을 하고 그를 보았다.

조위례의 눈빛이 깊어졌다.

"이황자님을 총사령관에 두는 것도 그렇지만, 무림인들에 게 정식으로 직책을 주자는 말입니까?"

조위례는 원평선의 속내를 드러내는 어떤 신호도 놓치지 않겠다는 듯 날카로운 눈빛으로 원평선을 살폈다.

그런 조위례를 향해 원평선이 먼저 경계를 풀어 보였다.

조위례의 눈을 피하지 않고, 숨기는 것이 없다는 듯 가슴 을 펴며 여유롭게 웃어 보인 것이다.

"제국에는 여전히 강인한 황태자가 필요합니다. 제국 유 일의 적통 황자라는 완벽한 혈통과 강인한 성품, 그리고 그 간의 전공까지…… 힘을 실어야 할 때는 완전하게 실어야 하 지 않겠습니까. 이후로 역적들의 발호를 막고 제국의 치세가 탄탄하게 뿌리를 내리려면 말입니다."

"……실로 오랜만에 생각이 일치하는군요."

조위례가 여전히 날카로운 눈빛을 한 채 한 발자국 물러섰다.

황제마저 숨을 죽이고 두 사람을 지켜보았다.

하남조씨와 상주원씨.

한 제국을 움직이는 기둥이라 할 수 있는 대호족으로서, 가문의 수장인 조위례와 원평선은 한 제국을 바로 세우기 위해 목숨을 맡기며 함께했던 동지였다.

하지만 진화가 실종된 후 당시 원귀빈이 본격적으로 황권을 노리고 황후의 자리를 위협하면서, 두 사람은 서로에게 거리를 두고 경계하는 사이가 되었다.

진화를 찾기 전, 조위례는 정계를 은퇴하여 최대한 몸을 낮춰 황후를 지켰고, 상주원씨 가문은 황후와 하남조씨의 약점을 찾기 위해 안달이었다.

그리고 얼마 전 폐서인 원씨의 사건이 있었던 때, 조위례는 상주원씨 주변의 정보를 끊은 채 그들의 움직임을 관찰하고 있었고, 원평선은 하남조씨가 본격적으로 움직이기 전에 딸을 끊어 내었다.

특별히 원한을 쌓은 적은 없으나 여차하면 서로 목을 물어뜯을 사이.

조위례와 원평선이 서로 눈빛을 마주했다.

"신 제국 호족들은 물론 그 무림의 작자들에게도 갚아야 할 빚이 아주 많습니다."

허허롭게 웃는 원평선의 눈빛에 살기가 흘렀다.

하나밖에 없는 자랑스러운 여식의 몰락 뒤에 귀천성이 있다는 걸 원평선도 모르지 않았다.

저들끼리 배신과 배신을 일삼는 것은 상관치 않으나, 원평선은 제게 딸을 버리게 한 대가는 기필코 치르게 할 작정이었다.

"제국은 곧 천하를 다스리게 되겠군요."

조위례도 더 이상 원평선을 경계하지 않기로 했다.

삼황자는 이미 버림을 당했고, 진화를 위해서라면 군부의 거두인 원씨 가문과 새롭게 관계를 회복할 필요가 있었기 때문이다.

'황제 폐하께서 이 늙은이를 다시 찾으신 것은 조정을 움직이기 위함이라 생각했거늘, 그 이유만이 아니었던 건가. 원평선과 내가 화해하지 않으면 원씨와 조씨의 관계가 힘이 드니, 은퇴한 두 늙은이가 회포를 풀 수 있도록 모으셨구나.'

"허허허허허. 이제 더는 가르칠 것이 없겠습니다."

조위례가 한쪽에서 느긋하게 기다리고 있던 황제를 향해 말했다.

황제는 짐짓 무슨 이야기인지 모르겠다는 듯 눈썹을 까닥였다.

하지만 하남조씨와 상주원씨의 의견이 합치되었으니, 전쟁의 총사령관은 무리 없이 진화가 될 것이었다.

또한 앞으로 진화가 황태자 위, 나아가 황제 위에 올랐을 때도 흔들림 없는 권력을 쥐게 되리라. 그것이 황제가 아들을 위해 마련한 선물이었다.

제국이 앞으로 나아가는 데에 원동력이 될 수도, 혹은 걸림돌이 될 수도 있는 하남조씨와 상주원씨 가문의 관계가 새롭게 정립되고 나자, 조정 회의는 그야말로 일사천리였다.

대세가 움직였으니 남은 이들은 그저 흐름을 놓치지 않기에 급급했다.

"오랫동안 제국의 안정을 위해 때를 기다리며 역적들을 참아 넘겨 왔다. 하나 역적들의 패악이 날로 극에 달했으니. 역적 수괴의 이익을 위해 금수만도 못한 극악무도한 범죄를 거듭하며 백성들의 삶을 도탄에 빠뜨린 것은 물론 감히 제국을 향해 병력을 일으키기까지 하였으니. 이에 짐은 더 이상 역적들의 패악을 두고 보지 않기로 결정하였다. 짐은 역적들이 세운 괴뢰 신국을 징벌하고자 한다!"

"하명하소서."

"하명하소서."

불꽃처럼 뜨겁고 날것처럼 거친 위엄이 대전에 쩌렁쩌렁 울렸다.

대소 신료들은 누구라고 할 것 없이 황제의 앞에 고개를 조아렸다.

"동해왕 한진화는 앞으로 나오라."

황제의 부름에 진화가 조정 한가운데에 섰다.

대소 신료들의 온 신경이 오직 진화 한 사람에게 집중되었다.

"신 한진화, 폐하의 부름을 받사옵니다."

진화가 덤덤하게 황제의 앞에 부복했다.

황제의 결정이 있던 날 함께 있었던 중신들에게 언질을 받은 신료들은 비교적 담담했으나, 그렇지 못한 신료들 사이에서 동요가 일었다.

황제는 신료들 사이의 술렁임을 무시하고 엄 태감의 손에 첩지를 쥐여 주었다.

"짐은 교주의 영토를 되찾고 역적의 손에 떨어진 장안을 회복한 공을 사, 동해왕 한진화를 신국 정벌의 황군총사령관으로 삼는다!"

금빛 첩지가 엄 태감을 통해 진화의 두 손에 안착했다.

"동해왕 한진화는 짐을 대신하여 역적을 추살하고 도탄에 빠진 백성들의 삶을 구하라!"

"신 한진화, 폐하의 분부를 받들어 한시라도 빨리 역적들을 토벌하겠나이다. 황제 폐하 만세 만세 만만세!"

크지 않은 목소리.

하지만 대전을 울리기엔 충분했다.

담담하게 내려앉은 눈빛에 한 치의 동요도 없는 얼굴.

설산의 선인처럼 아름다운 이목구비에 넋을 잃기 전에 감히 눈을 마주하기 힘든 서늘한 위엄이 가슴을 쓸고 지나갔다.

진화가 금빛 첩지를 받아 드는 모습에 모두가 숨을 죽인 듯 대전이 고요했다.

조정의 여론은 하남조씨와 상주원씨를 비롯한 중신들이 잡고 있으나, 제국의 크기만큼이나 세력도 파벌도 많은 조정이었다.

하지만 이제까지 술렁이던 뒤쪽 신료들의 분위기가 순식간에 사그러들었다.

조정 한가운데서, 당당하게 금빛 첩지를 받는 진화의 모습에 압도당한 듯했다.

이제까지 어떤 황자도 보이지 않았던 모습이었다.

다른 세력을 끼지 않고, 배경을 내세우지 않고 홀로 당당하게 제국을 짊어지는 모습.

천장이라 불리는 지금의 황제에게만 주어졌던 경외와 충성심이 자연스럽게 진화를 향한 눈길에도 이어졌다.

그렇게 진화는 순조롭게 황제에게서 군권을 인정받았다.

조정이 파한 후.

갑자기 떨어진 날벼락 같은 결정에 대소 신료들이 빠르게 대전을 나갔다.

조위례는 느긋하게 대전을 나가는 이들의 모습을 지켜보았다.

그런 조위례의 곁으로 원평선이 다가왔다.

"축하합니다. 황자님께서 한 걸음 넘어서셨군요."

"모두 북위대부 덕분입니다. 군부가 잠잠하더군요."

"허허허, 황자님의 공이지요. 천장의 뒤를 잇는 뇌신이라 소문이 자자하여 설득이고 자시고 할 것도 없었습니다."

조위례와 원평선이 서로 덕담을 나눴다.

하지만 대전을 내려가는 수많은 신료들을 바라보는 노신들의 눈빛은 여전히 긴장을 놓지 않고 있었다.

"군권과 정치는 또 다르고 정치와 암투는 떼려야 뗄 수 없는 것이지요. 과연 저들이 기다릴까요?"

원평선이 눈으로 중앙 호족 무리를 좇으며 물었다.

그러자 조위례가 미소를 지으며 고개를 저었다.

"간택례에 이름을 올린 여식들이 수백에, 초간택을 통과한 이들이 수십입니다. 폐하는 아직 정정하고 전쟁터는 언제나 위험한 곳이니. 헛된 희망을 버리지 못한 이들이 남아 있을 겁니다."

"그들을 어찌하시겠습니까?"

"글쎄요. 허허허, 일단은 황자님께서 어찌하시는지 지켜보려 합니다."

조위례가 대소 신료들의 뒷모습을 보며 허허롭게 웃었다.

하지만 오랫동안 조위례를 알아 온 원평선은 그게 결코 평화로운 방관은 아닐 것이라 생각했다.

모조리 물리쳐야 할지 혹은 선택적으로 공존이 가능할지.

원평선은 조위례가 그의 소중한 황자를 위해서라면 저 대소 신료들을 모조리 물리쳐야 한대도 기꺼이 감수할 것이라 확신했다.

진화의 선택을 확인하는 데는 오랜 시간이 걸리지 않았다.

아니, 미심쩍은 신료들의 움직임이 생각보다 빨랐다고 하는 것이 옳았다.

건희전.

진화는 느긋하게 시간을 보내는 중이었다.

정사연합 군사부에서도 무단주들에게 며칠간의 말미를 두고 복귀를 명했기에, 공식적인 휴식일이기도 했다.

게다가 한 제국 조정의 결정이 정사연합에 전해지기까지도 시간이 필요할 터였다.

그러니 그 전까지 느긋하게 기다리는 수밖에.

그렇게 느긋한 진화를 두고 적호단주는 진화를 감시하기 바빴다.

적호단주는 진화가 정사연합 군사부의 계획을 흔들 만한 수작을 부릴 것이라 확신했고, 지금도 간간이 쉬고 있는 진화를 향해 의심 가득한 시선을 보내고 있었다.

"진짜, 아무 일 없는 거냐? 그냥 이렇게 있어?"

적호단주가 슬쩍 찔러보듯 진화에게 물었다.

"왜요? 어디 불편하십니까?"

"아아—니. 그럴 리가. 극락도 이런 극락이 없는데."

진화가 되묻자 적호단주가 목소리를 높이며 슬쩍 물러섰다.

손만 뻗으면 눈치 빠른 궁인들이 적호단주가 움직이기도 전에 그가 원하는 것을 딱딱 대령하고 지켜보다 답답해서 수하들을 굴리는 일도 없으니, 모처럼 개인 수련에 힘쓸 수 있는 건희전 생활은 극락이 따로 없었다.

하지만 그럼에도 쉽사리 마음을 놓을 수 없는 것이.

'저놈, 그때 표정을 보자면 분명히 사고를 칠 기세였어. 게다가 이제까지 지켜본 바에 따르면 저놈도 결국은 남궁이었단 말이지. 사고를 칠 땐 망설이지 않아. 분명히 궁에 온 첫날에 뭔가 사고를 쳤어도 쳤을 거야.'

적호단주가 가늘게 눈매를 좁히며 진화를 관찰했다.

진화는 그런 적호단주의 모습이 마치 경계심 높은 고양이 같다고 생각했다.

'아니, 감이 좋은 곰이라고 해야 하나?'

진화는 적호단주에게 보이지 않게 고개를 살짝 돌려 피식 웃음을 흘렸다.

그때, 뭔가 씩씩거리는 숨소리가 들렸다.

기척에 예민한 진화와 적호단주의 고개가 동시에 돌아갔다.

다른 것을 하고 있던 남궁구와 남궁교명도 어느 순간 진화의 곁으로 와서 섰다.

진화는 물론 적호단주와 남궁구, 남궁교명은 아무렇지 않은 듯 차를 마시고 대화를 나누는 듯했지만, 온 신경은 건희전 밖을 향했다.

"내공은 없는데요?"

"경계를 풀면 안 된다. 황궁에서 누군가 이렇게 불손한 기세로 건희전에 드는 건 있을 수 없는 일이다."

"그래?"

남궁구와 남궁교명이 아무렇지 않은 얼굴로 바깥에서 다가오는 기세에 대해 이야기를 나누고, 적호단주 또한 덩달아 경계심을 높였다.

그와 동시에 밖에서 동 태감의 분노한 목소리가 울렸다.

"감―히!"

진화를 두고 동 태감이 목소리를 높이는 일은 결코 없던 일이었다.

진화가 자리에서 벌떡 일어났다.

남궁구와 남궁교명, 적호단주 또한 진화를 따라 일어섰다.

특히 적호단주의 얼굴이 험악하게 구겨져 있었다.

그들 모두가 동 태감이 목소리를 높인 이유를 들었기 때문이다.

출사를 한 사내들이 꿈꾸는 것이 입신과 출세라면, 채인의 첩지를 받아 후궁전에 든 여인들도 다를 바가 없었다.

채인이 되었다는 건 그저 후궁전에 머물 수 있게 되었다는 의미라, 궁궐에 있는 수많은 궁녀들보다 시작이 조금 나을 뿐이었다.

결국 모두 '궁인'이었다.

하지만 황제의 승은을 입으면 이야기가 달라졌다.

황제의 승은을 입고 정말로 황제의 여인이 되어 첩지를 받는다면 궁 안에 별채를 가지고 궁인들을 부릴 수 있었다.

거기에 황자나 공주라도 낳는다면, 고관과 다름없는 직책을 받고 권세를 누리가 될 것이었다.

'혹시 황자를 낳아 황좌에 올린다면, 그땐 천하를 발아래 둘 것이라!'

고관대작 집안에서 귀한 대접을 받고 자란 여인들이 젊고 아름다운 용모를 앞세워 간택례에 참여하는 근본적인 이유일 것이다.

그것이 본인의 야심이든, 가문의 바람이든.

황후의 배경이 만만치 않았지만, 당금 황제는 아직 정정하고 황후는 지금까지의 총애에도 불구하고 새로운 잉태 소식이 없었으니. 간택례에 참여하는 여인들과 가문들이 기대하는 바도 이해는 갔다.

그렇다면 후궁 경합에 정말로 욕심을 내는 이들이 가장 경계하는 사람은 누구일까. 그건 당연하게도 다음 황태자 위에 유력한 이황자 한진화일 것이다.

간택례가 있은 후.

건희전을 살피는 눈이 이전보다 배는 늘어났으며 각자 선을 댄 궁인이며 신료 들이 끊임없이 건희전의 빈틈을 찾기 위해 안달이었다.

적통 황자이자 군공까지 있는 진화에게 가장 널리 알려진 약점은 법도에 미약하고 무림의 무뢰배들과 어울린다는 것이었다.

이제까지 진화의 곁에서 두문불출하는 남궁구와 남궁교명 대신 남궁진혜에게 시비가 많이 몰린 것도 그 때문이었다.

탕-!

진화가 건희전 응접실 문을 열고 나가자, 동 태감과 궁인들은 물론 그 앞에 선 일련의 병사들이 고개를 숙였다.

"이황자 저하를 뵙습니다!"

"……."

진화는 그들의 인사에 답하지 않고 조용히 그들을 내려다보았다.

"저, 저하."

동 태감이 곤란한 표정으로 진화를 보았다.

무표정한 얼굴. 덤덤한 시선.

하지만 깊고 검은 눈이 서늘하게 내려앉아 있었다.

'아…….'

동 태감의 눈썹이 팔자를 그리며 울상이 되었다.

보통 진화가 저런 눈을 할 때는, 연못을 뛰어넘어 황자를 울리거나 혹은 황궁의 전각을 내려앉히거나 혹은 황궁 후원을 망치는 등등의 일이 있었기 때문이다.

"무슨 일이냐?"

진화의 등장에 동 태감의 앞에 선 군사들이 당황한 기색을 숨기지 못했다.

주뼛주뼛 서로 눈치를 보는 와중에 제일 앞에 있던 장수 하나가 눈동자를 굴리다가 고개를 들었다.

그 순간, 동 태감의 날벼락 같은 호통이 떨어졌다.

"어허! 감히! 저하께서 고개를 들라 허락지 않으셨다!"

진화는 동 태감의 호통을 제지하지 않았다.

감히 고개를 들어 눈을 마주치지 마라!

진화는 동 태감의 입을 통해 눈앞의 이들에게 그렇게 말하고 있었던 것이다.

"소, 송구하옵니다. 소, 소장은 금호위 비장 저수명이옵니다. 일전에 황궁 안에서 일어난 불미스러운 일로 인하여 조사차 들었습니다."

"불미스러운 일이라? 소상히 말하라."

"그, 그것이…… 무림인 중 하나가 초간택에 통과한 수인들을 희롱했다는 고발이 들어와서……."

진화의 눈매가 날카롭게 변했다.

하지만 이 또한 보여 주기 위한 것이었다.

"내 휘하의 무인이 초간택이나 통과한 수인을 희롱했다? 고발자는 누구인가?"

"고, 고발자는 수인의 오라비인 저조명입니다……."

비장의 목소리가 점점 작아지고 그의 말끝이 흐려졌다.

진화의 입꼬리가 작게 비틀렸다.

"희롱당했다고 한 수인의 오라비가 저조명이고 그자가 대신 고발을 했는데, 공교롭게도 그들의 성이 그대와 같구나. 우연인가?"

"그, 그것이……."

황궁 안에, 그것도 한 사건 안에 언급된 저씨가 무려 셋이었다.

그런데 이 당연한 질문도 하지 않을 것이라 예상했던 것인
가.

진화의 눈이 한층 더 싸늘하게 식었다.

"고발이 들어갔다고 했으니 묻지. 목격자들의 조사는 끝
이 났나? 그때, 건희전 궁인이 내 휘하 무인을 안내했을 터
인데. 동 태감?"

진화의 부름에 동 태감이 기다렸다는 듯 읍소했다.

"당시 염 내관이 단주님을 안내했습니다."

"그래. 염 내관은 조사에 임했던가?"

"아니옵니다, 저하. 소인은 금시초문이옵니다."

염 내관이 병사들을 노려보며 당당하게 답했다.

그와 동시에.

사아아아아아ㅡㅡ.

순식간에 서늘한 무언가가 저수명과 병사들을 둘러쌌다.

저수명과 병사들은 뭔가 그들의 오금을 짓누르는 듯한 느
낌에 다리가 후들거렸다.

"요즘 황궁 경계를 강화한답시고 금호위라는 것이 생겼다
지? 고관대작과 무관의 자제들이 한데 뭉쳐 꽤 기세가 좋다
고 들었다만…… 그런데 그게 감히 내 손님을 조사할 권한을
가진 건가?"

"그럴 리가요! 감히 금호위 따위가 어찌 이황자전을 조사

할 수 있단 말입니까!"

진화의 말에 화답하듯 동 태감이 목소리를 높여 답했다.

그러자 당황한 저수명이 다시 고개를 들었다.

"수, 수인은 채인과 마찬가지입니다. 저자가 감히 황제 폐하의 여인에게 함부로 접근한 것은 사실이라…… 윽!"

저수명이 말을 다 마치기도 전에 저수명의 오금에 천금 같은 무게가 내려앉았다.

저수명은 저도 모르게 무릎을 꿇고 말았다.

"수인은 수인일 뿐. 아직 정식 첩지도 받지 않은 이들이 감히 폐하의 여인을 자처하는 건가?"

"하…… 윽."

억울할 만한 일이었다.

초간택에 통과한 이들은 후궁전에 들어가는 것이 황궁의 관례상 당연한 일이었으니까.

하지만 진화는 저수명이 말을 꺼낼 기회조차 주지 않았다.

"저들은 폐하의 허락을 받아 정식으로 입시한 건희전 휘하의 무인이다. 감히 황궁의 손님도 되지 못한 수인 따위가 그 앞을 막아서선 안 된다는 말이다."

진화가 무릎을 꿇고 고개를 박은 저수명의 머리 위에서 덤덤하게 말했다.

"금호위는 황궁의 법도에 맞게 이 일을 다시 처리하라. 만약 다시 한번 법도에 어긋난 처신으로 무례를 범한다면, 그

때는 내 직접 금호위의 존폐를 문제 삼을 것이니!"

진화의 온몸에서 서릿발처럼 차가운 기세가 흘러나왔다.

고귀한 자태에서 뿜어져 나오는 기세는 엄숙한 위엄을 만들어 내며 저수명과 병사들의 고개를 짓눌렀다.

"……며, 명을 받드옵니다."

저수명과 병사들이 겨우 소리를 내어 답했다.

하지만 진화의 말은 거기서 끝이 아니었다.

"황문시랑이라…… 그대의 가문도 기억해 두지."

진화의 말에 저수명의 눈이 커졌다.

아비가 시킨 일이고 그걸 자신이나 이황자도 모르지 않았다.

으레 벌어지는 수 싸움이 아닌가.

그러나 저수명은 특별한 이유 없이 집안을 핍박할 순 없다는 걸 아는데도 진화의 목소리에 심장이 내려앉는 듯했다.

"시, 실례가 있었습니다. 이만 물러가겠사옵니다."

저수명과 금호위 병사들이 도망치듯 건희전을 나갔다.

결국 말 몇 마디로 끝날 별것도 아닌 소란이었다.

아무렇지 않게 다시 건희전 안으로 들어가는 진화의 뒤를 따르며 남궁구와 남궁교명, 적호단주는 어쩐지 김이 샌 듯한 얼굴이었다.

단, 동 태감만은 달랐다.

동 태감은 순진한 소년처럼 눈빛을 반짝이며 진화의 뒤에 바짝 따라붙었다.

"오호호호! 법도, 법도라니! 황자님께서 법도에 따라 아랫 것들을 처결하시다니요! 노신, 감개가 무량합니다!"

동 태감은 감격에 젖은 눈으로 진화를 칭찬했다.

"법도에 대해서 따로 공부하신 적이 없는데 이런 건 어찌다 아셨을까요, 호호호! 아니, 이리 잘하시면서 그동안은 왜 그러신 겁니까? 네? 네?"

동 태감이 촐싹맞게 발걸음을 종종거리며 답을 재촉했다.

기분 좋은 그 얼굴에 콧소리까지 섞이자, 결국 견디다 못한 진화가 한숨을 쉬고 입을 열었다.

"편하니까."

"……예?"

진화의 답을 들은 동 태감은 퍼뜩 그것을 이해하지 못했다.

하지만 남궁구와 남궁교명, 적호단주는 진화의 말뜻을 단번에 이해했다.

"아, 확실히."

"일일이 말 상대를 하느니 한번 제대로 겁주는 게 편하지."

"손가락을 꺾는 정도가 아니라 아예 주둥이를 못 놀리게 턱주가리를 날려 버렸어야 했어."

남궁구, 남궁교명, 적호단주의 말에 동 태감의 고개가 천천히 돌아갔다.

'그러니까 저 말은.'

논리적, 상식적, 권위적으로 상대를 누르는 것보다, 전각을 부수고 화원을 뒤집고 죽이겠다고 협박하는 것이 더 편해서 그랬다는 의미가 아닌가.

"이, 이⋯⋯황자님!"

동 태감이 역팔자 눈썹에 도끼눈을 뜨고 이미 안으로 들어간 진화를 쫓아 들어갔다.

하지만 그것과 별개로 진화의 경고가 황문시랑의 귀에 들어갔다.

별것 아닌 일에 이황자의 경고가 들어오자 황문시랑이 몹시 뜨끔했다는 말이 돌고, 이후 건희전 주변을 어슬렁거리던 궁인의 수가 절반으로 줄었다.

양청현.

구우우우우---.

전서구가 정사연합 본부로 들어갔다.

중원 천하를 하루 만에 오간다는 남궁세가의 매응에 비할 바는 아니었지만 방금 날아든 전서구도 다른 전서구와 비교하자면 몸집이 크고 깃털과 부리, 발톱 관리가 상당히 훌륭했다.

황궁에서 온 전서구였다.

"하하, 녀석. 일부러 매응을 보내지 않은 게 분명하구나."

전서구에서 전서를 확인하던 남궁진휘가 유쾌하게 웃음을 터뜨렸다.

한 제국 조정에서 온 전서구였지만 남궁진휘는 이게 누구의 뜻인지 대번에 알아차렸다.

"그나저나 천수현인 어르신이 역정을 내시겠는걸. 우리 진화도 제법이야. 하하하."

남궁진휘는 이렇게 될 줄 알았다는 듯 후련해 보이기까지 했다.

남궁진휘에게 전서를 받아 든 천수현인의 반응은 남궁진휘의 예상과 전혀 다르지 않았다.

"뭐? ……누가 뭘 어쩐다고?"

"남궁진화를 총사령관으로 한 제국 조정에서 본격적인 신 제국 정벌에 나선다고 합니다."

현실을 부정하고 싶은 천수현인의 물음에 남궁진휘가 또박또박 전서의 내용을 요약해 주었다.

결국 천수현인의 입에서 헛숨이 터져 나왔다.

"……허! 제 친우를 찾으려고 신 제국을 밀어 버리겠다니! 이런 미친놈을 봤나!"

천수현인이 욕지거리를 뱉으며 목소리를 높였다.

"조정의 결정입니다. 폐하에게 미친 자라니요."

"닥쳐! 지금 황제를 움직인 미친놈을 몰라서 그러는 게야?"

"글쎄요, 하하하하."

"후후후후."

능청을 떠는 남궁진휘의 모습을 천수현인이 도끼눈을 뜨고 째려보는데, 한쪽에서 홍랑대부의 웃음소리가 터져 나왔다.

제갈가주 역시 이미 예상했던 일인 듯 덤덤한 얼굴이었다.

이미 적호단주조차 한번 경고를 한 일이었다.

얌전한 얼굴로 말수가 많지 않아서 그렇지 이제껏 남궁진화가 벌인 일 중에 평범한 일이 있었던가.

순한 얼굴과 달리 성질머리도 보통이 아닌지라, 이제까지 적이란 적은 죄다 머리통을 날려 버리거나 시체조차 남기지 않았으니.

적호단주의 경고가 아니더라도 군사들 역시 어떤 방법으로든 진화가 움직이리라 예상했다.

다만 진화의 움직임이 군사들이 예상한 규모를 아득히 넘어섰을 뿐.

"허! 참. 신 제국 자체를 밀어 버리려 할 줄이야……."

천수현인은 아무리 생각해도 기가 찬 듯 몇 번이고 혼잣말을 반복했다.

하지만 한 제국이 움직인다면 정사연합의 계획도 달라져야 했으니.

"총연합 회의를 소집해야겠다. 귀천성 놈들 벼랑 끝으로 밀어 버리려 한다면 놈들도 가만히 있지 않을 거다. 안건은 다음 귀천성 움직임에 대한 대비책이다!"

천수현인이 눈빛을 번뜩이며 말했다.

그 모습을 보며 남궁진휘가 묘하게 미소를 흘렸다.

"그것만 있는 게 아니지 않습니까?"

"흐흐, 그래, 이 여우 같은 놈아. 한 제국이 진짜로 신 제국을 민다면, 우리도 놈들과 끝장을 봐야지…… 흐흐흐, 마침 현학문과 의선문에서 천문을 찾았다. 제갈가주가 천문에 따른 풍수와 지형도 추려 냈으니. 그야말로 제국이 준 기회로구나! 흐흐흐흐!"

천수현인이 제갈가주에게 슬쩍 눈짓을 하며 저도 모르게 웃음을 흘렸다.

자랑스럽다, 잘했다 등등 낯간지러운 칭찬 한 번 한 적이 없었지만, 천수현인이 얼마나 기쁘고 들떴는지 굳이 말하지 않아도 알 것 같았다.

"얼른 전해라! 사천 무림과 호남, 호북 놈들이 엉덩이에 불붙은 양 뛰어오겠구나. 늙은 놈들 심장도 벌떡벌떡할 것이다. 하하하하하!"

마침내 끝이 보였다.

오랫동안 작은 씨앗을 심고 정성껏 키워 낸 다음 세대들이 모두 기대만큼 성장하여 그 결실을 거둘 때였다.

하지만 그것이 전부는 아니었다.

'그놈, 그놈이야말로 하늘이 내려 준 천운이었던 게야.'

승패를 장담하기 어려웠던 마제들과의 싸움에 절대적인 우위에 서게 된 것.

뒤로 물러서 웅크리고 있던 거인, 한 제국이 움직인 것.

무엇보다 어떤 수를 쓰더라도 이길 수 있는 방법을 찾지 못했던 역천마제를 상대로 승기를 점칠 수 있게 된 것까지.

모두 남궁진화로 인한 변화였다.

천수현인이 알지 못하는 진화로 인한 변화는 더 많았지만, 그것까지 따지지 않더라도 천수현인은 충분히 남궁진화의 존재 자체가 무림에 큰 행운임을 인정했다.

'드디어 무림이 돌아오는구나.'

평범한 일상.

무와 협이 있는 진짜 무림이 드디어 돌아온다는 생각에 천수현인은 봄을 맞는 소녀처럼 가슴이 뛰었다.

"크웃…… 크으으……."

이불을 둘둘 말고 한껏 몸을 웅크렸다.

꼼짝달싹도 하지 못하게 둘러싼 이불은 스스로를 보호하기 위한 것이 아니라 스스로 사지를 옭아매기 위한 감옥이었다.

하지만 그조차 이제 더 견딜 수 있을 것 같지 않았다.

투툭. 둑.

아슬아슬하게 엮여 있던 실밥이 결국 터져 나가고.

흘러내린 이불 사이로 차가운 공기가 후아아― 폐부를 가득 채웠다.

현오는 결국 기지개를 켜듯 손을 뻗고 말았다.

"끄으……윽."

뚜둑.

시원한 소리와 함께 손끝에서 느껴지던 맥동이 끊어졌다.

"꺄아아……!"

비명을 지르려 핏대가 솟은 목줄기 또한 현오의 손에 꿰뚫렸다.

파팟―!

뜨거운 피가 현오의 손등 위로 쏟아지고.

비릿한 혈향과 함께 현오는 찬물을 뒤집어쓴 듯 정신이 돌아왔다.

"아…… 더 참았어야 했는데. 어쩌겠어, 도무지 여유를 안 주는걸."

현오가 피가 잔뜩 묻은 제 손과 쓰러진 궁녀들을 보며 혼잣말을 했다.

아쉬움과 자책이 담긴 말과 달리 표정과 말투는 시릴 정도로 냉담했다.

제국의 황제를 부르는 호칭은 '폐하'이다.

섬돌 폐(陛)에 아래 하(下).

직접적으로는 섬돌 아래, 섬기는 자들의 입장에서 섬돌 아래에서 뵐 수 있는 사람이라는 의미였다.

낙양 황성의 대전 앞.

눈앞에 펼쳐진 광경을 보자면 왜 그런 호칭이 붙었는지 한눈에 실감할 수 있을 것이었다.

대전 앞 공터에는 제국 조정을 움직이는 수천 명의 문무백관이 모두 시립해 있고, 한가운데에는 높은 투구를 쓴 장수들과 수만 명의 병사들이 갑옷을 갖춰 입고 자리에 서 있었다.

그리고 수천, 수만. 바닥석이 보이지 않을 정도로 가득 찬 신하들이 우러러보는 곳.

거대한 인원조차 압도할 정도로 까마득하게 높은 석돌 계단 위에 황제를 위한 자리가 있었다.

척. 척. 척. 척.

전신에 새하얀 갑주를 걸친 진화가 황금색으로 빛나는 말을 타고 나타났다.

진화의 뒤로는 검은 무복을 입은 숙청단과 적색 무복의 적
호단이 군인들과는 사뭇 다른 기세를 뿜으며 진화를 따르고
있었으니.

인세의 사람이 아닌 듯한 자태와 고개가 절로 숙여지는 위
엄.

수많은 군사들이 내준 길의 한가운데를 가르며 나타난 진
화의 모습은 말 그대로 햇빛 아래에서 눈이 부실 정도로 찬
란했다.

'천장(天將).'

그렇다.

진화를 보는 문무백관들과 군사들은 똑같은 것을 떠올리
며 탄성을 흘렸다.

그때.

하얀 백발을 흐트러짐 없이 넘긴 엄 태감이 나타나 우렁찬
목소리로 외쳤다.

"황제 폐하 납시오---!"

내공이 있는 것은 아닐까 의심스러울 정도로 엄 태감의 목
소리가 드넓은 대전 전체에 울렸다.

동시에 황금빛 말에서 내려온 진화를 시작으로 수만 명의
대소 신료들이 바닥에 무릎을 꿇고 머리를 숙였다.

"황제 폐하를 뵙습니다. 황제 폐하 만세 만세 만만세!"

까마득하게 높은 석돌 위에 황룡금포를 입은 황제가 모습

을 드러냈다.

거대한 대전을 등 뒤에 두고 고작 한 사람이 섰을 뿐인데 비어 있는 공간이 전혀 아쉽지 않았다.

"역적 토벌을 시작할 것이다. 천명을 따르라―!"

"황제 폐하의 명을 받드옵니다. 황제 폐하 만세 만세 만만세―!"

한 사람의 기세가 수천, 수만의 좌중을 압도하는 순간이었다.

"와아아아아아―――!"

황제의 명을 받은 제국군이 황궁을 출발했다.

황도에서 출발하는 총군사령관의 직속인 오만 뇌룡군의 행렬이 백성들의 환호를 받으며 끝도 없이 이어졌다.

황제와 황후는 진화의 모습이 황궁에서 완전히 사라질 때까지 뒷모습을 지켜보고 있었다.

가려진 소맷자락 아래로 황제가 황후의 손을 잡았다.

'잘 해낼 것이오.'

'네. 그렇게 믿습니다.'

정면을 향해 시선을 고정한 채, 덤덤한 표정 아래 감춰진 위로가 힘주어 마주 잡은 손을 통해 전해졌다.

"폐하, 연회장으로 걸음을 옮기시지요."

"그러지."

군을 떠나보내고 조정에는 출정을 기념한 연회가 열렸다.

황제가 자리를 뜨기 전엔 모두가 자리를 뜰 수 없었기에, 엄 태감이 늦지 않게 황제를 재촉했다.

"황후, 함께 갑시다."

"아닙니다. 저는 신료들과 내명부와 함께 움직일 터이니 먼저 걸음 하세요."

"흐음…… 그대의 뜻이 그렇다면."

황제의 권유에 황후가 드물게도 고개를 저었다.

일견 아내이기 전에 신하 된 본분을 다하겠다는 말인 듯했는데, 그건 이전부터 이어진 평소 황후의 모습대로였다.

총애를 드러내고자 하는 욕심에 황제의 권위를 손상시키지 않겠다는 황후만의 내조이자 신념이었던 것이다.

하지만 오늘은 그 말이 어쩐지 서늘하게 느껴졌다.

그렇게 황제가 떠나고.

황후가 움직였다.

궁중천화(宮中天花). 황제가 구중궁궐에 깊이 감춘 하늘의 꽃이라는 별칭이 있을 정도로 제국, 아니 고금을 통틀어 천하제일미라 손꼽히는 미인의 눈이 처연하게 내려앉았다.

'이런, 이런. 황후 폐하께서 화가 많이 나셨구나.'

본래 창신궁 소속으로 건희전의 주인이 떠나며 연회를 돕게 된 동 태감이 그 모습을 보며 속으로 혀를 찼다.

시릴 정도로 매끈하고 고운 얼굴에 반달같이 휜 눈과 검고 깊은 눈동자, 오뚝하게 솟은 콧날, 생생하게 빛나는 꽃잎같이 포개진 입술까지.

한눈에도 모자 관계를 확신할 정도로 진화와 똑 닮은 얼굴이었지만, 동 태감이 보기에 진화와 황후가 가장 닮은 것은 긴 속눈썹 그림자 아래 깊이를 알 수 없을 정도로 검은 눈이 서늘하게 내려앉았을 때였다.

스르르르륵…….

귀하디귀한 금포가 스치듯 바닥을 지나고.

연회장으로 향하는 황후의 뒤로 내명부의 모든 궁인들이 따랐다.

여기서 궁인이란 후궁전에서 첩지를 받은 궁인과 채인을 포함한 것이었다.

금빛의 화려한 정복을 입은 황후를 따라 황궁의 꽃이라는 아리따운 여인들이 뒤따르는 모습은 가히 장관이었다.

동시에 연못에 뜬 백조처럼 치열한 광경이었다.

여인들은 황후의 금빛 정복에 부러운 눈빛을 보내는 걸 멈추지 못하면서, 실상은 황후의 그림자조차 볼 수 없게 고개를 숙였다.

그들은 바닥에 나부끼는 황후의 옷자락처럼 그녀의 의지에 따라 움직였다.

눈치껏 황후가 서면 서는 것이고, 걸으면 걷는 것이었다.

그것을 확인시키듯 황후는 연회장으로 가는 동안 몇 번이나 걸음을 멈추었다.

굽이 높은 신과 주렁주렁 매달린 장신구의 무게 따위엔 눈 하나 깜짝하지 않았다.

오히려 황후의 뒤를 쫓던 궁인들이 벌써 지친 기색이 역력했다.

황후는 그런 궁인 중 하나의 앞으로 가서 서늘한 눈으로 그녀를 내려다보았다.

"이름이 뭐였지?"

"채, 채인 저소소라 합니다, 마마."

"······그래. 많이 힘든가 보구나. 하나 공식 석상에서 나를 칭할 때는 폐하라 해야 한단다."

식은땀을 흘리며 답하는 채인을 보며 황후가 부드럽게 그녀를 달래듯 말했다.

그리고 우아하고 고상한 자태로 명을 내렸다.

"채인 저씨는 아직 법도가 완전치 못한 듯하니 후궁전으로 데려가거라."

"마, 마마!"

놀란 저소소가 고개를 번쩍 들었다.

하지만 그녀가 마주칠 수 있는 건 뼈까지 얼릴 정도로 서늘한 황후의 눈빛뿐이었다.

저소소의 눈동자가 바람 앞의 촛불처럼 미약하게 흔들렸다.

"어리석게도 같은 실수를 반복하는구나. 보름치 녹봉을 제하겠다. 데려가거라."

"예, 폐하."

동 태감이 재빨리 나서서 궁녀들에게 눈짓을 했다.

제자리에서 바들바들 떨고 있던 저소소는 그대로 궁녀들의 손에 이끌려 나갔다.

황후의 뒤에 서 있던 궁인들이 겁을 먹고 움츠러들었다.

황후는 그 앞을 천천히 지나가며, 눈에 띄는 몇몇 궁인들을 저소소처럼 후궁전으로 물렸다. 그리고 아무 일 없다는 듯 다시 연회장으로 걸음을 옮겼다.

황후와 후궁전 궁인들이 연회장으로 가는 동안 숨소리 하나 크게 나지 않았다.

황후가 연회장에 도착하자, 황제의 연회장에 있던 대소 신료들의 눈이 황후에게로 몰렸다.

몇몇 이들은 감탄한 기색으로 황후를 보았고, 몇몇 이들은 아주 당황한 기색으로 황후의 뒤를 보았다.

후자는 간택례에 들여보낸 이후 얼굴을 보지 못했던 여식을 찾는 이들이었다.

황후는 그중 황문시랑의 곁으로 다가갔다.

"법도를 완전히 깨치지 못한 후궁들은 참여를 금했습니다. 오랜만에 여식의 얼굴을 볼 수 있을 거라 기대했을 터인데, 황후로서 면구스럽군요."

"아, 아닙니다! 제 여식이 법도를 깨치지 못했다니…… 오히려 망신을 피하게 되었으니 황후 마마의 배려에 감사드립니다."

"여식과 같은 실수를 하는군요. 공식 석상에서 황후에 대한 호칭은 '폐하'입니다, 황문시랑."

"……!"

황후의 말에 황문시랑을 비롯하여 그와 함께 있던 이들이 놀란 듯 눈을 크게 떴다.

그들 대부분이 앞서 황후가 돌려보낸 여식들의 집안 소속이었다.

"다행히 후궁전은 이제 이 사람의 소관이군요. 잘 가르쳐 볼 것이니 걱정 마세요."

황후가 자애롭게 웃으며 황문시랑을 지나쳤다.

하지만 그때까지도 황문시랑은 당황한 얼굴로 고개조차 들지 못했다.

황후의 자애로운 격려가 결코 격려로 들리지 않은 것만은 확실했다.

'후궁전은 황후 소관이라고? ……설마, 내 딸을 영원히 채인에 처박아 둘 것이라는 경고인가?'

황문시랑이 잔뜩 붉어진 얼굴로 입술을 깨물었다.

단지 가볍게 시험을 해 본 것뿐이었는데, 대가가 상상 이상으로 돌아오고 있었다.

한편.

자리로 돌아온 황후의 곁에는 당연한 듯 팽연화가 앉았다.

양주대부부인으로서 황실 어른으로 대우하라는 황제의 명이 있었기 때문이다.

다행히 황후와 팽연화는 피를 나눈 친자매 이상으로 가까워져 있었다.

"저놈, 아니 저 사람들이 우리 진화를 건드렸다는 말이죠?"

"우리 아들이 전쟁터에서 싸우는 동안 저들이 감히 우리 아들을 흔들도록 내버려 둘 수 없지."

"저치들이 장안 출신 호족이라고 했지요? 흥, 걱정 말아요. 언니. 뒤뜰에서 농사지어 먹지 않는 이상, 청해상단에서 마음만 먹으면 굶겨 죽일 수도 있어요!"

황후의 서늘한 눈빛이 향한 곳으로 이번에는 팽연화가 독하게 웃어 보였다.

아들이 피 흘리며 싸우는 동안 누구도 자신들의 아들을 흔들지 못하게 하리라. 모정이 비수처럼 날카로운 가시를 세운 순간이었다.

이번에 대대적인 신 제국 토벌을 명하며, 한 제국에서는 오만의 군대를 추가로 징병하였다.

유례없이 풍족한 국고를 바탕으로 황제는 진화의 직속으로 이만의 정예병을 채워 주었는데, 이만의 뇌룡군(雷龍軍)은 오로지 진화의 군이 되었다.

장안에서는 하후대장군이 이끄는 적호군이 남하 중이고, 남쪽에서는 위장군 원수경이 이끄는 북위군이 익주를 공략 중이었다.

남과 북, 그리고 이제 중앙에서 진화의 뇌룡군이 신 제국을 전방위로 압박하기 시작한 것이다.

게다가 뇌룡군에는 특별한 위치의 부대도 있었는데.

"흐흐흐, 이제 단주님도 꼼짝없이 우리 도련님 아래네요."

"임시잖아, 임시!"

약을 올리는 듯한 남궁구의 말에 적호단주가 버럭 소리를 질렀다.

이번에 한 제국군의 대대적인 신 제국 토벌에 정사연합이 함께하면서, 적호단과 숙청단이 완전히 진화의 휘하로 오게 되었는데.

진군 내내 적호단이, 특히 적호단주가 무시무시한 기세를 뿜어내던 것은 분해서 그런 게 틀림없었다.

숙청단은 워낙 소수 정예로 이뤄진 특별 무단 같은 성격이라, 이번에도 적호단과 섞이지 않고 진화의 호위 부대로 함께했다.

어차피 숙청단으로서는 평소에도 하던 일이라 크게 분할 것도 없었으니, 남궁구가 마음 놓고 적호단주를 놀릴 수 있었다.

그렇게 진화와 뇌룡군이 쉬지 않고 한중까지 진격했다.

한중에는 반가운 인물들이 한 제국군을 기다리고 있었으니.

"정사 연합 소속 무림 결사대가 이황자 저하께 인사드립니다."

"오랜만에 뵙습니다. 처음 뵙는 분들도 많군요. 이황자 한진화이나, 남궁진화라는 이름이 더 익숙하실 겁니다."

"저희도 무인으로서 인사를 드려야겠군요. 젊은 나이에 무의 극을 보았다는 창천화룡을 보게 되어 영광입니다! 허허허허!"

진화의 막사로 꾸려진 지휘부에, 한 자리 한 자리 착석한 이들의 면면이 놀라웠다.

사천당문 가주인 암혼사 당혼과 아미파 장문 복호구검 금정신니, 형산파 장문 무결선인 고결주, 점창파 장문 분광천검 양낙일, 청성파 장문 적하검 공백까지. 전쟁 중이거나 본문을 지키느라 정사연합 본부에선 좀처럼 얼굴을 보기 힘들었던 사천과 호남, 교주 무림의 맹주들이 모두 자리에 있었다.

게다가 그들만이 아니었다.

무당파에서도 대장로인 초옥검 운허가 직접 나와 있었고, 북방제일검이라는 은하명검 모용관천과 팽가 가주 건곤지권 팽여까지 모습을 드러냈다.

제갈가주는 늘 그렇듯 군사로서 본부를 지키고 있었고, 남궁세가에서는 당연한 듯이 남궁경이 우기고 우겨 제왕무적단을 데리고 와 있었다.

따지고 보면 이곳이 정사연합의 총회의장인가 할 정도로, 당금 무림을 이끄는 모든 문파의 대표들이 한자리에 모인 것이다.

"군은 항복을 받든 정복을 하든 최단 시간 안에 신 제국의 성도로 들어갈 생각입니다. 정사연합의 계획은 어찌 되는지요?"

무림을 대표하는 수장들을 두고 당당하게 의견을 묻는 진화의 모습에 모든 수장들이 한 제국의 총군사령관으로서 진화의 권위를 인정했다.

"허허허, 저희는 제국군처럼 광범위하게 싸우는 것이 아니니까요. 항복이나 정복은 없습니다. 모조리 죽이고 토벌할 것입니다."

암혼사 당혼이 웃으며 답했다.

'당혜군과 당혜평의 아버지. 사천무림은 귀천성의 공세에 일찌감치 본문을 버려 피해가 적었다고 들었는데, 피해가 적

다고 원한까지 적은 것은 아니구나.'

진화는 암혼사 당혼의 호의적인 태도에도 불구하고 처음부터 지금까지 단 한 번도 그의 눈이 웃고 있지 않음을 알았다.

어쩐지 현오가 '당가는 무척 쪼잔하다네. 원한을 사면 골치가 아파.'라고 하던 말이 떠올라 웃음이 나왔다.

"한 제국군과 정사연합은 결국 '목적은 다 함께 움직임은 따로' 하게 될 것입니다. 저는 뇌룡군으로 성도를 뚫고 숙청단, 적호단과 함께 귀천성 놈들을 노릴 것입니다."

"우리는 잃었던 땅을 되찾고, 놈들이 신 제국 밖으로 나가지 못하도록 도망치는 놈들을 모조리 추살할 것입니다."

진화와 정사연합 대표들이 이미 의논된 세부 사항 중 큰 계획을 확인하는 선에서 첫 만남을 마무리했다.

큰 전쟁을 치르기 전 혹은 꿈꾸던 복수를 이루기 전, 각자 마음을 달래기엔 딱 좋을 정도로 가볍고 짧은 시간이었다.

"크으…… 내 아들 잘난 것 봐라!"

한쪽에서 남궁경이 숨을 헐떡이며 감격을 하든 말든 회의는 순조롭게 끝났다.

모두가 각자의 숙소로 가고.

진화의 막사에는 숙청단만이 남았다.

"떨리네. 드디어 시작이라니."

"태어나서부터 평생 들었는데 말이야."

"당혜군, 너는 사천에 있는 본가에는 한 번도 못 가 본 거 아니야?"

"대체 우리 당가가 얼마나 일찍 본가를 빼앗긴 줄 아는 거야! 나도 본가에서 태어나서 기억할 건 기억한다고! 내가 태어나고 자란 어머니의 처소 같은 건……."

"……."

당혜군의 말에 잠시 침묵이 맴돌았다.

빼앗긴 무림의 일부를 찾는다는 마음과 집으로 돌아간다는 마음.

어떤 것이 더 절실할지는 비교할 수 없었다.

지금 전쟁에 나선 사천무림과 호북, 교주 무림의 문파들이 모두 당혜군과 같은 마음일 것이었다.

복수를 떠나서도 질 수 없는 전쟁, 져선 안 되는 전쟁이 시작되었다는 것이 비로소 실감이 났다.

"그런데 왜 하필 뇌룡군이지? 우리는 숙청단인데."

침묵을 깨고 분위기를 환기하듯 제갈상이 다른 화제를 꺼냈다.

보통 이런 일은 현오가 나서곤 했는데…….

이 순간마저도 살짝 현오의 빈자리가 느껴졌다.

숙청단원들이 이 전쟁에 꼭 이겨야 하는 이유가 하나 더 추가되었다.

"숙청군은 좀 그렇지 않냐? 가뜩이나 시발단이라고 하라는 소리나 듣는데. 나는 좋아, 뇌룡군. 이름도 멋지고."

제갈상의 말에 녹림소산군 황청산이 눈치껏 맞장구를 쳤다.

그에 이천평이 자연스럽게 대화를 이었다.

"나는 숙청군도 나쁘지 않은데? 뇌룡군은 좀…… 메롱군 같지 않아?"

"아니야! 너 닥쳐! 가뜩이나 이상한 시발단 같은 별칭이 붙어서 쪽팔리는데!

"그래, 이상한 별칭을 만들 여지를 주지 마!"

"그치만 저는 숙청단도 괜찮다고 생각합니다."

"아냐, 그래도 뇌룡군이 조금 더 멋져."

분위기를 띄우듯 숙청단원들이 한마디씩 의견을 보탰다.

충분히 의견이 오가고, 그제야 진화가 뇌룡군이 숙청군이 되지 못한 이유를 밝혔다.

"조정에서 말이 나오자마자 잘렸어."

"……."

"……숙청(肅淸). 그러고 보니 거기서 들으면 한층 더 위험하게 들리긴 하겠네."

"그래. 신하 아저씨들이 엄청나게 싫어할 이름이야."

"특히 차기 황태자의 군대 이름으로는 완전히 부적합하지."

진화의 말에 모두가 이유를 납득했다.

그렇게 전쟁을 시작하기 전 하루가 조용히 지나갔다.

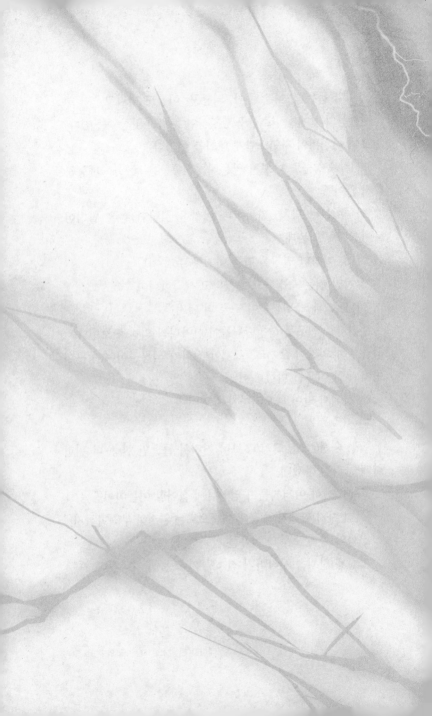

보배 진珍 꽃 화花 : 용루가 떨어지는 날

한 제국군의 발호 소식은 신 제국에도 빠르게 전해졌다.

신 제국 조정이 전쟁 소식으로 시끌시끌했다.

"놈들이 벌써 한중이라고 합니다."

"장안의 적호군이 곧 움직일 조짐입니다."

"익주가 심상치 않습니다. 북위군이 벌써 의산까지 왔다는 소식입니다!"

"폐하, 한시라도 빨리 징병하고 국경의 군대를 움직여 한 제국군을 막아야 하옵니다!"

신 제국의 대소 신료들이 여기저기서 들려온 정보를 가지고 역천마제의 앞에서 목소리를 높였다.

무례하다기보다는 발등에 불이 떨어진 듯 조급해 보였다.

하지만 용좌에 앉은 역천마제의 눈길은 그런 신료들을 향해 무심하기만 했다.

역천마제가 신료들의 말을 깔끔하게 무시한 채 송마문주를 불렀다.

"송마문주, 그 일은 어찌 되었는가?"

"예, 폐하. 수신방주에게 세 번째 유력지는 아니라는 전갈을 받았사옵니다. 이제 남은 곳은 단 두 곳으로, 현재 수신방주가 그중 한 곳을 확인 중에 있사옵니다."

"그곳의 진위가 밝혀지면, 그때 움직여야겠구나."

"송구하옵니다, 폐하."

역천마제와 송마문주의 대화를 알아들은 신료들은 아무도 없었다.

역천마제와 송마문주는 그들끼리만 알아듣는 심각한 일을 논의 중이었고, 신료들이 그것을 알아듣든 못하든 전혀 개의치 않는 모습이었다.

마치 조정 신료들의 의견은 전혀 중요하게 생각하지 않는다는 걸 눈앞에서 확인시켜 주는 듯했다.

신 제국의 존폐가 코앞에 달렸는데도 말이다!

몇몇 신료들이 붉게 달아오른 얼굴로 고개를 숙이며 표정을 숨겼다.

분한 마음에 눈시울을 붉히는 자들도 있었다.

복건주는 역천마제와 그의 세력, 그리고 불만스러운 기색을 숨기지 못하는 조정 신료들을 번갈아 보다가 조용히 눈을 감았다.

조정 회의는 그대로 끝이었다.

역천마제가 남은 일에는 관심이 없다는 듯 자리를 떴고, 당연한 듯 한 제국의 공격이나 신 제국 내부의 일 같은 건 복건주에게 떠넘겼다.

복건주가 마음대로 결정을 하든, 조정의 대의를 모아 심사숙고를 하든 전혀 상관하지 않는 태도였다.

"이⋯⋯!"

분기를 참지 못한 한 신료가 역천마제를 붙잡으려 했지만, 말을 꺼내기도 전에 복건주가 그의 팔을 잡아 막았다.

'참게. 소용없는 짓이야.'

복건주가 천천히 눈동자를 움직여 그의 뜻을 전했다.

팔을 잡힌 신료 또한 울컥 차오른 분기에 나서려 한 것일 뿐 복건주의 의견에 동의했다.

결국 평소와 같이 따로 복건주의 집무실에서 신료들이 회의를 통해 결정할 일이었다.

어쩌면 차라리 그편이 나을 수도 있었다.

대전을 뜨는 신료들의 눈에 자포자기 혹은 환멸의 빛이 가득했다.

역천마제가 자리를 뜨고 신료들도 진저리치듯 대전을 나

갔다.

그리고 복건주는 송마문주가 자리를 움직이는 때에 맞춰 걸음을 옮겼다.

"민심이 곧 천심이고, 황조의 존폐 역시 궁 안의 민심에 달려 있다는 말이 있습니다."

복건주가 조용히 걸음을 옮기는 송마문주의 옆으로 가서 말했다.

송마문주는 복건주가 다가와 말을 걸 것이라 예상했던 듯 담담한 얼굴이었다.

"하늘을 움직이는 분이십니다. 지금도 그 하늘을 움직이시려 하고 있고요."

"……."

역천마제의 능력이라면 복건주도 알았다.

첫 만남에선 기세만으로 전각을 내려앉혔고, 등극식에서는 손짓 하나로 수백 명을 시체도 없이 세상에서 지웠다.

하지만 하늘을 움직인다니, 아니 지금도 움직이려 하고 있다니.

아무리 역천마제의 무위가 천하제일이라 한들, 복건주에게는 여전히 뜬구름 같은 소리처럼 들렸다.

"여전히 그 대업이 무엇인지 신료들에게 알려 주실 생각은 없으시고요."

"특히 기밀을 요하는 일입니다. 곳곳에 세작들이 있고 조정에도 절반은 믿을 수 없는 자들이니, 이해 바랍니다."

이전에도 같은 소리를 했었다.

"호족들에게는 땅이 전부입니다. 그들에겐 땅이 천하고, 하늘이지요. 신료들에게는 제국을 지킬 수 있다는 확신이 있어야 합니다."

"……이 기회에 신료들의 충성심을 알게 되겠군요."

송마문주가 복건주를 돌아보며 은은하게 웃어 보였다.

자연스러운 미소에서 강한 협박이 느껴졌다.

송마문주의 모습을 보며 복건주는 할 말을 잃었다.

"……."

복건주는 송마문주가 어떤 말도, 어떤 사실도 알려 주지 않을 것임을 이해했다.

송마문주의 생각을 이해한 것이 아니라, 이 말도 안 되는 상황이 현실임을 받아들인 것이었다.

"궁 안에서 흉흉한 소문이 돌고 있습니다. 궁인들은 황궁 그 자체입니다. 그들의 동요가 황궁 전체의 동요로 이어져선 안 될 것입니다."

역적이라는 오명을 쓰고 배신에, 배신을 마다치 않고 세운 제국이었다.

겨우 웃는 정도의 협박으로 겁을 먹고 물러설 복건주가 아니었다.

결국 서로의 입장 차만 확인하게 되었지만, 복건주는 짧은 경고를 남기고 송마문주를 지나쳤다.

"……후우."

복건주의 뒷모습을 날카로운 눈빛으로 보던 송마문주가 그의 모습이 사라지고 나서야 참았던 한숨을 내쉬었다.

송마문주라고 해서 이런 상황을 바란 것은 아니었다.

신 제국 조정의 결정이 늦어지는 동안, 한 제국군의 진격은 거칠 것이 없었다.

콰과광————쾅!

성문으로 내리꽂히는 번개는 그 어떤 충차보다 효과적이었다.

가시적으로 단번에 성문을 산산조각 내는 파괴력을 가진 것은 물론, 심리적으로도 아군에겐 뇌신이 함께한다는 용기를 주고 적에겐 천벌을 받는 듯한 공포심을 일으켰으니.

"황자님을 지켜라!"

"충!"

파파파파팟─!

진화의 번개가 꽂히고 뒤늦게 날아드는 화살 비는 뇌룡군의 정예들이 새하얀 방패를 들고 빠짐없이 막아 냈다.

"빠르게 성벽을 정리하고 성을 빼앗는다."

"예. 운재를 준비하라!"

진화의 명을 받아, 실질적으로 뇌룡군의 수장이라 할 수 있는 부장 곽유가 병사들을 향해 소리를 질렀다.

방패를 든 뇌룡군이 그대로 성벽까지 전진을 시작했다.

파파파파파파팟-!

화살 비가 내리며 방패에 박혀 들었지만, 이제 정예군으로서 첫 명성을 가지기 위해 나선 군사들은 결코 멈추지 않았다.

거대한 방패 덩어리가 된 뇌룡군이 성벽 아래에 도착하고.

"지금 간다!"

"추-웅!"

다소 끝이 늘어진 대답과 함께 진화의 명을 받은 적호단과 숙청단이 뇌룡군의 방패 속에서 솟구쳐 올랐다.

"우아아아악!"

성벽 위에 있던 적이 놀라 고함을 질렀다.

그들이 창검을 휘두르기 전에 숙청단과 적호단 단원들의 매서운 검기가 그들의 목을 노렸다.

쉐에에엑-!

푹! 푹!

"으악!"

파지지지지직-!

"으아아악!"

"아아악!"

진화의 뇌전이 궁병들의 활을 파도 타듯 태워 나갔다.

화살 비가 멈추자, 성벽 아래에 있던 뇌룡군이 운재를 펼쳐 성벽에 걸쳤다.

진화와 적호단, 숙청단이 성벽을 정리하고 뇌룡군이 성문과 성벽을 밀고 들어오면서, 신 제국의 첫 번째 관문이라 할 수 있었던 백운성이 함락되었다.

한편, 백운성이 함락된 것을 본 정사연합의 전투는 이제 시작이었다.

"드디어 사천의 문이 열렸구나!"

푸른 녹음이 우거진 산지.

그만큼 습하고 일 년 내내 안개가 끼어 있다고 해서 백운성이라 이름 붙여진 이곳은, 산 많고 물 많은 사천의 시작이었다.

그리고.

"복수의 시작이군."

사천당문의 가주 암혼사 당혼이 감격에 겨운 눈빛으로 눈 안에 담기는 광경을 보았다.

사천에서도 안개에 싸인 신비한 호수와 옥빛으로 흐르는 맑은 계곡, 아름다운 광경 속에 중원과는 생리가 다른 수많은 독충, 독사, 독초 들이 숨 쉬는 곳.

구룡채(九龍砦).

사천당문의 집이자 고향이었다.

"가자-! 감히 당문의 집을 차지한 비열한 적들에게 당문의 복수를 보여 준다-!"

"우아아아아아아─────!"

가주 암혼사 당혼의 외침에 당가의 모든 무인들이 비호처럼 움직였다.

사천당문은 가주 암혼사 당혼을 위시하여 비산혈해 당재, 백수 당황, 고독권 당성문 그리고 녹수룡 당혜평과 독심화 당혜군까지. 가문의 모든 무인들뿐 아니라 모든 직계들이 전장으로 왔다.

싸우기도 전에 도망쳤다는 비난을 받으며 사천을 떠나왔던 당가의 모든 혈족들이 낙양에 꾸려 놓은 거대한 부와 터전을 버려두고 전부 전장으로 온 것이다.

중요한 것은 실리(實利)였다.

이겨야만 하는 전쟁, 조금이라도 이길 가능성을 높이기 위해 치밀하게 준비했다.

이를 드러낸 사천당문은 그 어떤 무림 문파들보다 지독하게 달려들었다.

쏴아아아아아─────!

당가암혼대가 가장 먼저 독수를 펼쳤다.

감히 사천당문을 제집처럼 쓰고 있는 파촉문을 향해, 파촉
문의 살아 있는 모든 것들의 위로 독침이 쏟아졌다.

만천화우(滿天花雨)―.

말 그대로 하늘에 은빛 철의 비가 가득했다.
그리고 꽃잎이 흩날리듯 바닥으로 떨어졌다.
타타타타타타탁.
"크아아악!"
"아악!"
침에 발린 천남성은 특별히 구룡채에서 당문이 개발하고
가꾼 아홉 잎을 가진 남색화였다.
쓰러지는 파촉문도들의 입술이 하나같이 새파랗게 질리며
거품을 물고 쓰러졌다.
쓰러지는 파촉문도들 사이로 당가의 모든 무인들이 뛰어
들었다.
파팟―!
고독권 당성문이 양손에 녹빛 수기를 불태우며 적들의 피
육을 터뜨렸다.
녹수룡 당혜평 또한 그의 스승처럼 양손에 수기를 담고 적
의 사지를 찔러 들었다.
푸욱! 푹! 푹!

당혜평의 손가락에 구멍이 뚫린 적들은 검은 피를 쏟아 내며 쓰러졌다.

당성문과 당혜평은 사방으로 피가 뿌려지든 손가락에 내장이 걸려 나오든 상관없이 닥치는 대로 적들을 죽여 갔다.

파촉문도들 속에서 활개를 치는 녹빛 수기가 마치 귀신불처럼 보이는 듯했다.

"하여튼 더러워."

오빠 당혜평의 손 속에 혀를 차며, 당혜군은 비수를 들고 적의 목을 베었다.

단 일수. 비수를 한번 휘두를 때마다 적들이 쓰러졌다.

바닥에 흩어진 피가 시커멓게 타들어 갔다.

하지만 당혜군의 가장 무서운 무기는 은화대침을 자유자재로 사용한다는 점이었으니.

타타타타탓-!

당성문과 당혜평의 뒤를 노리는 이들에게는 어김없이 극독이 발린 대침이 박혀 들었다.

수많은 사람들이 움직이는 속에서도 당혜군의 대침은 정확하게 적의 목에 박혔다.

"이, 이런 공격이라니……!"

사천당문이 올 것을 대비하고 있던 파촉문 장문도 이런 식의 기습이 될 줄은 예상치 못했던 듯 당황한 기색이 역력했다.

기습, 거기에 독이라니.

자칫 정파인들에게 비겁하다는 비난을 받을 수도 있었다.

하지만 전쟁을 시작한 사천당문은 그 어느 때보다 철저하고 지독하게 파촉문을 짓밟을 작정이었다.

"오랜만이군."

"당재!"

"그땐 당신의 아비를 막기 위해 내 아버지가 한 줌 혈수가 되었어야 했는데."

"네 아비의 손에 내 아버지도 목숨을 잃었다!"

"그게…… 중요한가?"

귀천성의 공격에 사천당문의 피해가 적었던 것은 '도망'이라는, 자칫 온 정파의 조롱거리가 될 수 있는 결정을 과감하게 내렸던 가주의 판단 덕도 있었지만, 그 이면에는 단 다섯 명의 독인의 처절한 희생이 있었다.

동료들을 구하기 위해 한 줌의 혈수로 독마제와 동귀어진한 독제 당금처럼, 당문의 다섯 장로들이 온몸을 독으로 태워 파촉문과 광룡귀면대의 발길을 잡았던 것이다.

그 지독할 정도로 잔인한 희생을 보고도 사천당문을 면전에서 비난할 수 있는 이들은 아무도 없었다.

"광룡귀면대의 뒤에서 비겁하게 웃고 있던 네놈들의 얼굴. 단 하루도 네놈들을 잊은 적이 없었다. 이번에야말로 영원히 웃지 못하도록 시체까지 씹어 죽여 주마―!"

눈앞에서 아버지가 독기에 타들어 가는 모습을 보았던 비산혈해 당재가 온몸으로 살기를 뿜으며 양팔을 펼쳤다.

파아아아아아앗———!

살수를 담았다곤 믿을 수 없을 정도로 맑은 녹색 기운이 파촉문 문주 소파량에게 향했다.

"순순히 당하지 않겠다—!"

언감생심.

귀천성의 마제들, 특히 광마제와 광룡귀면대가 아니었다면 그들이 사천당문을 도모할 것이라 꿈이나 꾸었을까. 귀천성이 아니었다면 지금도 작은 산에 갇혀 구룡채를 부러워하고 있었을 것이었다.

분에 넘치는 것을 가졌지만 한번 손에 들어온 것을 순순히 내줄 정도로 바보는 아니었다.

"우리도 그간 놀고 있던 건 아니다!"

파촉문주 소파량이 쌍검을 들고 당재를 향해 달려들었다.

쉐엑! 쉑! 쉑!

매수쌍검 소파량은 파촉문이 당문을 밀어내기 이전에도 사천에서 명성을 떨치던 고수였다.

그는 당재의 적련신장(赤蓮神掌)을 피해 거리를 벌리고 변화무쌍한 쌍검을 펼치며 당재와 팽팽한 접전을 펼쳤다.

하지만 곧 당재의 왼손에 비수가 얹히자, 오른손의 적련신장과 왼손의 구독편을 자유자재로 쓰는 당재에 밀려나기 시작했다.

그때.

휘이이이이이익-!

"커어어억!"

소파량은 그가 어찌하기도 전에 거대한 바람에 목이 감겨 끌려갔다.

그것은 바람이 아니라 만 갈래의 은빛 암혼사였다.

"네가 문주로구나."

음산한 목소리에 소파량이 튀어나올 듯한 눈을 굴려 뒤를 보았다.

"너를 복수의 제물로 바치겠다."

당문의 가주, 암혼사 당혼이 사사로운 감정은 전혀 담기지 않은 얼굴로 잔인한 통보를 마쳤다. 그리고 소파량의 목을 잡은 채 팔을 휘둘러 그를 높이 던졌다.

휘이이이이익!

파--앗!

"크아아아아악-!"

고통스러운 비명이 터져 나왔다.

당가 한복판.

모든 사람들이 지켜보는 가운데 소파량의 몸이 은빛 돌풍 속에서 조각조각 사방으로 흩어졌다.

"……!"

사방에 살점과 혈수가 뿌려지는 잔인한 광경에, 파촉문도

들은 분노나 슬픔보다 공포에 질렸다.

"질질 끌지 마라. 모조리 죽여라!"

"와아아아-!"

압도적인 신위를 펼친 뒤 나지막하게 떨어지는 당문 가주의 명에, 당가 무인들이 더 독하게 눈을 빛내며 적을 향해 달려들었다.

눈앞에서 상대를 잃은 비산혈해 당재가 아쉬운 듯 당문 가주에게 투덜거렸다.

"아, 형님. 제 건데."

"저놈이 문주인 이상 저놈은 당문의 것이다."

"갖고 싶으면 진즉 말씀하시지."

"흥!"

당문 가주가 냉담하게 말했지만, 당재는 가주가 혈수로 산화한 장로들의 복수를 위해 오랫동안 지금의 광경을 그려 왔음을 알았다.

당재는 코웃음을 치며 쑥스러워하는 얼굴을 감춘 가주를 향해 씨익 웃고는 시선을 다른 곳으로 돌렸다.

아직 살아 있는 원수들이 더 많았다.

전쟁을 시작하고 칠 주야가 다 지나기 전에 뇌룡군은 성도의 코앞까지 도달했다.

당문과 청성파가 벌써 자신들의 본산을 되찾았고, 인근의 귀천성 세력을 모조리 추살 중이었다.

"이쯤에서 본 문도 헤어질까 합니다."

"고향으로 돌아가시는 걸 미리 축하드립니다."

"호호호, 그래요…… 아미는 이 은혜를 잊지 않을 것입니다, 황자님."

"별말씀을요."

성도와 건위성을 앞에 두고.

아미파가 본산을 찾기 위해 뇌룡군에서 떨어졌다.

아직 아미산은 보이지도 않았지만, 아미파 장문 복호구검 금정신니는 진화를 향해 감격에 찬 눈으로 감사 인사를 전했다.

"뇌룡군은 이대로 성도로 갈 것이고, 황자님은 어떻게 하십니까?"

"저는 곧장 황성으로 갈 것입니다. 그 친구가 목이 빠져라 기다리고 있을 것입니다."

"그렇군요."

진화의 대답에 금정신니가 자애로운 웃음을 흘렸다.

크고 높은 자리에 앉았지만 여전히 거대한 명분이 아니라 소소하고 진심 어린 이유를 말할 수 있는 이 황자가 마음에 들었다.

"부디 하루라도 빨리 현오를 구할 수 있길 부처님께 기도 하겠습니다."

"감사합니다."

금정신니의 진심 어린 격려에 진화 또한 진심으로 감사를
전했다.

처음에는 당가, 그다음은 청성파.

그리고 아미파가 가고 얼마 지나지 않아 형산파가 떠났다.

채 일주일도 지나지 않아서였다.

진화와 뇌룡군은 일주일이 지나기도 전에 신 제국의 관문
들을 차례로 무너뜨리며 순식간에 성도를 코앞에 둔 건위성
에 도착했다.

붉은색 흙으로 얼마나 오랜 시간 켜켜이 쌓인 건지 모를
만큼 높은 협곡.

그 협곡의 끝에 붉은 벽돌로 된 건위성 관문이 모습을 드
러냈다.

"이제 저곳만 넘으면 성도인가?"

"예, 그렇습니다. 다만 건위성 관문을 뚫는 것이 만만치
않을 것입니다."

부장 곽유의 말에 진화가 의아한 표정을 지었다.

그러자 부장 곽유가 씁쓸한 웃음을 지으며 지도를 가리켰다.

"이렇게 좁은 길에서 적을 상대하는 건, 상대적으로 대군인 뇌룡군에 좋지 않습니다. 하지만 보시는 대로 이곳은 건위성 관문을 정면에서 뚫는 것 외에 다른 길이 없지요. 이전에는 적마곡을 돌아 들어가는 잔도가 있긴 했는데, 이전 전쟁에서 그 잔도가 끊겼습니다."

한 제국과 신 제국의, 도무지 몇 차례인지 모를 전쟁에서 그러했다. 신 제국 호족들은 뒤를 쫓는 한 제국군을 피해 도망치며 이곳의 길을 모조리 끊어 놓았다.

길이 험하고 특히 절벽의 잔도 외에는 다른 곳과 연결된 길이 없는 건위성의 고립마저 각오한 필살의 선택이었다.

하지만 호족들에겐 그것이 필살의 선택이 되었는지 모르겠지만, 그해에 건위성 백성들은 질병과 기근으로 수백 명이 죽었다.

"이곳 잔도가 끊어지며, 무너지는 잔도에서 떨어진 한 제국군의 피가 이 협곡을 붉게 물들이는 데에 일조했을 겁니다."

부장 곽유가 약간 원망스러운 눈을 하고 적마곡(赤馬谷)을 보았다.

진화가 곽유를 물끄러미 보았다.

곽유의 눈빛에 뭔가 사연이 있는 것 같았지만, 진화는 그런 것보다 무장인 곽유가 여느 문관들만큼이나 감상적인 표현을 늘어놓는 것에 놀라는 중이었다.

'문무겸장. 조정에 첫 입조 때에는 문관으로 들어왔다고 했었지.'

진화는 외숙인 조정호가 전해 주었던 말을 떠올렸다.

문관의 정점이라 할 수 있는 하남조씨의 후예이자 오래도록 무관으로 있어 온 조정호였다.

조정호는 그 스스로 문무의 조화를 중시해서 그런지, 그런 인재들을 가까이하고 선호하는 경향이 있었다.

부장인 곽유 역시 조정호가 오랫동안 지켜보고 진화에게 소개하며 "여러 곳을 유람하며 아는 것도 많고 지략에도 밝으며 무공도 뛰어나니, 부장으로서 이만큼 두루두루 능한 자도 없다." 했던 이였다.

"이 적마곡에 대해 압니까?"

"관문 말입니까?"

진화의 물음에 곽유가 당연한 듯 관문과 연결하여 되물었다. 그러자 진화가 단호하게 고개를 저었다.

"아니요. 이 적마곡 전체 말입니다. 특히, 그 둘러 간다는 잔도."

제 말뜻을 다시 또박또박 전한 진화가 천천히 의미심장한 미소를 지어 보였다.

그 모습에 곽유의 눈이 점점 커지더니 결국 경악으로 물들었다.

툭. 툭.

진화가 손에서 붉은 흙먼지를 털어 내고.

곽유의 시선이 진화가 섬섬옥수로 뜯어 놓은 것이 확실한 듯한 절벽의 흔적에서 떨어질 줄 몰랐다.

환하게 달이 뜨기 전.

"관문의 정면을 그대로 향하는 건 불필요한 군사들의 희생을 만들 겁니다. 게다가 시간이 너무 오래 걸리고요. 이번에 역천마제와 귀천성을 확실하게 절멸시키기 위한 계획엔 '그들보다 한발 빠르게 움직이고, 그들보다 반보 뒤에 따라붙는 것'이 가장 중요합니다. 그런 의미에서 이곳에서 시간을 낭비는 건 옳지 못하다고 판단했습니다."

진화가 적호단주와 숙청단을 모아 놓고 말했다.

"그래서 어떻게 시간 낭비를 줄이겠다는 거야?"

"인원을 차출해 주십시오. 너무 많은 인원도 필요하지 않고, 열다섯 내외로 추려 주십시오. 야밤을 틈타 하는 위험한 임무니만큼 기감에 밝은 사람이어야 합니다."

"그런 놈들이라면…… 이미 정해져 있지."

진화의 말에 적호단주는 여전히 의아한 얼굴이긴 했지만, 거부하거나 더 자세한 사항에 대해 묻진 않았다.

그리고 적호단주는 자신이 그렇게 하지 않은 것을 금방 후회했다.

"이…… 미친 새끼."

"아, 내 동생한테 왜 그래요? 좋은 생각이구먼!"

적호단주의 속에서 우러나온 욕지거리에 남궁진혜가 도끼눈을 뜨고 째려보았다.

그사이 적호단 일 조 조장 서장원도 애매한 웃음을 흘리며 농담같이 자연스럽게 불평을 흘렸다.

"하하하, 이럴 줄 알았으면 밤눈 밝은 밑에 놈들이나 보낼걸 그랬어요."

안 들리게 욕하는 척 다 들리도록 하기는 오랜 조장 생활을 한 일 조 조장의 특기였다. 하지만 그런 일 조 조장도 제갈상 앞에서는 입을 꾹 닫아야 했다.

"……좋겠네요, 조장님은. 저흰 선택의 여지도 없었는데."

제갈상은 붉은색, 아니 이제 깜깜해서 아무것도 보이지 않는 검은 절벽을 손으로 매만지며 마치 사형장에 끌려가는 죄수 같은 얼굴을 하고 있었다.

진화는 적호단주와 몇몇의 불평을 전부 들었지만, 가볍게 못 들은 척했다.

"자, 앞에 나서는 사람은 누구죠?"

"뭘 물어. 나, 남궁진혜, 팽수, 팽신, 나하연, 강무련이지."

진화의 물음에 적호단주는 한숨을 푹 쉬고 마치 준비한 듯

술술 이름을 말했다.

전부, 광룡귀면대의 사슬을 맨몸으로 감아 터뜨리던 인물들이었다. 하지만 시간을 단축하려면 앞서 길을 낼 사람이 많으면 많을수록 좋은 법이니.

"혹시 더 나설 놈들 있나?"

적호단주가 한쪽에서 터질 듯한 근육을 최대한 웅크리고 있는 이천평과 황계수를 노려보며 말했다.

적호단주의 시선을 느낀 이천평과 황계수가 펄쩍 뛰었다.

"조, 죄송합니다. 저희는 밤눈이 어두워서……."

"도적놈들이 밤눈이 어둡다고? 핑계를 대려면 좀 더 성의가 있어야지……."

"진짭니다! 야맹증 있습니다!"

"……지켜본다."

제아무리 사패천의 소녹군과 소흑호라 할지라도, 정의맹미친 호랑이의 협박은 피해 갈 수 없었다.

"자, 그럼 가 볼까?"

어쩐지 신이 난 듯한 남궁진혜가 소매를 뜯어 버린 팔을 이리저리 휘두르며 앞으로 나서고. 그 옆으로 진화와 팽치, 나하연, 팽가 형제, 강무련이 섰다.

그리고 그들의 뒤로 적호단 열 개 조 조장들과 숙청단원들이 비장한 얼굴로 준비를 마쳤다.

마침 구름에 잠시 가렸던 달이 훤히 모습을 드러내고.

퍼-억!

남궁진혜가 두 손과 두 발을 적마곡 절벽에 박아 넣었다.

그것을 시작으로 진화와 나머지 인원들도 절벽으로 뛰어 올랐다.

퍽. 퍽. 퍽. 퍽. 퍽.

어디 짐승이 땅이라도 파는가 싶은 소리가 들렸다.

퍽. 퍽. 퍽. 퍽. 퍽.

"응?"

긴가민가하던 소리가 점점 커졌다.

"왜 그래?"

성벽 위에 있던 병사가 고개를 갸웃거리는 동료에게 물었다. 그러자 동료가 병사를 향해 되물었다.

"자네는 이상한 소리 안 들리나?"

"이상한 소리?"

퍽. 퍽. 퍽. 퍽. 퍽-!

동료가 병사에게 묻기 무섭게, 땅을 파는 소리가 이전보다 확실하게 들렸다. 병사 또한 그 소리를 들었다.

"뭐지? 누가 이 야밤에 땅을 파나?"

"땅을 판다기에는……."

퍽퍽퍽퍽퍽!

소리가 더 가까워졌다.

아니, 소리가 점점 가까워지고 있었다.

퍽퍽퍽퍽퍽!

"윽!"

"젠장!"

"……!"

이제는 사람의 말소리까지 들리자, 두 병사의 눈이 휘둥그레 커졌다.

쉐에에엑-!

"치, 침입…… 헉!"

"컥!"

두 병사가 뭔가 판단을 내리기도 전에, 달빛을 받은 무언가가 번뜩이더니 두 병사의 목을 할퀴고 지났다.

털썩!

두 병사가 쓰러진 것이 시작이었다.

파지지지지지직----!

달빛보다 환하게, 성벽 위로 새파란 번개가 번뜩였다.

"침입자다!"

누군가의 뒤늦은 외침은 소용없었다.

퍼억! 퍽!

뚜두둑!

"으아아악!"

"크악."

쉐에에에엑−! 푹푹!

성벽 위에 있던 횃불 사이로 붉은 절벽에서 튀어나온 악마처럼 붉은 옷을 입은 인영들이 비치고, 인영들은 가차 없는 손 속으로 병사들을 죽이기 시작했다.

사방에서 비명이 울리고, 섬뜩한 소리들이 여기저기에서 퍼져 나갔다.

"쓰불! 아까 내 머리 위에 미끄러진 놈은 누구냐!"

적호단주가 사방으로 흉흉한 주먹을 휘두르며 고함을 질렀다. 그의 얼굴은 아직 털어 내지 못한 흙먼지로 엉망이었다.

"죄, 죄송합니다!"

죄책감을 느낀 십 조 조장 강성필이 검을 휘두르며 자진 납세를 했다.

"강성필, 똑바로 못 해?"

"아이고, 좀 봐줘요, 단주님. 이 야밤에 남이 손발로 파 놓은 홈을 딛고 따라오라는 게 말이 됩니까? 우리니까 겨우 한 거라고요!"

일 조 조장 서정원이 아직 얼어 있는 십 조 조장의 편을 들며 그들의 어려웠던 여정을 항의했다.

하지만 그 항의를 들어야만 하는 진짜 인물, 진화는 건위성 관문에서 뇌전을 휘두르기 바빴다.

파파파파파파파팟−−−!

"으아아아악!"

마른하늘에 날벼락을 본 신 제국군은, 병사들은 물론 장수들까지 무기를 놓고 도망쳤다.

도망치는 이들을 향해 진화의 눈이 번뜩였다.

쉐에에에엑─!

펑! 펑! 퍼─엉!

"크어어억!"

"사, 살려…… 으악!"

사방으로 갈라진 뇌전이 도망치는 이들의 등을 꿰뚫고 지났다.

"천뢰제왕검법 낙엽이 언제부터 저런 쾌검이었는지."

"만류귀종이라 했다. 검술이 극의에 달하면 검의 구분이 없어지는 거지."

남궁구와 남궁교명이 진화의 검에 감탄하며 재빨리 성벽을 내려갔다.

쉐에에에엑! 쉐엑!

말은 그렇게 하면서도 남궁구와 남궁교명 또한 진화에 비할 정도로 빠르게 자신들의 앞을 가로막는 적들을 베어 나갔다.

"열어!"

남궁구와 남궁교명이 성문 앞의 병사들까지 모두 처리하고 뒤를 돌아보며 외쳤다.

뒤늦게 이천평과 황계수가 성벽 위에서 뛰어내렸다.

"오─냐!"

"쓰불, 나도 누가 열어 준 성문으로 오고 싶었다고! 오늘 죽은 엄마 만나는 줄 알았네!"

그들은 절벽을 타고 오는 것이 꽤 힘들었던 듯 온몸이 땀과 흙먼지로 엉망이었다.

하지만 몸이 힘든 것보다 정신적으로 죽을지도 모른다는 공포가 더 컸는지, 땅을 밟고 선 지금은 천하무적이 된 기분이었다.

"이 쓰불----로----마!"

"두---고---보—자, 나아쁜 놈아---!"

우렁찬 기합과 함께, 십수 명의 병사들이 여닫는 성문이 두 사람의 손에서 활짝 열렸다.

성문 밖에는 오만의 뇌룡군이 출격을 기다리고 있었다.

성도를 향하는 마지막 관문이라 할 수 있는 건위성 관문이 뚫리던 그때.

신 제국 황궁에도 바쁜 발소리가 울렸다.

송마문주가 한밤중에 별채를 찾자, 그 앞을 지키던 무인들이 놀란 눈으로 그를 보았다.

"놈을 옮길 준비를 해라, 어서! 놈의 이동은 서장마군께서 직접 챙기실 것이다."

"충!"

송마문주의 급한 말소리가 안에 있던 현오에게까지 들렸다.

침상에 누워 있던 현오가 눈을 번쩍 떴다.

"녀석이 오는군!"

현오가 기쁜 듯 벌떡 일어나 소리쳤다.

문밖에서 송마문주와 무인들이 현오의 목소리를 듣고 우뚝 멈춘 것이 보였다.

벌―컥.

문이 열리고, 송마문주가 안으로 들어왔다.

하지만 현오는 그것에 전혀 개의치 않았다. 아니, 오히려 반기는 듯 송마문주를 보았다.

"쫓기는군, 그렇지 않소? 하하하하하! 천하의 귀천성이 쫓겨 나가는군!"

현오가 송마문주를 비웃는 듯 크게 웃었다.

그에 송마문주가 살기까지 번뜩이며 현오를 노려보았다.

"대업을 위해 가는 것이다. 이제 네놈이 죽을 자리가 확실해졌거든."

송마문주가 현오를 협박하듯 말했다. 하지만 현오는 두려움 따윈 모르는 듯 송마문주를 비웃었다.

"댁들이 죽을 자리는 아니고? ……누가 먼저 죽을지는 모르겠지만, 신 제국은 이제 끝이로군."

나지막이 깔리는 목소리가 마치 저주 같았으니.

어둠 속에서 붉게 빛나는 현오의 눈과 마주친 송마문주는 모골이 송연해지는 듯했다.

냉막한 이목구비에 두 눈 가득 살기가 번들거리는 저자를 보고 누가 얼마 전까지 소림을 그리워하던 젊은 승려라 하겠는가.

"허……튼수작 부리지 않는 것이 좋을 거다. 그래 봐야 죽을 날까지 고통이 늘어날 뿐이니까."

송마문주는 제 속에서 울컥 솟은 두려움을 감추듯 현오에게 짧은 경고를 남기고 돌아섰다.

툭.

급히 돌아서는 발에 죽은 궁녀의 시체가 차였다.

주변을 돌아보니 치우지 않은 궁녀들의 시체가 방 안 곳곳에 널브러져 있었다.

벌써 작은 지옥에 발을 디딘 느낌이었다.

송마문주는 지옥을 빠져나가는 듯 별채를 나가는 발걸음을 서둘렀다.

불도 켜지 않은 대륜궁 한복판에 눈을 감고 정좌를 하고 있던 역천마제가 스르륵 눈을 떴다.

마침, 밖에서 내관이 알현 요청을 전해 왔다.

"폐하, 송마문주 들었사옵니다."

"들라."

역천마제의 허락과 함께 대륜궁의 문이 열렸다. 그리고 잔뜩 상기된 얼굴의 송마문주가 뛰어들다시피 들어왔다.

"주군, 수신방주의 전갈입니다. 네 번째 유력지도 아니라고 합니다!"

송마문주의 말에 역천마제가 눈을 크게 떴다.

그리고 곧 대소를 터뜨렸다.

"하하하! 하하하하하─!"

"웃."

격정을 주체하지 못한 듯 역천마제의 웃음소리에 그의 기운이 섞여 나오며, 밖에 있던 내관이 두 귀에서 피를 흘리며 쓰러지고 송마문주 또한 입술을 깨물었다.

"하하하하하! 그렇지! 이것이야말로 운명이 아닌가!"

웃음과 함께 짧게 터져 나온 역천마제의 감상이 이어지고.

감정을 가라앉힌 역천마제는 만찬을 즐긴 맹수처럼 배부른 미소를 지었다.

"낙양이라니. 참으로 운명적이지 않은가. 내 스스로 하늘을 찾아가라는 이것이야말로, 이제 역천이 순리가 되었다는 계시 같구나."

역천마제의 말에 송마문주 역시 눈을 크게 뜨며 감격한 표정을 지었다.

"그, 그렇사옵니다! 하지만 주군, 대법의 그날이 급박합니다. 서두르셔야 합니다!"

"허허허, 그래. 낙양으로 가자꾸나."

송마문주의 재촉에 역천마제가 기꺼운 얼굴로 자리에서 일어섰다. 그리고 그길로 대륜궁을 나가는데…….

"천흠."

미련 없이 궁을 나가려던 역천마제가 갑자기 뒤를 돌아보았다. 그리고 그때까지 그의 곁에서 호법을 서고 있던 검마제를 불렀다.

"천흠, 너는 이곳에 남아 그 애송이에게 빚을 갚아 주고 오너라. 돌아올 때는, 놈의 절망이 어떠했는지 본 좌에게 알려다오."

"예, 주군."

역천마제의 말에 검마제가 묵묵히 고개를 숙였다.

어두운 밤.

달빛 아래 거대한 마차와 수레, 일련의 사람들이 신 제국 황도를 빠져나갔다.

검은 마차에 장식된 황금이 달빛에 번쩍이고.

마차에 있는 황금룡을 알아본 복건주가 대전 앞에서 그들이 빠져나가는 광경을 가만히 지켜보고 있었다.

복건주는 결국 그 마차를 세우지도 못했다.

"승상, 이제 어찌합니까?"

복건주의 뒤에 선 신료가 심각한 얼굴로 물었다.

하지만 황제가 황궁과 신료들을 버리고 떠나는데, 복건주라고 해서 달리 방법이 있을 리 없었다.

"그래…… 황제가 결국 우릴 버렸군."

"승상!"

복건주의 말에 신료들의 눈이 커졌다.

복건주가 모두의 앞에서 버림받았음을 인정했다.

"황제가 황궁과 신료를 버린 것은 곧 이 제국과 백성을 모두 버린 것이 아니겠는가."

"……!"

나지막한 목소리.

황궁을 빠져나가는 마차에서 마침내 돌아선 복건주의 눈빛은 상처받은 짐승처럼 독기로 번들거리고 있었다.

나지막한 목소리는 실망스러워서 힘이 빠진 것이 아니라 악을 품고 간신히 분노를 억누른 것이었다.

"문을 열게."

"예?"

"황궁만이 아닐세. 국경의 모든 관문을 열라 전하게."

"스, 승상, 어, 어찌하려 그러십니까!"

복건주의 말에 신료들이 경악했다.

그들을 향해 복건주는 오히려 여유를 찾은 사람처럼 웃어 보였다.

"처음으로 돌아가는 것뿐이네. 우리 사천과 교주 호족들이 언제부터 황제 따위에 의지했다고. 황제가 우릴 버렸다면, 우리 또한 황제를 버리면 되는 것이네."

복건주의 말에 신료들이 눈이 커졌다.

하지만 곧 그들 또한 복건주처럼 눈빛에 독기를 품고 단호해졌다.

전대 황제가 죽었을 때부터 신료들의 중심은 무림인인 황제가 아닌 복건주였다. 아니, 신 제국의 근본부터가 한 황실을 버린 사천과 교주의 호족들이었다.

복건주이 말처럼 처음으로 돌아간 것뿐이었다.

"……어찌하면 되겠습니까?"

신료들이 단단해진 얼굴을 하고 물었다.

"쓸 만한 줄 알았던 사냥개가 목줄을 끊고 나갔으니, 그건 그것대로 맹수를 유인하도록 써먹어야지. 국경을 전부 열어서 한 제국 이황자와 무림 놈들이 역천마제와 귀천성을 쫓도록 한다. 그사이 우리는 익주현으로 가지."

복건주의 말에 신료들의 눈이 번뜩였다.

익주현이라면 그들이 처음 한 제국에 반기를 들며 숨어들었던 익주성이 있는 곳이었다.

첩첩산중에 입구를 막으면 사방에 통하는 길이 없고 대군이 움직일 수 있는 곳은 더더욱 없는 천혜의 요새라, 한 제국군을 피해 호족들을 지켜 줄 수 있을 것이었다.

"황성도 비울 것입니까?"

"역천마제가 너무 금방 잡혀서도 안 되니까. 우리가 준비할 시간은 끌어 줘야지. 이황자가 황성에 와서 역천마제의 부재를 확인하는 시간 정도면 될 것이네."

"그……렇군요."

"빠짐없이 차비하게."

"예."

복건주의 말에 신료들의 눈이 탐욕스럽게 빛났다.

성도에 쌓아 놓은 재물은 물론 황성에 있는 것들까지 모조리 가져가려면 서둘러야 했다.

신료들이 전부 바쁘게 흩어지고, 혼자 남은 복건주가 뒤를 돌아보았다.

검은 기와에 한 제국의 황궁만큼이나 화려한 대전을 지나 역천마제가 도망치며 활짝 열어 놓은 황궁의 문까지…….

'내 말하지 않았나, 제국이 있어서 황제가 있는 것이라고. 제국이 무너져야 한다면, 황제 또한 그 운명을 함께해야지!'

복건주가 싸늘한 눈빛으로 돌아섰다.

밀려 내려오는 한 제국의 대군에 신 제국 전체가 동요했다.

북쪽의 하후대장군과 적호군은 등장만으로 신 제국군을 압도했다.

"무, 문을 열어라!"

"예?"

성벽 위에 있던 병사들은 비장의 말에 깜짝 놀라 되물었다. 하지만 비장의 말은 바뀌지 않았다.

"열라고! 중앙에서 내려온 지시다!"

"예, 예!"

비장의 고함에 병사들이 움직였다.

병사들이 영문을 모르는 얼굴로 급히 성문으로 달려갔다.

하지만 병사들이 달라붙어 성문을 열 즈음엔, 그들의 머릿속에 단 하나의 생각이 떠올랐다.

'싸, 싸우지 않아도 된다!'

이미 싸울 의지를 잃고 기세에서부터 진 싸움이었다.

대등한 전력에서도 승리를 장담할 수 없는데, 하후대장군과 적호군이라니.

병사들은 성문을 열면서 차라리 잘된 일이라 생각했다.

포로나 노예가 될 테지만, 일단 살았으니 말이다.

"기, 깃발은 어떻게 할까요?"

성벽에 남아 있던 병사가 비장의 눈치를 보며 물었다.

이미 성벽이 열리고 있으니, 병사의 얼굴은 초조했다.

그건 비장도 마찬가지였다.

'성문을 열라곤 했지만 항복하라곤 하지 않았는데…… 에이, 그 말이 그 말이지! 싸우지도 않고 성문을 열었는데 그게 항복이 아니고 뭐겠어? 우리도 살아야지!'

비장도 살고 싶었다.

망해 가는 제국에 대한 충성심보다는 살아 있는 노모와 가족들이 우선이었다.

비장은 굳은 얼굴로 손수 백기를 걸어 올렸다.

비단 이곳뿐만이 아니었다.

신 제국 전역에서, 겁에 질린 신 제국의 군이 기다렸다는 듯 백기를 걸고 성문을 열어 한 제국군에 항복하기 시작했다.

따그닥, 따그닥, 따그닥.

낙양을 향해 가던 역천마제와 귀천성 일행이 네 번째 관문을 지날 때였다.

그들은 텅 빈 관문을 보며 크게 당황했다.

"왜 아무도 없지?"

활짝 열린 성문에 병사들이 한 명도 없었다.

겁에 질린 신 제국군이 장수고, 병사고 할 것 없이 관문을 버리고 도망친 것이다.

"됐다, 신경 쓰지 말고 지체 없이 나간다!"

"예."

송마문주는 당황하는 이들에게 길을 재촉했다.

교주와 장안에서 대패를 한 뒤 신 제국군의 사기가 크게 무너졌음을 알고 있었기에, 어느 정도 이탈이 일어날 것은 예상한 일이었다.

실제로 눈으로 확인하고 좀 놀라긴 했지만, 크게 충격을 받을 것까진 아니었다. 하지만 뭔가 느낌이 이상했다.

'한 제국군이 이곳까지 오려면 아직 멀었는데, 벌써 도망을 쳤다고? 단순히 겁을 먹은 부대의 이탈인가, 아니면……'

송마문주는 황궁을 출발할 때부터 내내 느껴지던 불길함이 걸렸다. 하지만 지금은 병사들을 쫓거나 이유를 조사할 시간이 없었으니, 그저 앞을 향해 내달릴 수밖에 없었다.

그렇게 달리고 달려, 다시 다섯 번째 관문을 지날 때였다.

"문주님!"

송마문 학사 하나가 송마문주를 부르며 성문 위를 가리켰다. 그리고 송마문주가 눈을 크게 떴다.

잘 보이지도 않는 자리에 아무렇게나 널브러진 깃대와 흰색 천을 이제야 발견한 것이다.

"백기(白旗)라니!"

부대 하나의 이탈이 아니었던 것이다.

배신이었다.

"복건주……!"

송마문주가 이를 갈며 복건주의 이름을 짓씹었다.

송마문주는 이제야 그가 황성에서부터 느꼈던 불길한 예

감의 정체를 깨달았다. 하지만 지금도 중요한 건 지체 없이 앞으로 나가는 것이었다.

송마문주가 급히 역천마제의 마차로 붙었다.

"주군, 중앙에서 항복하고 관문을 열라는 지시를 내린 듯합니다."

"중앙에서?"

"복건주가 배신한 것이 틀림없습니다. 관문을 열어 한 제국군이 주군을 쫓도록 한 듯합니다."

"허허허허허, 그자의 꾀가 보통이 아니긴 했지."

송마문주의 말에 마차 안에서 역천마제가 웃음을 터뜨렸다. 심각한 송마문주와 달리 역천마제는 귀찮은 장난에 걸린 듯 여유로웠다.

"곡해."

"예, 주군."

역천마제의 부름에 폭수문주 곡해가 마차로 다가왔다.

"후방을 맡아라. 귀찮은 떨거지가 붙으면 모두 죽여라."

"……존명."

역천마제의 명에 읍하며, 폭수문주 곡해가 슬쩍 송마문주를 보았다. 혹시 꼬리라도 따라붙으면 폭수문은 역천마제와 함께할 수 없을지도 몰랐다.

그러면 또 가장 큰 공을 송마문주에게 빼앗기게 될 것이라, 송마문주를 보는 폭수문주의 눈빛이 곱지 못했다.

"송마문주."

"예, 주군."

마차 안에서 이를 알 리 없는 역천마제가 곧바로 송마문주를 찾자, 폭수문주의 눈빛엔 살기마저 스쳐 지났다. 하지만 송마문주는 폭수문주의 경계심을 상대할 여력이 없었다.

송마문주의 머릿속에는 어떻게든 한 제국군과 정사연합의 눈을 피해 준비한 여정을 완벽하게 마치는 것뿐이었다.

"남은 성도들을 적절하게 움직여 놈들의 길목을 막아라. 대업에는 결코 차질이 없어야 한다."

"존명."

역천마제의 명이 떨어지자마자, 송마문주는 수레에 실어 온 전서구들을 신 제국 전역으로 풀었다. 그러나 송마문주의 노력에도 불구하고 복건주의 의도는 완벽하게 통했다.

신 제국군은 복건주나 송마문주의 예상보다 훨씬 빨리 관문을 열고 항복했다.

한 제국군은 더 이상 거리낄 것이 없다는 듯 빠르게 신 제국 안으로 진군했다.

그리고 정사연합 무인들의 걸음은 그보다 더 빨랐다.

정사연합 무인들은 군과 함께할 필요가 없어지자, 군의 속도에 맞추던 것을 멈추고 날아오르기 시작했다.

거기에 정사연합 군사부의 정보력과 예측력이 빛을 발하니. 정사연합 무인들의 파상공세에 귀천성 문파들이 속절없이 무너지기 시작했다.

"쫓아라–!"

"저기 있다–!"

제왕무적단이 숲을 내달렸다.

귀천성 소속 철령모가가 이곳에 터를 내리고 숨었다는 고혼암풍단의 정보에 따라 그들을 쫓고 있었기 때문이다.

"단 한 놈도 놓치지 마라–!"

"우리가 눈에 들어온 놈들 놓치는 거 봤어요?"

"이 개새끼들. 양주에서 여기까지 튀어?"

남궁경은 진화와 끝까지 함께하길 원했지만, 그렇다고 남궁세가를 대표해서 이번 임무에 뛰어든 주제에 남궁세가의 원수들을 다른 곳에 맡길 수도 없었다.

물론 그런 책임감이나 양심의 문제를 다 떠나서도 '복수'는 그들이 오랫동안 기다려 왔던 것이었다.

다른 곳에 비해 남궁세가는 양주를 지켜 내며 본가를 빼앗기지 않았지만 그렇다고 희생이 적었던 건 아니었다.

철령모가는 양주 안에서 남궁세가를 배신하면서 전쟁 중 남궁세가에 가장 큰 피해를 입힌 곳이었다.

양주에서 남궁세가가 승리한 뒤, 남궁세가의 눈을 피해 귀천성 깊숙이 숨어들었었다.

"모복–신! 너 잘 걸렸다, 이 배신자야–!"

남궁경이 철령모가의 가주 모복신을 발견하고 두 눈에 불을 켰다.

"빌어먹을 놈들! 난 후회하지 않는다! 난……."

"문답무용!"

모복신의 말보다 남궁경의 인내심이 먼저 끝났다.

퍼어어어억–!

"크아아아악!"

쿵!

거대한 푸른 기둥이 검과 함께 모복신을 날려 버렸다.

모복신도 검강을 펼치며 남궁경의 검을 막아 내는 데 성공했지만, 검과 함께 날려 버리는 남궁경을 완력까지 버티진 못한 것이다.

"안 물어봤어, 새끼야."

남궁경이 쓰러진 모복신을 보며 바닥에 침을 뱉었다.

그리고 모복신의 귀에 들리라는 듯 제왕무적단에게 소리쳤다.

"뭐 하냐! 단 한 놈도, 배신자의 씨를 남겨 두지 마라!"

"추–웅!"

제왕무적단의 우렁찬 대답 소리와 함께 비린내 나는 피의 복수가 시작되었다.

남궁경 또한 비틀거리며 일어선 모복신을 향해 살기를 폭발시키며 달려들었다.

"꺄아아아악─!"

"으아악!"

곳곳에 비명이 울렸다.

여인의 비명과 아이의 울음소리도 들렸다. 하지만 그들도 예외 없이 제왕무적단의 칼날 아래 쓰러졌다.

이후 또 귀천성과 같은 적이 생겼을 때 남궁세가의 등 뒤를 노리는 이들에게 경고가 될 수 이도록, 남궁경과 제왕무적단은 복수에 사정을 두지 않았다.

남궁세가만이 아니었다.

귀천성이라는 불현듯 나타난 적에게 가족과 집, 조상 대대로 이어 온 모든 터전을 잃고 밀려난 사건은, 모든 무림 문파들에게 커다란 악몽을 남겼다.

이 싸움은 모든 정사연합 무인들에게 단지 복수가 아니었던 것이다.

가족과 세가, 문파의 명운이 걸린 싸움에 정사연합 무인들은 승리를 위해 잔인할 정도로 철저하게 움직였다.

남궁세가처럼 자체적인 정보처가 없는 문파들은 정사연합 군사부의 정보력을 이용했다.

귀천성의 영역인 사천과 교주는 산지에 둘러싸여 천혜의 요새로 자리했지만, 그건 다른 의미로 혼자 고립되기 좋다는 뜻이기도 했다.

정사연합 군사부는 제일 먼저 산지에 동떨어진 귀천성 문파들을 각개격파하면서, 계속해서 귀천성 문파들을 상대로 수적 우위를 유지하도록 계획을 짰다.

또한 그들의 위치와 도주로를 정확하게 파악하고 예측함으로써.

"이, 이 비겁한 놈들……!"

범학문주 설범 허창현이 거설산 아래에 까맣게 자리한 사패천 무인들을 보며 이를 갈았다.

사패천 흑수파와 녹림의 호걸들이었다.

그들은 범학문이 산을 내려와 다른 귀천성 문파들과 힘을 합하기도 전에 거설산을 에워싸고 그들을 고립시켰다.

아니, 애초에 범학문을 도와줄 수 있는 문파도 없었다.

다른 문파들의 사정도 그들과 다르지 않았기 때문이다.

"잡아라――!"

"죽여!"

챙! 챙챙――!

"젠장! 이 지독한 계집들!"

"대체 어떻게 여기까지……!"

쉐에에엑――!

"이 악귀 같은 놈들! 지옥으로 떨어지거라!"

변화무쌍한 복호구검이 매섭게 귀천성 무인들의 심장을 꿰뚫었다.

금정신니는 귀천성 무인들을 향해 저주 섞인 악담도 서슴치 않았다.

지난 날 아미파가 본산에서 도망치며, 수많은 제자들이 귀천성 무인들의 손에 죽음까지 유린당했던 원한을 잊지 않고 있었기 때문이다.

싱그러운 숲과 꽃이 아름답던 아미산에 피비린내가 가득했다. 하지만 아미파 제자들의 검엔 망설임이라곤 없었다.

"악귀의 피와 살도 아미산의 거름이 될 것이다! 적어도 살아 있는 네놈들보다는 세상에 도움이 되겠구나!"

쉐에에엑———!

파팟!

아미산을 되찾은 아미파가 귀천성 문파들을 밀고 올라갔다. 그리고.

"어딜 급하게 가지?"

"네놈들도 이제 끝이다!"

도망치는 귀천성 문도들의 앞에는 당문과 청성파를 위시한 사천 무림 문파들이 기다리고 있었다.

역천마제도 없고, 혼현마제처럼 그들에게 체계적으로 지시를 내려 줄 구심점도 없었던 귀천성 무인들은 혼비백산 뿔

뿔이 사천을 벗어나는 수밖에 없었다.

무림의 가장 큰 축 중 하나인 사천 무림이 다시 정파의 손에 떨어지는 순간이었다.

하지만 정사연합 군사부의 계획은 이제 시작이었다.

삐이이이이----.

매응이 남궁진휘의 팔에 내렸다.

전서를 확인한 남궁진휘가 안도의 한숨을 쉬었다.

"계획대로 신 제국이 물러섰답니다."

"빌어먹을 놈. 기어이 쳐 오는 모양이군."

천수현인 제갈길현이 흥분한 듯 떨리는 목소리로 욕지거리를 뱉었다.

천수현인의 눈동자 속에 오랫동안 묵은 살기가 요동치고 있었다.

정사연합 군사부.

남궁진휘는 매응을 통해 얻은 전서의 내용을 구체적으로 설명했다.

전서에는 별로 새로울 것 없는 내용들뿐이었지만 그것이 중요했다.

새로울 것 없이 미리 예상했던 그대로라는 것.

"역천마제가 떠난 뒤, 조정 신료들이 모두 도망치면서 관문을 열라고 했답니다! 그래서 신 제국군의 붕괴가 빨라진 모양입니다!"

남궁진휘의 목소리에서 드물게 흥분이 느껴졌다.

제갈가주와 홍랑대부 초산하도 기쁜 기색을 숨기지 않았다. 다만 천수현인 제갈길현만은 심드렁한 표정 그대로였다.

"흥! 뭘 그렇게 좋아하는 게야? 역천마제가 신 제국을 떠났으니, 겁 많은 호족들이 숨으려고 하는 건 당연지사. 이기적인 놈들이 제 놈들만 살려고 천하의 역천마제를 미끼로 쓴 게야. 관문을 열어 우리가 역천마제를 뒤쫓도록 한 거지."

천수현인 제갈길현은 신 제국의 사정을 눈으로 본 듯 꿰뚫었다. 하지만 남궁진휘와 제갈가주, 홍랑대부 초산하가 크게 기뻐한 것은 신 제국이 무너졌기 때문이 아니었다.

"그래도 다행한 일이 아닙니까? 총군사께서 처음 예상한 것이 그대로 맞아떨어졌으니 말입니다."

남궁진휘와 제갈가주, 홍랑대부가 기뻐한 건, 신 제국이 '그들의 예상대로' 무너졌기 때문이었다.

"모든 계획의 시작이 신 제국이 반드시 붕괴한다는 걸 전제로 진행된 것입니다. 한 제국군의 승리를 확신했지만 그 시점이 문제였죠. 그런데 총군사께서는 어떻게 저들이 제대로 전쟁을 치르기도 전에 무너질 거라 예상하신 겁니까?"

"사람은 본래 잘 변하지 않는 법이니까. 크게 실패하지 않는 이상 과거에 했던 선택을 반복하게 되어 있지. 황제를 버려 성공한 놈들이 두 번은 못 버릴까! 놈들에게는 그게 당연한 선택이었고, 난 그걸 직접 보았으니 믿은 것이지."

천수현인은 신 제국의 탄생을 모두 지켜보았다.

처음부터 신 제국 조정 신료들을 바라보는 시선이 남궁진휘나 제갈가주, 홍랑대부와는 달랐던 것이다.

그들에게 신 제국 조정 신료들은 적국의 신료고 망국의 신하지만, 천수현인 제갈길현에게 그들은 한 제국의 배신자들일 뿐이었기 때문이다.

"그런데 어째…… 마음에 안 드시는 게 있습니까?"

홍랑대부가 표정이 좋지 못한 천수현인을 보고 조심스레 물었다. 그러자 천수현인이 씁쓸한 눈빛으로 창밖을 보았다.

"우리 계획대로 착착 진행되어 다행이긴 하지만, 그렇다고 놈들이 덜 한심한 건 아니니까."

천수현인에게 사천과 교주 호족들이 한 제국의 배신자이듯, 그곳에서 죽어 가는 백성들도 여전히 한 제국의 죄 없는 백성들이었다.

오랜 전쟁은 결국 다른 누구도 아닌 힘없는 백성들을 희생시킬 것이었다.

"모두를 위해서, 이 전쟁이 빨리 끝나게 된 것이 다행이군요."

홍랑대부가 조용히 하는 말에 남궁진휘와 제갈가주가 고개를 끄덕였다.

천수현인 제갈길현 또한 고개를 끄덕이며 날카로운 눈빛으로 세 사람을 보았다.

"현오, 그 애송이의 목숨을 걸고 시작한 함정이야. 놈이 결국 여기로 올 거란 걸 알아내고 시작한 일이라고. 현학문과 의선문에서 놈들보다 한발 빨리 역천비지를 알아낸 것이 주효했지. 신 제국의 몰락은 시작일 뿐이네. 낙양(洛陽)의 석양호(析陽湖), 그곳에서 역천마제를 죽일 때까진 절대 어떤 것도 안심해선 알 될 것이네."

"명심하겠습니다."

신 제국 붕괴 소식에 천수현인이 기뻐하지 않은 이유였다.

잠시 들떴던 세 사람도 언제 그랬냐는 듯 날카로운 눈빛을 되찾았다.

역천마제는 현오를 데리고 낙양으로 돌아올 것이다.

그 단 하나의 확신으로 만들어진 계획이었다.

'현오를 놈들 손에 쥐여 준다. 신 제국을 위협하면 급해진 역천마제가 움직일 것이다. 역천마제가 낙양으로 대법을 위해 온다면, 사분오열된 신 제국을 무너뜨리고 낙양에서 역천마제를 죽인다.'

중원 전역에서 벌어지는 모든 무단의 전투가 딱딱 맞아떨어져야 하지만, 그중 한두 군데가 삐끗하더라도 성공할 수밖에 없도록 만든 계책이었다.

한 제국의 전력과 정사연합의 무력이 신 제국과 귀천성보다 우위에 있었기에 가장 위험성이 적은 전략을 내세운 것이다.

'역천대법 전에 역천마제를 잡지 못한다고 해도, 역천마제는 낙양을 빠져나가지 못하고 그곳에서 죽을 것이다. 다만, 현오는 반드시 죽는다.'

모두의 위험성을 낮춘 결과가 현오의 죽음이라니.

현오와 소림의 동의를 받아 시작한 계획이었지만, 천수현인과 제갈가주, 홍랑대부는 씁쓸한 마음을 감추지 못했다.

"수십 년을 노력하고 골몰했건만, 결국 평생 고통받은 애송이의 희생을 발판으로 계획을 세웠군."

천수현인이 힘 빠진 목소리로 탄식했다.

제갈가주와 홍랑대부 또한 침묵하거나 작게 한숨을 쉬었다. 하지만 남궁진휘는 달랐다.

"최선의 선택을 했고, 반드시 성공할 계획입니다. 현오도 역천마제에게 죽지 않을 거고요."

남궁진휘의 말에 천수현인은 물론 제갈가주와 홍랑대부가 그를 돌아보았다.

남궁진휘와 눈을 마주친 순간, 천수현인은 한 치의 흔들림도 없는 남궁진휘의 눈동자를 보고 가슴이 찌르르- 울리는 듯했다.

"……그렇군."

위로를 하기 위해서였겠지만, 남궁진휘의 말엔 그의 진심이 담겨 있었다.

'역천마제에게 이길 수 있다는 확신을 가진 세대라니.'

천수현인은 역천마제와 귀천성에 패배한 세대였다.

제갈가주와 홍랑대부 역시 역천마제와 귀천성에 일진일퇴하면서 소중한 사람들을 숱하게 잃어 왔다.

그들에게는 어쩔 수 없이 역천마제에 대한 공포와 열등감이 남아 있었다. 하지만 남궁진휘와 남궁진화, 무림의 새로운 세대는 달랐다.

그들은 역천마제와 귀천성을 상대로 승리한 세대였다.

수많은 실패와 희생을 딛고 천수현인과 제갈가주의 세대가 키워 낸…….

"전부 실패한 건 아닌 모양이야."

수십 년의 노력에도 불구하고 현오를 희생시키는 계획밖에 만들어 내지 못했다는 자괴감이 조금 옅어지는 느낌이었다.

"준비 철저하게 하지. 역천마제는 결코 살아서는 석양호를 벗어나지 못할 것이네."

"물론입니다!"

"다시 확인해 보겠습니다."

천수현인과 제갈가주, 홍랑대부의 눈이 다시 결연하게 빛났다.

총군사부에 다시금 활기가 돌아오는 느낌이었다.

제갈가주는 반복해서 확인한 각 무단의 상황을 다시금 확인하러 움직이고, 홍랑대부는 낙양의 준비 상황을 돌아보려 자리에서 일어섰다.

그때, 남궁진휘가 나가는 그들의 발걸음을 붙잡았다.

"저기, 하나 더. 신 제국군이 곳곳에서 백기를 내걸고 도망했다고 합니다. 덕분에 장안에 있던 적호군이 벌써 건위성이 코앞이라고 합니다."

"뭐? ……허! 이 미친 하후 놈! 적호군을 어떻게 움직였기에 벌써…… 소림은? 무당은?"

남궁진휘에게 결과를 묻는 천수현인의 목소리가 다급했다.

"어쩔 수 없이 소림만 따로 떨어졌다고 합니다."

"보나 마나 성승 놈이 불붙은 멧돼지처럼 뛰어 나갔겠지. 이 망할 놈!"

안 봐도 뻔하다는 듯 천수현인이 한숨과 함께 욕지거리를 뱉었다.

좌아아아――. 좌아아아――.

까만 밤에 풍경들이 모두 지워지고, 강물이 흐르는 소리만
남은 곳.

"젠장. 그놈의 **빡빡**이 좀 어떻게 할 수 없느냐?"

"이미 민머리를 어떻게 합니까?"

"두건이라도 좀 덮어쓰던가! 달빛에 네놈들 대가리만 반짝
반짝하지 않느냐!"

"……."

　성승의 타박에 각우가 불만스러운 표정을 했지만 틀린 지
적은 아니라 품에서 주섬주섬 천을 꺼내 머리에 묶었다.

　각우를 보며 다른 나한들도 각우를 따라 민머리를 두건으
로 가렸다.

"젊은 놈들이라 그런지 머리가 반질반질하구먼. 가리니까
좀 낫네."

"……."

"……뭐여?"

"성승 님 머리가 제일 반질반질합니다, 기름기가 좔좔 흘
러서."

"흠."

　성승이 헛기침을 하며 각우가 내미는 두건을 받아 머리에
묶었다.

　그 순간, 성승과 각우가 눈을 마주쳤다.

　─왔구나!

성승의 전음과 함께 각우가 손을 올려 나한들을 긴장시켰다.

잠시 후.

따그닥. 따그닥. 따그닥.

삼엄한 경계 속에서 화려한 마차와 수레 행렬이 이어졌다.

'빌어먹을 놈.'

역천마제라면 성승과 소림 나한들의 존재를 알고 있었을 것이다. 그런데도 아무 일 없다는 듯 지나치는 행렬을 보자니, 바라던 바였음에도 배알이 뒤틀리는 듯했다.

"에라 이-!"

열이 뻗친 성승이 벌떡 일어서서 반야장을 쏘아 보내자, 누구보다 옆에 있던 각우와 나한들이 제일 놀랐다.

'아니, 들키니 마니 할 땐 언제고 제일 먼저?'

쉐에에에엑-!

퍼-엉!

거대한 마차를 향하는 반야장을 누군가 앞에서 막아 냈다.

"적이다!"

"적을 막아라!"

순식간에 소란이 일어나고, 폭수문도들이 성승을 향해 날아들었다.

"뭐 하느냐. 나한들은 저놈들을 막아라!"

각우의 외침과 함께 백팔나한들이 풀숲에서 날아올랐다.

퍼-억! 펑!

"감히!"

"감히는 니미! 네놈을 잡으러 여기까지 왔다!"

펑! 펑! 펑!

폭수문주 곡해가 나섬에 따라 성승이 그를 향해 금강붕산권을 날리며 맞섰다.

"역천마제 님의 제물을 찾으러 온 건가? 무모한 선택을 하는구나!"

쉐에에에엑---!

폭수문주 곡해가 성승을 향해 매섭게 백해권을 날렸다.

새하얀 권기가 마치 사람의 해골 같은 형상으로 성승을 향해 날아가는데, 권기에 담긴 열기가 흙바닥을 태울 정도로 뜨거웠다.

실로 백골수(白骨手)라는 별호다운 형(形)과 위력(威力)이었다. 하지만 성승 또한 만만치 않았다.

파파파파파팟---!

거대한 금빛 기운을 담은 대력금강장이 백해권을 터뜨렸다.

퍼------엉!

두 기운이 부딪히며 그 여파가 사방으로 퍼져 나갔다.

풀숲이 흔들리고 강물이 출렁였다.

하지만 그 속에서도 거대한 마차와 수레를 이끄는 역천마제의 행렬은 단 한 번의 멈춤도 없이 길을 지났다.

처음부터 끝까지 완벽한 무시.

자존심이 상했지만 그보다는 고통스러웠다.

'현오야⋯⋯.'

저 행렬 속에 현오가 있다는 것을 알기에, 행렬을 쫓는 각우의 눈이 벌겋게 달아올랐다.

하지만 그럴수록 입술을 질끈 깨물고 투기를 끌어 올렸다.

"지금이다-! 한 놈도 놓치지 마라!"

"오옴-!"

백팔나한들이 열을 맞춰 서쪽으로 움직이기 시작했다.

퍽! 퍽퍽! 퍽!

백팔나한들의 합격에 폭수문도들이 밀려나고, 결국 역천마제의 행렬과 폭수문도들 사이에 백팔나한들이 자리를 하며 그들이 완전히 분리되었다.

폭수문주 곡해가 그 모습을 보며 비릿하게 입꼬리를 올렸다.

"결국 주군을 놓쳤구나! 네놈들은 그 제물을 구할 수 없을 것이다!"

이것은 곧 폭수문의 공로가 될 것이라, 폭수문주 곡해는 꽤 만족한 얼굴이었다. 그 모습을 보며 성승이 그와 똑같이 한쪽 입꼬리를 올렸다.

"멍청한 놈. 우리가 역천마제를 잡자는 걸로 보이느냐?"

"⋯⋯뭐라?"

"처음부터 말했지 않느냐, 네놈을 잡으러 왔다고."

"그, 그게 무슨……?"

성승의 말에 폭수문주 곡해의 표정이 시시각각으로 변했다. 믿고 싶지 않았지만 소림 나한들의 움직임을 보자면 성승의 말이 점점 사실 같았다.

소림승들 중 누구 하나 역천마제의 행렬을 쫓지 않고 오직 폭수문만을 무섭게 노려보고 있었기 때문이다.

"걱정 마라. 역천마제는 이대로 곱게 낙양으로 가서 죽을 테니."

"낙양! 서, 설마 다 알고……!"

확인 사살을 하는 듯한 성승의 말에 폭수문주 곡해의 얼굴이 경악으로 물들었다.

낙양으로 향하는 역천마제의 행렬에 합류하지 못한 건 폭수문만이 아니었다.

"늦었구나, 신귀."

배를 타기 위해 포구로 향하는 길목.

수신방주가 목소리의 주인을 보았다.

적갈색 무복에 황금빛 호랑이가 포효하는 자수 장식, 거대한 덩치의 사내는 포효하는 금빛 호랑이 그 자체와 같았다.

솜털이 뻣뻣하게 설 정도로 사나운 투기가 온몸에서 전해졌다.

수신방주는 사내를 대번에 알아보았다.

"……건곤지호 팽여."

하늘과 땅 사이의 유일한 범, 하북팽가의 가주 팽여의 뒤로는 팽가가 자랑하는 무적맹호대가 사방을 둘러싸고 있었다. 그리고.

"여어. 오랜만이다, 새끼야."

반가운 듯 손까지 흔들며 이를 드러내는 사내를 보고 수신방주의 얼굴이 하얗게 질렸다.

북방제일검 은하영검 모용관천이 사나운 이를 드러내며 웃어 보였다.

그의 주변으로 모용의 은하검대가 모습을 드러냈다.

무적맹호대와 모용은하대, 건곤지호와 은하영검이라니.

'……젠장.'

수신방주는 눈앞이 깜깜해졌다.

심장이 내려앉는 느낌과 함께 오히려 긴장감이 풀렸다.

"죽을 때 죽더라도 혼자 가진 않을 것이다!"

수신방주 신귀 장배경이 매서운 눈으로 사방을 노려보며 기세를 피워 올렸다.

삐이이이이————!

성도를 코앞에 두고 매응이 날아들었다.

진화가 반가운 얼굴로 매응에 달린 전서를 읽었다.

"이거…… 성도까지 가는 진군 속도를 조절해야겠군."

"진군 속도를 말입니까?"

진화의 말에 부장 곽유가 의아한 얼굴로 되물었다.

그에 진화가 부장 곽유를 향해 난처한 듯 웃었다.

"신 제국이 우리의 예상보다 더 빨리 무너졌네. 하후대장군과 적호군이 사흘이면 도착한다고 하는군."

"오……."

진화의 말에 부장 곽유가 놀란 듯 탄성을 뱉었다.

곽유가 놀란 건, 신 제국이 너무 빨리 무너졌다는 부분이 아니라 적호군의 진군 속도 때문이었다.

장안에서 국경을 뚫고 성도까지 오는 데 벌써 고작 사흘 거리라니. 군사들을 어떻게 단련하면 그런 진군 속도가 나오는지 감탄밖에 나오지 않았다.

"나는 먼저 가야 하네. 군을 부탁하지."

"맡겨 주십시오."

진화의 명에 부장 곽유가 믿음직스러운 얼굴로 고개를 숙였다.

뇌룡군은 잠시 진군을 멈추었다.

하지만 진화는 아니었다.

진화가 황금빛 말에서 내리자, 부장 곽유가 진화를 불렀다.

"황자님."

"……."

"친우분을 꼭 구하시길 바랍니다."

"……고맙네."

부장 곽유의 말에 진화가 잠시 멈칫했다가 이내 은은하게 미소를 지으며 감사를 전했다.

지금부터는 온전히 숙청단 단주 남궁진화로서 움직일 때였다.

"어디로 가는 거야?"

"이대로 곧장 현오에게."

"아우, 드디어! 우리 뚱뚱이 땡중, 조금만 기다려라!"

진화의 말에 숙청단은 물론 적호단까지 급한 마음을 숨기지 못했다.

진화와 숙청단, 적호단은 할 수 있는 최대한의 경공을 펼치며 빠르게 뇌룡군과 멀어졌다.

전투에 이은 진군에 진군. 아무리 강인한 무인들이라도 힘들 법했지만, 누구 하나 속도를 줄이자거나 쉬어 가자는 말을 하지 않았다.

뒤에서 들리는 가쁜 호흡에서 절박함마저 느껴졌다.

모두 한마음으로 현오를 위해 달리는 것이었다.

'조금만 버텨라. 살아야지, 다 함께!'

진화가 적호단주에게 눈짓을 하자, 적호단주가 고개를 끄덕였다.

그렇게 진화가 땅을 박차고, 진화의 속도에 따라갈 수 있는 숙청단이 그 뒤를 따랐다.

적호단은 적호단에게 맞는 속도로 최선을 다해 따라올 것이었다.

낙양 석양호(夕陽湖).

낙양의 외곽, 옛날에는 낙강의 한 줄기로 통했으나 어느 날 물줄기가 끊어지면서 그대로 호수가 된 곳이었다.

이 근방 주민들은 봄에 호수 주변의 꽃을 보러, 여름에는 아이들이 물놀이를 하러, 평소에는 통통한 향어를 잡으러 자주 찾는 곳으로, 낙양 어디에나 흔히 볼 수 있는 작은 호수였다.

이 낙양 외곽의 별 볼 일 없는 작은 호수가 유명해진 것은 석양호라는 이름이 붙고 난 이후였다.

낙양에 들른 한 문인이 우연히 이 호수를 찾았다가 해가 지는 모습을 보고 '이 호수는 석양이 그대로 담기는구나!'라고 해서 유래한 이름이었다.

이후 낙양을 찾는 문인들이 석양을 보러 와서 시를 지으며 꽤 유명해졌다.

마침 저녁이었다.

천천히 떨어지던 해가 호수를 둘러싼 높고 가파른 절벽 사이에 걸리고 사방에 붉은 노을이 퍼지자, 사람들은 '호수에 석양이 담긴다'는 말의 의미를 대번에 알 것 같았다.

해가 빠진 듯 석양호 한가운데에 새빨간 해가 담기고 호숫물 전체가 붉게 물들었기 때문이다.

"장관이로군."

역천마제조차 호수에 담긴 해를 보며 감탄을 뱉었다.

그 옆에서 송마문주가 안도의 한숨을 쉬었다.

석양을 보자니 그들이 무사히 역천비지에 왔다는 것이 실감이 났다.

"역천비지는 이 호수 아래에 있습니다."

"호수 아래?"

"저 절벽 사이에 호수 밑으로 통하는 동굴이 있더군요."

"호오. 신비감을 품은 동굴이라…… 좋군."

송마문주의 말에 역천마제가 석양호를 바라보며 고개를 끄덕였다.

떨어지는 해 아래에서 역천대법이라니.

"해가 지고 나면 새로운 해가 떠오르기 마련이지. 내 새로운 육신은 새로운 해와 함께 태어나겠구나. 허허허허!"

역천마제가 기꺼운 듯 웃음을 터뜨렸다.

송마문주 또한 역천마제가 부여한 의미에 동의하는 듯 그제야 안도의 미소를 지을 수 있었다.

잠시 후.

역천마제 일행은 석양호를 둘러싸고 여장을 풀었다.

수많은 송마문 무인들과 서장마군의 수하들이 석양호 근처를 둘러싸고 삼엄한 경계를 서는 가운데, 역천마제와 송마문주, 송마문 학사들은 동굴로 들어가서 역천대법을 준비했다.

그리고 현오는 손발이 족쇄에 묶인 채 동굴 입구에 있는 작은 방을 감옥처럼 바꾼 곳에 갇혀 있었다.

귀천성 무인들이 짐을 푼 뒤, 빛 한 점 들지 않는 깊은 밤이 되자.

저벅. 저벅. 저벅.

지금까지 현오를 잊은 듯하던 송마문주가 현오를 찾아왔다. 그리고 품에서 작은 환단 한 알을 꺼내 현오의 얼굴 쪽으로 던져졌다.

"먹어라. 허기를 달래 줄 것이다."

송마문주가 현오를 달래듯 말했다. 하지만 입고 있던 승복이 거적처럼 헐렁해진 현오에게 통할 말이 아니었다.

"꽤 생각해 주시는군. 황송해서 몸 둘 바를 모르겠어."

"괜한 자존심이라면 버려라. 어차피 죽을 목숨, 그것 정도 개처럼 입으로 받아먹은들 괜찮지 않으냐?"

"……이봐, 송마시주, 그것도 꼬시는 말이라고 하는 거요?"

자존심을 버리라며 자존심을 제대로 거드는 말에, 현오는 기가 차서 웃음이 나왔다.

"꼬시든 시비를 걸든 하나만 하시라고."

"고작 환단 한 알이다만?"

"꼬시는 거 맞네! 난 또 시비 거는 건데 내가 착각했나 했네! 소림 땡중들도 그것보단 잘 꼬시겠다! 송마시주, 그러고도 장가는 갔소?"

현오가 황당하다는 듯 몸을 일으켜 송마문주를 보았다.

송마문주는 습관처럼 한 걸음 물러섰다.

그 모습을 보며 현오가 천천히 미소를 지었다.

천천히 올라가는 입꼬리만큼, 천천히 현오의 눈빛도 돌변했다.

"겁먹었어? 그러니까 날 꼬시려면 펄떡펄떡 뛰는 심장이 더 잘 먹힌다니까. 듣기 좋네…… 당신 심장 소리도."

어둠 속에서 현오의 눈빛만이 타는 듯 붉게 이글거렸다.

한두 번 보는 광경이 아니었던 듯 송마문주가 현오의 살기를 마주했다. 아니, 오히려 독한 눈빛으로 현오를 쏘아보았다.

"아직도 네놈이 살 거라는 희망을 가졌다면 버려라. 네가 기다리는 남궁진화는 지금쯤 황성으로 갔을 거니까. 그곳엔 너도 알다시피 검마제 님이 기다리고 계시지. 네놈 때문에 잃어버린 팔의 복수를 하고 오실 거다. 혹시 남궁진화가 운이 좋아 검마제 님의 손에서 살아남더라도 네놈은 결코 구하지 못하겠지. 네놈에게는 남아 있는 운도 없다는 거다!"

송마문주는 현오의 눈빛에서 기어코 절망을 보겠다는 듯 현오에게 쏘아붙였다.

하지만 현오는 그런 송마문주를 향해 비릿하게 한쪽 입꼬리를 올리며 웃어 보였다.

"쫄았네? 역천마제가 검마제까지 버렸으니, 이제 너희를 지켜 줄 사람이 아무도 없잖아. 아니, 당신부터 역천마제가 언제 버릴지 모르려나? 아, 알았다! ……크흐흐, 당신, 불안하구나?"

"다, 닥쳐라! 허기로 고통받다 죽겠다면 네 마음대로 해라!"

현오의 말이 정곡을 찌른 듯 송마문주가 얼굴을 붉히며 자리를 떴다.

"흐흐, 역천대법 준비가 부디 역천마제의 마음에 들어야 할 텐데 말이야. 우리 송마시주를 위해 극락왕생은 빌어 줄게. 크하하하하!"

현오의 웃음소리가 송마문주의 뒷모습을 쫓았다.

그리고 송마문주가 보이지 않게 되었을 때, 현오의 웃음소리도 뚝 끊겼다.

'황성으로 갔다고? ……못 보고 가게 되는 건 아쉽군.'

현오의 눈빛이 점차 주변의 어둠 속에 묻혀 들었다.

뚝. 뚝. 뚝.

동굴 위에서 똑똑 떨어지는 물방울 소리가 크게 울렸다.

아니, 그만큼 동굴 안이 숨소리 하나 들리지 않을 정도로
조용했다.

송마문 학사들이 기어이 구덩이를 파고 만년독수를 채워
넣었다.

그 위에 제단을 만들고 역천대법을 준비하는 데에만 꼬박
사흘.

동굴 밖에 떠오른 달은 기이할 정도로 붉었다.

마침내 오늘 역천대법을 실행하는 날이 되었다.

마비혈이 잡힌 현오가 검은 천을 머리부터 발끝까지 뒤집
어쓴 송마문 학사들에게 들려 힘없이 제단으로 올려졌다.

철컥. 철컥.

현오의 팔과 다리가 쇠사슬에 단단히 묶이고, 검은 천을
뒤집어쓴 학사가 마비혈을 풀었다.

마비혈이 풀리며 현오의 입도 풀려났다.

"허어! 굳이 혈을 안 잡아도 얌전히 잡혀 줬을 것을. 내 발
로 걷게 하면 좀 좋소? 그쪽들도 무거운 나를 굳이 들어서
옮기지 않아도 되고."

"……."

현오의 불평에 답하는 사람은 아무도 없었다.

한쪽에선 역천마제가 명상을 하고 있고, 송마문주가 그 곁에서 역천마제를 기다리고 있었다.

반다경 정도 지났을까.

현오에겐 참 길고 고통스러운 시간이었다.

마침내 역천마제가 눈을 떴다.

"가지."

역천마제의 목소리가 동굴을 울리고, 현오는 그 목소리가 천근만근인 듯 심장이 떨어졌다.

'빌어먹을. 떨지 마라. 떨지 말고, 가자.'

현오가 제 손끝, 발끝을 보며 주문을 외듯 속으로 스스로를 다독였다. 역천마제와 귀천성 무인들에게 결코 제가 떠는 꼴은 보이고 싶지 않았다.

'괜찮아. 정말로, 괜……찮았잖아? 흐흐흐, 구덩이에서 나와 그렇게, 행……복하게 살게 될 줄은 꿈에도 몰랐지.'

산사에서 퍼지는 고기 냄새는 한창 자라는 소년들, 청년들에게 고통스러운 유혹이었다.

각우 사부는 그럴 때마다 사형제들을 이끌고 몸을 더 고통스럽게 만들었다.

모두 저 때문이었다.

그런데도 불마대법을 받고 실컷 고기를 입에 밀어 넣은 채 소생각(甦生閣)으로 돌아가면 사형제들이 덜덜 떠는 저에게 들러붙어 밤새 체온을 나눠 주었다.

쿰쿰한 땀 냄새와 온몸을 감싸는 무게감, 축축한 온기에 의지해서 춥고 시린 밤을 견뎌 냈다.

땀내 나는 그곳이 집이었고, 그들이 가족이었다.

가족들의 얼굴이 하나하나 지나가고 나자.

천살성이라는 걸 알면서도 뚱뚱땡중이라며 서슴없이 제게 달라붙던 친우들도 생각이 났다.

"시작하라!"

역천마제의 명이 있고.

위치를 잡은 학사들이 주문을 외기 시작했다.

"납귀골육(納歸骨肉) 연지천로(聯之天路) 유아혼신(有我魂神)−."

학사들의 주문과 함께.

출렁! 출렁− 출렁!

제단 아래에 있던 만년독수가 요동치기 시작했다.

그리고 점점 차올라왔다.

현오는 숨을 쉬기 힘들어졌음을 알아차렸다.

때가 온 것이다.

'친우라니.'

평생 알게 될 줄 몰랐던 단어였다.

마음 깊이 이해하고 의지하는 친우…… 남궁진화의 얼굴도 스쳐 갔다.

진화라면 지금도 저를 구하기 위해 최선을 다하고 있으리라 확신할 수 있었다.

그런 믿음이라는 게 제게도 생겼다.

'됐어. 진짜 괜찮아. 진화, 너라면 내 선택을 이해하리라 믿는다.'

무엇이든 할 수 있었다.

'친애하는 나의 가족, 소림과 나의 친우, 너희들을 위해서 라면—!'

현오가 눈을 질끈 감았다.

만년독수가 그의 몸을 집어삼키는 것을 느끼며 현오가 불경을 외기 시작했다.

'마하반야바라밀다심경 관자재보살 행심반야바라밀다시 조견오온개공…….'

반야심경은 현오가 불마대법을 실행할 때 외는 것으로, 불마대법은 별다른 것이 없었다.

불마대법은 그저 불력으로 현오를 보호하는 가운데, 현오를 죽이는 독으로 천살성을 억누르는 것이었다.

지금은 비록 현오를 지켜 주는 불력이 없었지만, 현오는 기꺼이 독을 집어삼켰다.

'큭! ……무, 무……안계내지…… 무의식계 무무명…… 크흑!'

현오는 온몸의 혈맥이 타들어 가는 고통을 느끼면서도 독기를 흡수하는 걸 멈추지 않았다.

역천마제와 송마문 학사들이 이상함을 느낀 것도 그때였다.

"으음? 허! 이놈! 독기를 흡수하고 있구나!"

역천마제는 단번에 만년독수 속에 파묻힌 현오가 뭘 하고 있는지 꿰뚫었다.

"독기를 흡수하고 있다고요?"

"주군, 이러면……!"

송마문 학사들은 물론 송마문주도 당황한 기색이 역력했다.

만년독수의 독기 속으로 현오의 기운이 모두 빠져나와야만 역천대법을 시작할 수 있었기 때문이다.

"주군, 천문의 시간이 다가오고 있습니다."

"허허, 되었다. 아직 시간이 좀 남았지 않느냐?"

송마문주의 우려에도 불구하고 역천마제는 흥미로운 눈빛으로 만년독수를, 아니 만년독수 속에 있을 현오를 보았다.

"시간을 벌려는 게냐? 어디 네 마음껏 발악해 보아라, 얼마나 버틸 수 있을지. 허허허허!"

역천마제는 현오를 향해 도발하듯 말했다.

그의 눈빛은 흥미와 호기심 그리고 권태로 가득했다. 마치 벌레의 사투를 구경하는 아이같이, 잔인하고 순수했다.

송마문주는 그런 역천마제의 눈빛에 소름이 돋았다.

역천마제의 그러한 눈빛이 비단 현오에게만 해당하는 것 같지 않았기 때문이다.

역천마제에게는 타인의 죽음마저도 제게 유용한 것만 흥

미로운 것 같았다.

'지금까지 단 한 번도 검마제 님에 대해 묻지 않았지.'

송마문주는 이제야 역천마제에 대해 알 것 같았다.

제물과 같은 운명, 그렇다면 역천마제 또한 천살성을 타고난 자라는 것을.

송마문주는 이제까지 어렴풋이 느끼던 불안감이 무엇인지 정확히 알 것 같았다.

'크게 길을 잘못 들었구나!'

송마문주는 눈앞이 깜깜해지는 것을 느끼며 차라리 눈을 감았다. 그때였다.

"이놈-! 발악은 네놈이 해야지!"

갑작스러운 큰 소리에 모두가 동굴 입구로 고개를 돌렸다.

동굴 밖에서 소란이 들려왔다.

"여어, 오랜만이네."

한 번도 들어 본 적 없는 목소리였지만, 송마문주는 그가 누구인지 알 것 같았다.

"제왕검 남궁강!"

역천마제가 욕지거리를 뱉듯 그 이름을 뱉었다.

역천대법이 시작될 즈음.

석양호를 둘러싼 절벽 위엔 이미 정사연합 무인들이 빼곡하게 자리하고 있었다.

"지금이다. 역천마제 놈이 만년독수의 기운 속에 갇힌 지금!"

"가자-!"

천수현인 제갈길현의 허락과 함께 기다리고 있던 정사연합 무인들이 동굴 밖을 지키던 귀천성 무인들을 향해 달려 나갔다.

"와아아아아――!"

"죽어라!"

정의맹의 주작단과 백호단, 화산 매화검수와 제갈연환대, 패왕권문 패룡대, 남궁세가 창궁무애단, 황보세가 웅호대. 거기에 사패천의 홍랑대와 교룡대, 하사대가 모두 나왔다.

신 제국으로 가지 않은 모든 전력이 석양호로 온 것이다.

앞선 주작단과 백호단이 송마문 학사로 보이는 이들을 제일 먼저 죽였다.

"웬 놈들이냐!"

"그걸 몰라서 물어?"

"네놈들은!"

괴팍한 되물음에 그쪽으로 고개를 돌린 서장마군의 눈이 찢어질 듯 커졌다.

서장마군의 표정이 어떠하든, 천수현인은 매서운 눈으로

동굴 안을 보았다.

"어서 가지. 안에서 애송이가 기다리겠어."

"알아."

"제 놈이 가라고 등 떠밀어 놓고 이제 와서 생각하는 척은."

"닥쳐, 이놈아!"

천수현인 제갈길현과 제왕검 남궁강, 사패천주 한구혈이 서장마군의 시선을 무시하며 곧장 동굴 안으로 들어갔다.

그들의 뒤로 서장마군은 알지 못하는 인물들이 따랐다.

"자, 잠깐!"

"당신의 상대는 우리다."

"억울해하지 마라."

뒤늦게 동굴 앞을 막으려는 서장마군의 앞으로 백호단주 황보웅과 주작단주 구격용이 섰다.

백호단주 황보웅은 태산천왕이라는 별호답게 서장마군의 거대한 체격 앞에서도 전혀 작아 보이지 않았다.

구화검 구격용, 십이좌회 소속으로 역천마제에게 죽임을 당했던 매화성검 구산용의 손자는, 귀천성 무인들 앞에서 거대한 살기를 피워 올렸다.

문제는 그들만이 아니라는 것이다.

"불공평해도 참아. 인생이 원래 그래."

신살대주 초전후와 서하 채명지, 대산흑호 이만평과 녹림산군 황계수, 장강사군 배병룡이 서장마군의 주위를 에워쌌다.

서장마군이 주변을 살피자, 이미 절대적인 수적 열세 속에 귀천성 무인들이 일방적으로 죽임을 당하는 중이었다.

빠져나갈 길이 없어 보였다.

"음. 살아날 길이 없다면 영광스러운 죽음을 택하겠다! 오라! 주군을 위해 너희 모두를 길동무 삼으리라!"

서장마군이 투기를 불태우며 사방을 향해 소리쳤다.

서장마군의 목소리가 공허한 메아리처럼 절벽 사이로 퍼져 나갔다.

"자신감이 대단하군."

"그러게요."

창궁무애단주와 부단주가 서장마군의 외침을 비웃으며 주변을 완전히 장악해 갔다.

안에서 무슨 일이 일어나든 역천마제는 이 석양호를 벗어날 수 없을 것이다.

다음 권으로 이어집니다

꿈의 도약, 로크에서 하십시오
(주)로크미디어에서 신인 작가를 모십니다

즐거운 세상, (주)로크미디어는 꿈을 사랑하고 도전을 두려워하지 않는 작가분들의 참신한 작품을 기다리고 있습니다. 21세기 장르 문학계를 이끌어 갈 차세대 선두 주자 (주)로크미디어에서 여러분의 나래를 활짝 펴 보시길 바랍니다.

모집 분야 판타지와 무협을 포함한 장르 문학
모집 대상 아마추어 작가, 인터넷 작가
모집 기한 수시 모집
　　작품 접수 시 유의 사항
　　　1. 파일명은 작가명_작품명.hwp 형식을 갖춰 주십시오.
　　　1. 파일에 들어갈 내용은 다음과 같습니다.
　　　　─ 성명(필명인 경우 실명을 밝혀 주세요), 연락처, 이메일 주소.
　　　　─ 제목, 기획 의도.
　　　　─ A4용지 1장 분량의 등장인물 소개.
　　　　─ A4용지 2장 분량의 전체 줄거리.
　　　　─ 본문.
　　　1. 작품이 인터넷에 연재되고 있다면, 게시판명과 사이트의 구체적이고
　　　　정확한 주소를 기재해 주십시오.

선택된 작품은 정식 계약 후 출판물로 간행되어 전국 서점에 유통됩니다.
작가분은 (주)로크미디어의 전폭적인 지원하에 전속 작가로 활동하시게 됩니다.
※ 자세한 내용은 로크미디어 홈페이지(rokmedia.com)를 참조하세요.

(04167)서울시 마포구 마포대로 45 일진빌딩 6층
(주)로크미디어 편집부 신간 기획 담당자 앞
전화 : 02)3273-5135
www.rokmedia.com　　이메일 : rokmedia@empas.com

우리 교황님 좀 말려 주세요

판미손 퓨전 판타지 장편소설

비정상 교황님의
듣도 보도 못한 전도(물리) 프로젝트!

이세계의 신에게 강제로 납치(?)당한 김시우
차원 '에덴'에서 10년간 온갖 고생은 다 하고
겨우 교황이 되어 고향으로 귀환했건만……

경고! 90일 이내 목표 신도 숫자를 달성하지 못할 시
당신의 시스템이 초기화됩니다!

퀘스트를 달성하지 못하면 능력치가 도로 0이 된다고?
그 개고생, 두 번은 못 하지!

"좋은 말씀 전하러 왔습니다, 형제님^^"

※주의※ 사이비 아닙니다, 오해하지 마세요!

망한 가문의 검술 천재가 되었다

소구장 퓨전 판타지 장편소설

역사에서도 잊힌 비운의 검술 천재
최강의 꼰대력으로 무장한 채
후손의 몸으로 깨어나다!

만년 2위 검사 루크 슈넬덴
세계를 위협하던 마룡을 물리치며
정점에 이른 순간

이대로 그냥 죽어 다오, 나를 위해서.

라이벌인 멀빈 코넬리오에게 목숨을 잃……
……은 줄 알았는데,
200년 후의 몰락한 슈넬덴가에서 눈뜨다!
가족이라고는 무기력한 가주, 망나니 1공자뿐
망해 버린 가문을 살리기 위해
까마득한 조상님이 팔을 걷었다!

설풍 같은 검술, 그보다 매서운 독설로
슈넬덴가를 정점으로 이끌어라!